散文集

云崖暖

李兴◎著

中国文史出版社

图书在版编目（CIP）数据

云崖暖 / 李兴著. —北京：中国文史出版社，2023.7
ISBN 978-7-5205-4182-4

Ⅰ.①云… Ⅱ.①李… Ⅲ.①散文集—中国—当代
Ⅳ.①I267

中国国家版本馆 CIP 数据核字（2023）第 132750 号

责任编辑：李晓薇

出版发行：中国文史出版社

社　　址：北京市海淀区西八里庄路 69 号　　邮编：100142
电　　话：010 - 81136606　81136602　81136603（发行部）
传　　真：010 - 81136655
印　　装：北京新华印刷有限公司
经　　销：全国新华书店
开　　本：787mm×1092mm　1/16
印　　张：15.5
字　　数：174 千字
版　　次：2024 年 1 月北京第 1 版
印　　次：2024 年 1 月第 1 次印刷
定　　价：48.00 元

序 一株蓝花楹

徐 剑

　　是夜，酒微醺，睡意来袭。手机"叮叮"两声，来短信了。是李兴，央我为他准备出的一本集子写序，并发来了文本的电子邮件。出于近些年来较多接触非常好的印象，我毫不迟疑地应下了他的请求。年岁将生物钟搅得七零八落，也或许是心里挂着李兴的这个集子，凌晨4时我就醒了。索性披衣下床，打开电脑，阅读李兴发来的文本。洋洋20多万字的散文作品，让三个多小时在不经意间流走，丝毫没有失眠带来的倦怠。阅读这些饱含深情的文字，体味春日早晨乍暖还寒却充盈着温度的情愫，我感慨颇多，不由得对这个战友兄弟刮目相看。

　　日光推开晨雾，窗外绿意盎然，我发现自己未曾关注的那株蓝花楹竟在一夜之间盛开了。那些虽不绚丽却很夺目的蓝紫花朵，让我联想到不声不响的李兴，以及他捧出的这些淡雅的文字。

　　与李兴认识于23年前。当时，我在北京的二炮部队总部，他在所属的云南部队基地。李兴利用到北京出差的机会，冒着超过40℃的酷暑，从礼士路倒车四次辗转好几十公里找到我的办公室，提出要对我进行专访。由于急着赶写一个长篇报告文学，我给的采访时间只有一个小时。他采访得很细，甚至不放过很多盘根错节的细枝末节，时间不得不延长了一个小时。采访完就到了晚饭饭点，我提出在部队外面请他吃顿饭，可他却火急火燎地要到机场去赶最后一个回昆明的航班。20天后，李兴给我寄来了两张登载着整版专访文章的《春城晚报》。我的印象是这个基层部队的新闻干事多少还有些功力。与李兴的第二次见面是19年后的2019年了。那天，昆明的媒体人好友、青年作家温星，在有着近百年历史的东方书店为我的新书《经幡》举行首发式和家乡读者见面会，已经转业的李兴也慕名前来。尽管多年未见，我还是在一个非常靠后的座位上看见了他，并主动与他打了招呼。我发现，李兴从始至终都在专注地倾听，认真地记录。散场时，我提出要赠送他一本书，可他早就从书店购买了三本，唯一的要求是让我在每本书上都签上名。在此后从李兴发给我的图片中看见，他的书柜里，我的很多书作都赫然在目。当晚，我特邀李兴参加了主办方安排的晚宴。回家时，他顺路坐上了我的车。一个月后，他为《经幡》撰写的评论《对藏地澄明与开阔的深度诠解》相继被《中国艺术报》《边疆文学》《云南日报》刊发和转载。在交谈中得知，李兴2005年从部队转业地方后，冗繁的公务和庞杂的公文，使他对文学写作整整中断了十年。直到2015年，李兴挂职腾冲市副市长后，腾越边地厚重的历史和人文唤醒了他的写作激情。本书中近三成文章为腾冲题材足以佐证。八年来，李兴以平均每年刊发十万字的速度，一发不可收，而且每每必有精进，每篇都有亮色。对于一个省级机关公务缠身的业余作者，其艰辛和恒力着实让人钦佩。去年回昆期间，温星带着他同样兼具媒体和作家身份的学生刘珈彤到长水航城我家，李兴也一起来了，共同就长篇报告文学《天晓：1921》一书，对我进行深度采访。五天后，名记温星和他的学生尚未动笔，李兴就拿出了近万字的专访文章，面对他整理出来的50多页采访录音和收集打印的40多页相关评论，我就知道白天还要上班的他，这些日子付出了什么。访谈文章《心路历程的虔诚书写》在《解放军文艺》《云南日报》相继刊发后反响不错。因为李兴的友善和真诚，近几年在昆明的文友小聚，我都会邀请他参加。在这些场合，他都表现得低调少言，即便有人褒扬他的作品，他也会摆摆手说，我只是个"打酱油的"。相继获得全国散文年会"十佳散文奖""腾冲市政府文学艺术奖中篇大奖""火箭兵报文学年度头奖""云南日报文学奖"等多个奖项的李兴虽然羽翼未丰，但这酱油却也打出了效果。

话题还是要回到这本集子上来。《云崖暖》这标题很吸睛，让人充满想象。书名这三个字出自毛泽东《七律·长征》中的"金沙水拍云崖暖"，抒发了革命队伍穿越困境之后的暖意和乐观。从字里行间明显感受到，生长于蜀地，安身立命于滇域，在云南生活了整整30年的李兴早已感受到了云南这片热土的温暖。通阅《云崖暖》后，我认为李兴的作品主要有三个特点：

一是富有人文厚度。如果不到腾冲挂职，李兴的文学写作之路可能就彻底终止了。从冗繁的公务和庞杂的公文中走出来，轻快惬意的李兴自然不会对边城腾越厚重的人文底蕴视而不见，潜心对这里的历史、传统和现实进行了深入挖掘和抒写，相继刊发了《腾越的脉管》《村庄四季歌》《边城散记》《情牵涩梨树》等十余万字的散文作品。《腾越的脉管》是腾冲之旅的开篇之作，在动笔前，李兴利用了两个多月时间进行储备，除阅读了《腾冲志》《腾冲年鉴》《徐霞客腾冲之旅校注》等大量史料，还徒步近20个小时翻越了茶马古道高黎贡山南线。"高黎贡山母亲是腾越的象征，寓意为高黎贡山缔造了腾越神奇秀丽的山川，哺育了众多优秀儿女。头像下的山体上分布着六副浮雕，分明就是腾越的一部简史。在雕像显眼的位置，我看到了司马迁《史记》中乘象国即古城腾越的由来，看到了马帮驮来的汉文化，看到了腾越儿女数次抵御外侮的壮烈场景，看到了这座古城走出去的众多志士仁人。高大宽阔的雕像母仪悠远端庄风韵，包纳着母亲深沉的挚爱。"丰富的知识储备，必然产生精彩片段和人文厚度，短短几句就展示了腾越边城的深远与宏阔。文章在"腾冲文艺风向"平台推出后，在当地引起了极大反响，《保山日报》破例一次性以两个整版刊出。之后，报纸进行了连载，杂志进行了刊载，《文艺报》《云南日报》也进行了选载。腾冲毫不吝啬地将四年一度面向全国征稿的"腾冲市文学艺术奖中篇文学大奖"颁给了李兴的《腾越的脉管》。据腾冲诗人武叶说，李兴利用这篇稿子的一万多元稿费，为挂钩扶贫的三个傈僳族困难户购买了电视机。此外，李兴的《翁丁遗韵》《乡声重奏》也写出了人文厚度。

二是富有情感温度。李兴散文的质地体现在真挚的情感中富有温度。日久他乡胜故乡，《云崖暖》这个书名就是贴切的观照和呼应，李兴将《昆虫记》作为本书的开篇也足以说明。《昆虫记》读来很有味道，写出了他如何成为昆明人、怎样做好昆明人的尴尬、融入与死心塌地的过程。写亲情散文，不能故弄玄虚，但也不能平淡无奇，我历来反对将散文写成记叙文，我们经历的、看到的、悟出的，必须流淌出正能量，先感动自己，再感动别人。李兴是一把写亲情散文的好手，收入本书的《一夜冬寒憾天明》《梨花落春寒》《絮语之暖》《那年春节》就很见功力。《梨花落春寒》被《散文选刊》选载,《一夜冬寒憾天明》被《海外文摘》选载后获得了中国散文年会"十佳散文奖"。特别是缅怀岳父的《一夜冬寒憾天明》,读来撕心裂肺,让人泪目。"那一夜,您走了,冬寒噬骨吸髓。拉拽不住的漫漫长夜,怅然天明!"文章一开头就揪住了读者的心。"悲由心生,眼泪便泛过思念的闸门。我是一直想为您做些什么的,但是我惧怕您的批评。请您吃饭,菜点得太好,您会说我不会过日子。给您买的衣服太贵,您会说我不会花钱。给您六年前买的那双皮鞋,还原封不动地放在我身后您的床下呢。悔不当初啊,我为什么要惧怕您的批评呢?"这语言,多富情感,多有温度。"母亲也从来不会缺席亲朋好友的困难,经常授人以渔、施人以财、助人以物,她觉得被别人需要也是一件幸福的事。母亲不知道什么叫境界、格局、胸怀,但她生活中的细枝末节无不投射出素朴的良善。"这是《絮语之暖》中对母亲的描写,情感温度中透射出满满的正能量。

三是富有视域广度。写出好散文,需要广阔的视域,既要多读,更要多走,李兴很好地秉持了我嘱咐他的"走不到的地方不写"的原则。写《贡山行吟》,他在滇藏交界处人迹罕至没有信号的迪政当村村民家里就住了两夜;为了挖掘"文面女"的故事,他在龙元乡80多岁的文面女家也待了两天。写《东坡故里的仰望》前,他首先通读了三个版本的《苏东坡传》,而后专程去了四川眉山七天,直到自己感觉走透了、听够了、文路清晰了才动笔。"就在我脚下的这片弹丸之地上,怎么就诞出了横贯古今的苏洵、苏轼、苏辙父子?我试图在清新恬淡的空气里嗅出不一样的味道,感受肥沃地脉里衍生的别样能量。"只有深入现场用心体悟，才能写出这样鲜活跳动的文字。写《逆履岷江》，他就沿着岷江徒步了9天。"风生水起，微波涟漪。一株千年古柏穿云破雾，孤独地俯瞰着岷江，树上落满的各种鸟儿，在受到人声惊扰的瞬间炸开，像极了除夕夜盛开的烟花，叶面上的灰尘此时便长出了翅膀，游动在金色的光柱里。""青山得意飞春色，多情绿水漾轻波。源头的岷江纤细而单薄地漫流着，在晨曦中泛着绿光，与岩石亲密接触后发出欢快的咕咕声，轻音乐一样让人萦怀。"这些美妙的描写，同样凸显了李兴广阔的视域和独特的认知。

当然，李兴的散文还有很多不足，在语言上还不够规范，结构上还不够严谨，情节上还不够凝练，需要在不断地写作实践中克服和改进。我也看了一些李兴的文学评论和报告文学作品，部分篇目非常不错，希望他拓展一下文路，尝试着在小说、报告文学等领域的创作。

期待李兴笔耕不止，多出佳作！

2023年9月
于昆明长水航城寓所

（序者系中国报告文学学会会长，首届鲁迅文学奖获得者）

目录

昆 虫 记

　　昆明的天空碧蓝如洗，翠湖公园的繁花争奇斗艳，滇池湖畔的红嘴鸥翩翩起舞。冬日里的昆明和煦依旧，春城简单的外部面相和内在肌理天然契合。

　　时光流淌在我生命的旅程里，我将32年的青春年华都赋予了这座城市，又义无反顾地将余生托付给了这座城市。我的家庭、我的工作、我的事业，都已经深扎在这里，我的周身也已经充盈着这个美丽城市的血流，在昆明这座现代化城市的芸芸众生里，尽管我渺小得如同一只蝼蚁，但我乐意成为它的一只虫子。

一

　　在昆明之外的地方，特别是本省的州市，人们都将昆明人叫作"昆虫"。从百度中得知，昆虫属于无脊椎动物中的节肢动物，是地球上数量最多的动物群体，在所有生物种类中超过50%，踪迹遍布世界的每一个角落。很长一段时间，我对昆明之外特别是本省州市的人们对昆明人"昆虫"这样的称谓很是费解，但我认为，这样的称谓不会背离原旨，而会有自身的道理。

　　在费解中寻求答案需要时间和过程。七年前，我到滇西一个县级市挂职。是年国庆大假，经济复苏后的消费浪潮席卷了全省每一个大小景区，到处车流如织、人满为患。作为政府工作人员，我们服务和保障的压力很大，所有人员都不能休假，每个人都有工作任务。一名基层干部指着景区道路上齐刷刷挂着云A牌照的各种车辆说："都怪这些'昆虫'，蝗虫一样往下面跑，把路堵成了这样，害得我们放假都不得休息。"另一名工作人员接过话说："景区里面更是挤成了一锅粥，酒店订满了不说，很多人还得打地铺、住帐篷。'昆虫'们自讨苦吃不说，还把我们这里的物价抬高了。"哦，这就是所谓的"昆虫"。同样作为"昆虫"，我听后欣慰地笑了，心想这就是省城昆明实力的彰显。但是，我还是很快反驳了他俩的观点："大量的'昆虫'涌入这里，是好事啊。吃你、住你、消费你，既促进了当地的就业，拉动了地方经济，又提高了旅游收入，还增加了财政税收。你们说，我们该不该欢迎更多的'昆虫'来到这里观光旅游？"两人都心悦诚服地说："确实是这么个道理！"并且拍着胸脯表示，一定要为"昆虫"的造访搞好服务保障。

昆明一直在变。无论是经济体量，还是城市规模，都是省内城市无法企及的，这是省会城市的独特优势。作为经济欠发达的边疆城市，昆明的经济增长和人文建设却走在了全国前列，近年来已经几次跻身"全国一线城市"行列。抚今追昔，30年前我还是一名战士时，引以为荣的是能够到城市中心地带的"昆明市工人文化宫"，坐电梯到十多层的顶楼看一次昆明市的全景。如今，这个标志性建筑已经消失不在，雨后春笋般拔地而起的四五十层的高层建筑比比皆是，填满了这座城市的各个地块。置身于近百层高耸入云的万达双塔脚下车水马龙的街区，我眩晕得恍若隔世。

都说云南人是家乡宝，观念上的桎梏使他们安于现状足不出户。当经济不再成为掣肘，当生活大为改善，他们思想和行动的边界就没有了藩篱。有了闲暇时间，每逢节假日，省内外的景区也会常常见到"昆虫"们组队旅游的欢声笑语。

二

每个群体都有独特的话语体系。方言是一种独特的民族文化，每一个地方都有自己独特的语言，能够在传承中生生不息，就彰显了丰富的文化底蕴。从某种程度上说，方言不但代表一种文化特色，更是一种社会现象。昆明方言也不例外，古拙朴实的特点韵味十足。从部队到地方工作，交流的障碍首先是我的"川普"与昆明本地人的"马普"难以相融，常常遭遇尴尬，给工作和生活带来诸多不便。

转业后的新单位昆明人居多，他们平素都以当地方言对话，我听不明白就干脆默不作声。一天，主管领导来到我的办公室，对我说："你一天'闷出出的'，也不知道在'整嘛样'?"见我办公桌上有些凌乱，又说："长得人五人六，桌子上却'乱逼麻麻'，还不'理麻'一下！"从表情上看，领导有些不高兴，但却使我如堕五里雾中。见我傻愣愣地站着，同事在领导走后立即向我做了翻译。意即：你一天默默无闻，到底在干些什么？长得精精干干，办公桌上却乱七八糟，还不好好收拾一下。是方言，使我"水土不服"，难以适应工作，影响了与同事共存。我瞬间顿悟，像我这样的外乡人，必须用更多的精力学习昆明方言，才能融入将要在这里工作和生活的余生。

在我眼里，过昆明方言这道语言关，难度不亚于过英语六级和考雅思、托福。它的丰富多彩和博大精深使我耗去了至少五年时间，在讲昆明方言上达到了炉火纯青的地步。与我同时期从部队转业成为"昆虫"的人，大多数至今还停留在会听不会讲的水平。

各种有趣的事物都生长于我们不经意的地方。农贸市场是学习昆明方言的最佳去处，我可以在买卖双方的讨价还价中领受当地很多有趣的语言。这是我多年来主动承担家里买菜任务的主要原因。

转业地方后初次到农贸市场买菜的见闻记忆犹新。春节前一个周末的早晨，置办年货的人们让市场变得喧嚣拥挤，新鲜的猪肉羊肉牛肉上还冒着热气，各种时令蔬菜上还挂着露珠，市场的人气契合着人们的精神状态。突然，扭打在一起的两个男女打破了市场的秩序，人们很快围了过去。旁人讲，女人买了三斤猪肉，感觉分量不够，就去别的摊位复秤，结果少了四两，就找卖肉的男人讨说法。男人则不认账，坚称自己就是卖了二斤六两肉。三言两语之后，两人开始对骂，继而扭打起来。人们对两人用方言的对骂见怪不怪，我却听得饶有兴致。"你这个'鸡枞'（云南一种野生菌）'鬼头日脑'（狡猾奸诈），明明耍秤，还'鬼喊辣叫'（理直气壮地大喊大叫），给像个男人？"女的一边还击，一边骂着对方。"'大清八早'（一大早）太让人'鬼火绿'（生气）了，我在这点（这里）摆摊不是一日两日，有那么'曹耐'（龌龊、恶心）吗？今天'窦着'（遇到）这么多老顾客，你打听打听，我是那么'渣精'（算计）的人吗？"男的抵挡着对方的踢打不停地辩解。围观者分为两派，向着女方的一个女人说：

"卖肉呢（的）伙子既'沙麻人'（哄人、骗人）还动手打人，我要是个男呢，非要'刷他几巴头'（打几嘴巴或耳光）。"一个男的接过话说："我在这点卖肉多年了，从来木（没）有窦着这种情况，他怕木有那么'憨包'（愚蠢）。做生意要息事宁人，不要'日鼓鼓的'（不听劝），对女人动手就'不合了'（不应该了），'改'（解）释一下不伤和气多好!"一场闹剧，众说纷纭，莫衷一是，只能到派出所公断。有趣有味的昆明话，我得认真学了。

之后的日子，除了因为工作必须讲普通话，我能讲昆明方言的时候尽量讲方言。口头禅也变成了"整嗬样?""有嗬样事?""给克（去）甩（吃）碗米线?"一口地道的昆明方言，使我成了一只正宗的"昆虫"。

三

留在昆明的战友不多了，一些旧的朋友离开，就会有很多新的朋友生长。在昆明这座四季如春、温润宽厚的城市，朋友会因为你的融入应运而生，只要爱这里，就不要担心自己会孤独无依。

我的震撼和感慨首先来源于昆明人的爱心，刚安置到昆明工作时经历的一件事，让我记忆犹新。我去城里一家医院看望住院的同事，正逢一个患者生命垂危，需要3000毫升AB型血，在血库血液已经用完的紧急情况下，医院在大门口张贴了一张自愿献血的倡议书。在那里，我虽然能够感受到患者家属心悬到嗓子眼的焦急，但血型的不匹配还是让我无能为力。爱心，没有让生命和时间的脚步逆向而行渐行渐远。不到半小时，自愿献血的群众就排起了近百米的长队，陌生的人们汩汩流淌的血液润泽了一个行将枯竭的生命。血浓于水，涓滴成渊，天然质朴中厚积起来的良善，使昆明人和谐相处深情相拥成了生活的常态。这或许就是昆明这座全国历史文化名城、全国文明城市的缩影。

尘世茫茫，得失从容。得到的恩泽终将掩去失去的怅然。独在异乡安身立命，最大的失去就是无法回归故乡。当异乡包纳、惠泽并温暖到你的时候，异乡又何尝不能成为故乡？没有无缘无故的恨，更没有无缘无故的爱。有些爱，是通过亲身经历深入骨髓而无法忘却的。我曾经两次丢过手机，一次是遗落在了出租车上，一个打车的好心人发现后交给了出租车司机，司机想方设法跟我联系，绕路大半个昆明城才将手机送到我的手上。除了支付送手机来的单程费用，司机谢绝了我拿出 300 元感谢他的好意。我刚购置的手机价格为 3000 元，当时还没有锁屏功能，司机只要卖掉，就可以得到 2000 元。而这个司机，支付了租车费用后，每天的收入还不到 200 元。还有一次，我的手机被一个老人在公交车站捡到，我很快联系上了这个老人。由于工作脱不开身，我准备下班后去取，没有想到的是，老人竟然转车两次，坐了九站公交车给我送了过来。从一瘸一拐的姿态可以看出，这位年逾八旬的老人身体有些羸弱，但他的脸上却写满了慈祥。"伙子，要看好自己呢东西，莫再打（丢）失掉了"，他谢绝了我要为他打车的好意后，还不忘提醒我。

我们生活的空间很大，但我们生活的范围却很小。小到你见到的昆明好人比比皆是，经常会不期而遇。有一年，我妻子因为胰腺炎住院半年。其间，有很多要紧的工作我必须回单位处理，一些重要的会议必须回单位参加，面对浑身插满引流管卧床的妻子，我在痛苦中分身乏术。同病室三个病人的家属毅然轮流承担了我的责任，如亲人般周到细致地照顾我妻子，取药喂饭、翻身擦澡、端屎倒尿，不厌其烦。他们的善良，给我带来了尖锐的自我质询，对我投之以李，我必报之以桃。虽然当时我的经济状况也不是很好，但我为妻子同病室的 3 个患者一共捐助了 9000 元钱。

我是游离于这座城市的因子，也是这座城市的有机个体。没有定居之前，我是过客；安家置业之后，我就成了昆明的主人。我把现在和未来都交给了这座城市，就不再瞻前顾后。呵护心灵家园，我必须力所能及。在这里，我非常满足于努力工作的快乐，非常享受于做志愿者的惬意，非常骄傲于扶危济困的付出。

四

老家来的亲友，我是他们的使者；省内来的朋友，我甘愿成为他们眼里的"昆虫"。我乐意成为他们在昆明的"接待办"。使者，就要兼具宣传职能。我经常用一只"昆虫"的自豪感，给他们款（讲）昆明的故事，带他们仰望昆明的标志性景点，请他们饕餮昆明的美食。总之，我会尽可能地让他们见证昆明的美好，留下美丽春城的记忆。

成为一只正宗的"昆虫"，做一名合格的使者并非易事。"何谓昆明"，老家一个叔伯这样简单的问题让我陡生尴尬，我当晚就对昆明的历史沿革进行了恶补。司马迁《史记·西南夷列传》中记载："西自同师（保山）以东，北至叶榆，名为嶲、昆明，皆编发，随畜迁徙，毋常处，毋君长，地方可数千里。"由此可见，"昆明"一词是古代云南一个少数民族的族称。"昆明"作为地名出现，则是在唐高祖武德二年（619 年），《元和郡县图志》载:"武德二年,于镇置昆明县,盖南接昆明之地,因此为名。"但此处所置昆明县为四川定筰镇(今盐源县境)。唐代把定筰镇命名为"昆明",因为它接近昆明族。直到南诏、大理时期,昆明族居住的地方被乌蛮、白蛮占有,昆明族才被迫东迁滇中,聚居于滇池周围。宋宝祐二年(1254年),元灭大理,在鄯阐设"昆明千户所","昆明"开始作为地名出现。而昆明得名不外乎标榜云南的文明景象,日月相推而明生,烛照一切。(民国)《昆明市志》大意为:就字形言,昆为"日""比"二字并合而成,即日日相比,其文明将日比一日进步;明为"日""月"二字并合而成,即日月合璧,其前途将如日月升恒。

都说自己家乡好。经我向导和解说了被誉为中国"西点军校"和"将帅摇篮"的陆军讲武堂、当年中国最牛大学西南联大、云南王吴三桂和倾国名妓陈圆圆生活过的金殿后,很多人的语气变了,这些都是他们有不起的地方。作为昆明人,我乐意看见他们脸上写着的羡慕和嫉妒。还有石林和世博园两个5A级景区、滇池红嘴鸥景观、云南民族村,也是我必须要带他们去打卡的地方。

衣食无忧的年月产生吃货,热爱美食是对生活的赞美。人们对饮食的优化和挑剔,从某种角度也代表了经济社会的不断进步。作为省会城市,昆明吸纳了全国名菜,荟萃了全省名吃。当然,最让人津津乐道的还是昆明小吃。过桥米线是昆明重要的非物质文化遗产,也是闻名全国乃至世界的名吃,因为门店已经遍布全国,很多外地的朋友对此不以为然。当我带着他们享用了桥香园、建新园、老滇、王记菊花等过桥米线和端氏、半坡私厨、刘氏甩两碗等小锅米线后,朋友们都不得不承认昆明米线首屈一指。闲逛于街头巷尾，我会带他们去品尝昆明破酥包子、官渡粑粑、石林乳饼。四季如春，天天花开，昆明以食用玫瑰花鲜花为原料推出的鲜花饼，吉庆祥、冠生园、嘉华等品牌已经风靡全国，经我推介食用后，他们都赞不绝口，离开昆明时都会大包小包随身带回。

兄妹们都希望我退休后回到四川老家颐养天年，并承诺给我一块地建个小院，被我一笑婉拒。日久他乡即故乡，真正的故乡于我，已经只能短憩，而非安身立命之地了。在四季如春的地方，没有孤独，只有无处不在的丰盈，我已经不可能在惬意温馨的生活轨道上按下暂停键。故乡的美好，已经进入怀想时光的美学范畴，成为遥望亲情的精神喻本。人们不会知道我死心塌地地做一只"昆虫"的缘由，但或许能够从我对昆明的溢美之词中感受到这座城市传导给我的精神指向和生命维度。

腾越的脉管

在日复一日的摩肩接踵和川流不息中，我渴望在焦虑和烦躁之后独自远足。在不多的节假日和难得的公休日，充满想象的云南边陲，总是牵引我从远行车轮的节律和即兴哼唱的歌谣中，在繁忙的时间缝隙里完成一次次行走。20 多年来，我几乎走遍了云南所有的边境地区，包括汉族在内的 26 个民族如同一本厚重的典籍，催促我急切地翻动着书页，急不可耐地走进它的内核。在这样的地方，在白昼涵盖的黎明黄昏，我可以脑无杂念心无旁骛，贪婪地探寻更多的已知和未知、眼前和远古、文明和蒙昧，每一次匆忙的短行和驻足之后，我的灵魂都会在边地的人文环境和清风净水中舒爽豁达。

在一个冬日暖阳的中午，我乘上了去滇西的航班，开启了"极边第一城"腾冲、闻名遐迩的古城腾越的远行之旅。两年近700 天后抵达同一地方，人生难有这样的长足。在这些日子里，我循着古城腾越的脉络在亢奋中艰难地行走，在半工半读半写半停的煎熬中记录和书写，力求让时光沉淀的浑黄碎片缀连成一些可以存留的记忆。

一

我决意要以一次意义深远的独行进入边地腾越，怒江畔的高黎贡山千年古道便成为起点。初冬滇西的中午刮着寒凉的风，在古永昌郡保山城草草用完简餐，我便租了一台商务车向高黎贡山进发。年轻司机刻意涂染成黄色的头发，像极了一条横亘在头顶的山脉，使我联想到将要登临的高黎贡山的山势。司机一路超车，疾速前行，从他间或掏出手机暧昧的通话中判断，这个热恋中的小伙似乎要急切地完成差事返回城里。窗外的寒风呼呼作响，一阵阵拍打着玻璃窗，将路边的树木房屋车辆行人推向车后。车速渐渐慢下来的时候，怒江大桥到了。我提出下车在桥上看看怒江，司机以桥上不准停车为由再三婉拒，但经不住我的软硬兼施，他还是极不情愿地将车停了下来，因为他深知乘客才是自己酬金的主宰。

怒江，影视和书页中关于她雄浑豪迈汹涌激越的描绘已深深地烙在我的脑海，我不止一次地想要一睹她的芳容。此刻，她就在我的眼前绵延奔涌，我的心潮随江水跌宕难平。从高耸的大桥俯瞰，眼前的怒江已没有梦境中的气势，宽阔的滇西母亲河，已在年复一年的冲刷涤荡中裸露出深邃逼仄的河谷，被庄稼蚕食的滩涂上杂乱地堆放着秸秆，鳞次栉比的房屋挤压着视线，浑浊的江水时隐时现，裹挟着泥沙蜿蜒流淌。尽管没有了想象中的波澜壮阔和浊浪滔天，但这条河流母性般的温存同样温暖着我。河岸注视着江水静静地涌流，岸边的卵石发出炫目的光亮，两岸的舟筏已然破朽，摆渡的艄公也消失在时光的皱褶里。

身后的大桥发出耀眼的白光，横亘在怒江之上，似一把随时可能落下的砍刀，硕大的桥墩如锋利的钢针插进了江岸的肌肤，在它伟岸俊朗的空气里，我仿佛听到了怒江之波的哀怨和嘶鸣。正是这些古老之上的各种创造，加速了传统和记忆的腐烂和消失。愤懑和诘问之后，人们无一例外地接纳了现代文明给予的恩赐。正是这一座座拔地而起的桥梁，如同大地的亲使，以特有的摆渡方式，连通了不同区域，凝合陌路的人们，促成了人流物流的快捷通达。

晚霞的帷幔渐渐铺开，高黎贡半山腰的百花岭成了我的留宿之地，一个年逾七旬的农妇接纳了我。老人孑然一身，干枯的白发、佝偻的腰身、昏黄的眼神以及苍老的肤色，彰显着老人经历过无尽的劳役和苦难。简陋的居所井然有序，在正屋显眼的位置，粘贴着几张已经泛黄的照片，六口之家的全家福旁，是两个男人的遗像，其中的年长者不用说是她的老伴，年轻一点的应当是她的儿子。老人深知我当日的疲乏和次日的攀爬需要补充能量，特意捕杀了一只大母鸡。在老人的只言片语中，我了解了她的家世，久病不起的老伴儿花光了家里所有积蓄后在 15 年前撒手人寰，儿子又在 6 年前丧身车祸，孙子在 50 公里以外的城里读着高中，儿媳带着供养孩子读书的负累到省外打工已经 4 年没有回家。老人在暗淡的灯光下步履蹒跚地收拾着碗筷，在她的孤寂落寞中我看到了中国乡村的现状，留守和远居已使乡愁和亲情在物质的需求中日渐荒芜。

晨曦早早地叫醒了沉睡的白花岭，雾幔缓缓从江面升腾起来，冬晨清新的山风冷冷地抚摸着脸颊，高黎贡的形象进入了我的视野。脚下的百花岭是山的腹部，渐次堆砌的一栋栋民房无意中修复并恰到好处地掩盖了这块洼地的干瘪和瘦削，错落有致的房屋如同健壮男性的腹肌。微凸的两个山头分列左右，恰似壮汉坚实的臂膀。依稀可见的主峰是南斋公房，圆嘟嘟的头颅被两旁健硕的肩胛支撑着，雄视左右，居高临下。百花岭紧靠怒江坝隆起的一条山脊格外显眼，挺拔如雄性的体征。山下，汹涌的怒江水撕裂了好端端的坝子，舞蹈般转着圈子，突然发力冲向对岸的岩石，然后掉头折射到高黎贡山脚下的皱褶处，最快捷地接纳了大山分泌的体液。

在植被茂密的湿滑古道上缓缓前行。经过两千多年的沧桑绵延，岁月沉淀在古道的印痕历历在目，石头上留下的马蹄印清晰可见，先人的吆喝和骡马的响铃犹在耳畔。人们大多对西汉时期从长安到中西亚地区的北方丝绸之路耳熟能详，对脚下这条同样对中国古代文明意义深远的"蜀身毒道"却知之甚少。这条西南丝绸之路的必经之路，始于公元前 4 世纪，比北方丝绸之路还要早 200 多年，通达缅甸、印度、阿富汗、苏联以及更远的疆域。我想象着人们在这条古道上的行走，充斥着各种各样的目的，商贾搭载着物资的马队翻山越岭为了获取更多的财富，文人雅士的跋涉为了思想和精神层面的追索，学子的艰难行旅为了脱胎换骨光宗耀祖。而我，行走后的感悟和写作，虽然不是为了取悦读者换取微薄的稿酬，但却是为了探究和挖掘古道形成和绵延的意义。已知诞生于未知，未知消弭于已知。汉武帝时期的名将郭昌、明英宗时期的王骥等率军经此古道进入腾越的杀伐，是为了皇族的开疆拓土。永历皇帝的仓皇逃亡，是为了苟全性命东山再起。而徐霞客呢？经古道进入腾越，绝不仅仅是为了游山玩水。

高大蓬勃的古树遮天蔽日，见证着高黎贡生命的炽烈和旺盛，繁衍的 5000 多种动植物，表现出它们荷尔蒙的强大与活力。

在一棵老态龙钟的榕树下面，我看见了一个年代久远的财神庙，庙宇虽已破损但还洁净。神龛上放置的供品时间不长，已有鸟兽造访后食用过的痕迹。深山小庙的香火虽清冷断续，却仍然有虔诚的人们在虔诚的拜谒中渴望得到山神的庇佑和对未来的憧憬。

一场突如其来的大雪让行走变得更加艰难。大雪覆盖了草地，压断了树枝，但没能阻止黄竹河静静地流淌。所谓河，实则是一条清澈的山间小溪，河上有一座古桥，河边的箭竹覆满积雪，如一扇扇珠帘。四围参天古树，头上厚雪覆顶，通体冰凌悬垂。山谷形似硕大的音箱，水流叮咚，犹如音乐的鼓点。据说春秋时节的黄竹河山清水秀鲜花遍野，为南线最美。眼前这隆冬的黄竹河白雪皑皑清溪映雪，不也美到了极致？

气温随海拔升高而越来越低。死亡谷，一个陡峭狭窄阴森可怖的地方，据说常有骡马和行人掉下山崖，虽然生灵的阴魂亘古不散，但想象着人们对前路的执着和坚毅，心里也就滋生出更多的热流和能量。

在体力枯竭的边缘，高黎贡山南线顶峰的南斋公房进入了视线，热望催促我呼喊着奔跑过去。大风裹挟的雪粒吹打着面颊，寒冷穿透了厚厚的皮衣，我站在肃穆壮观的南斋公房的院落里，大雪很快淹没了我的双脚，但我感受到了脚下数以万计的重叠足迹升腾起来的温度，心中的热流驱散了寒意。相传公房为数百年前一位不知姓名的布施者修建，年久失修加之多次战火袭扰，已经没有人记得房屋的原样，残损的石柱和风化的台阶见证了太多的秘密，可惜我们永远无法知晓。眼前的建筑为当地政府民政部门重建，虽没有什么设施，但也足以为南来北往的人们遮风挡雨。想象着这座简陋房屋为饥寒疲乏的人们带来的恩赐，感动的清泪便从眼角缓缓地滴落。俯视高黎贡，各种滋味涌动翻滚。较之名山大川，高黎贡不巍峨不俊朗，但蕴含着一种潜在的厚重和震撼。居滇西之巅正襟危坐，看怒江咆哮，窥世事变迁，佑生灵安康，护马帮穿行，察腾越冷暖。大山与古道相生相融完美契合！

古道是高黎贡山的动脉，而我是血液中涌流的因子。沿着古道顺山而下的谷底就是腾越坝子，我将在行走中拉近与它的距离，并将在夜幕降临之前投入它的怀抱。脚下的石板路已被千年的足迹打磨得光滑细腻，时光推动着历史前行，在这条古道上，我们的足音淹没了昨天的人流，明天的来者也将抹平我们的痕迹，这是不可抗拒的铁律。一条路的厚重在于它可以衍生太多的未知和未来，我们可以淡忘很多人和事，但绝不会忽略前行的路。不是从历史纵深走出来的一条条路，才有了今天高速高快高铁和航海航空航天技术的迅猛疾进，才使得人类能够驰骋于更广袤的疆域，抵达更遥远的星球吗？

二

任何一个城市都是历史的产物，城市的雕塑是史书的插图，记载着不同时代的历史和文明，渗透着时代的气息和脉搏。雕塑同时也是一个城市的标志，很大程度上代表着一个城市的品位。所以，我钟情于城市的雕塑，因为在这些雕塑的引领下我可以走进城市的深远记忆，惬意地吮吸着历史长河中渗出的浓浓乳汁。

游走在腾冲核心地带的腾越文化广场，我被一座大气的城市雕塑拽进了历史的古往今来。在这些雕像面前，我看到了古城腾越隐藏在历史烽烟中的广博内涵。耸立在腾越文化广场的"高黎贡山母亲雕像"，在腾冲人眼里，丝毫不亚于"自由女神"铜像在纽约人心中的地位。这座雕塑底座周长为 58.45 米，是腾冲面积 5845 平方公里的缩影，高 12.9 米，是高黎贡山主峰的三百分之一。高黎贡山母亲是腾越的象征，寓意为高黎贡山缔造了腾越神奇秀丽的山川，哺育了众多优秀儿女。头像下的山体上分布着六座浮雕，分明就是腾越的一部简史。在雕像显眼的位置，我看到了司马迁《史记》中乘象国即古城腾越的由来，看到了马帮驮来的汉文化，看到了腾越儿女数次抵御外侮的壮烈场景，看到了这座古城走出去的众多志士仁人。高大宽阔的雕像母仪端庄风韵悠远，包纳着母亲对儿女深深的挚爱。雕像周围是城里最热闹的地方，后面是新建的文体活动中心，在前方偌大的广场上老人们正忘情地跳着各种舞蹈，还有一些初来乍到的外乡人，正忙着录像和拍照，留存与高黎贡山母亲的深情合影。

因了对雕塑的特殊情感，我开始了对腾越镇十余处雕塑的逐一寻访，久居使我不需要购买城市地图和依靠百度搜寻，更不需要借助现代的交通工具，我坚信通过在古老小巷和宽阔大道虔诚地徒行，终将抵达每一座雕塑的身前。腾越古镇历史上最为繁华的凤山路，古老的楼宇已被滇西抗战的炮火焚为焦土，重建的街道也将在城市的改造升级中面临拆迁。沿主街穿过文星楼，来到一个空旷的广场上，一座硕大的马帮雕塑使我在惊诧中回不过神。雕塑虽为铸铁，但人物、骡马以及驮行的物件都栩栩如生。我久久驻足于雕塑之前，听古城的微风摇动马帮的响铃，灵魂随马队进行了一次旷古的出行。

腾越是马帮驮来的古镇。北方丝绸之路运用"沙漠之舟"的骆驼担负起货运重任之前，南方丝绸之路早已告别了肩挑背扛，用上了"山地之舟"的马帮。早在汉唐时期，作为南方古丝绸之路的要冲腾越，马帮就已经成为一道奇异的风景，穿梭于崎岖的山间古道江河木桥。虽被誉为"蛮夷之地"，腾越的富庶却让外地人艳羡不已，马帮便成了史上多次移民的使者，造就了这里的人丁兴旺。腾越人勤劳聪明尤擅经商，被称为"滇西的犹太人"，他们用高黎贡山的古茶换回了中原的棉麻和汉文化，用富余的粮食和特产换回了缅甸的翡翠和西域的文明。"十人八九经商，握算持筹见长。"辛亥元老李根源在诗中提供了佐证。马帮不但催生了腾越不少闻名遐迩的商界名流，还将腾越人引向更为广阔的世界。据说，腾越古城在世界各国的侨民就有 30 余万……

　　马帮将原始蒙昧的腾越驮向了现代文明，马队的足印已演变为一条条繁盛的通途。远在西汉时期的古城腾越就成了工商云集的地方和重要的通商口岸，1899 年英国就在这里设立了领事馆，1902 年清政府就设立了腾越海关，这是如今很多边疆省份都无法企及的。1945 年沿古丝绸之路修筑的中印"史迪威公路"，进一步促进了东盟国家间的商业贸易。历史的车轮浩浩荡荡顺势前行，古城腾越已变迁为现代化的腾冲，早已修通了高速公路，开通了国内航班，正在运筹高速铁路建设，渴望抵达任何能够抵达的地方。眼前的马帮，虽然已被定格成一座雕塑，但它承载的历史和记忆将铭刻在古城腾越的心扉。

　　雕塑延伸着人类的记忆，续接着人们的情愫。记忆永驻，思想就屹立不倒，在一座座雕塑前，除了对雕塑发展历史沿革的追怀和遐想，还有我个人关于雕塑艺术有失偏颇乃至公允的评判。在我看来，人类起源之初的雕塑应当是放置在显眼位置的一些土堆或者石块，根据提醒和警示的程度决定堆放物的大小，这种朴素的雕塑直奔主题不会使人产生厌倦。过度的精致反而让技术和雕琢死气沉沉，这不免让我想起无数令人眼皮也不想抬起来的街心花园中的雕塑，它们看上去很大气，符合几何、修辞、规整、对称的美学范畴，但奢华终究代表不了文化和内涵，特别是点缀在旁边的建筑、园林、植被全都千篇一律，毫无意趣。很多雕塑为什么存留于人类数千年历史长河而永远不朽？因为这些作品可以深入骨血直达内心。如公元前胡夫的金字塔、菲狄亚斯的"雅典娜"就彰显了雕塑艺术的高雅和真实。雕塑艺术的顶峰应当是欧洲文艺复兴时期至今的近400年时间，季培尔蒂的"天堂之门"和巴托尔迪的"自由女神"散射的能量和启迪总是让人顶礼膜拜。如今的城市，被摆放了太多的雕塑，艺术成了炒作的噱头和淘金的工具，目睹城市核心地带一座座钢筋水泥浇铸的雕塑，硕大的身形虽很显眼但却扎眼，感受它们眼神的迷茫和思想的虚无，我的心如针刺一般疼痛。在腾越古镇长途汽车站外的环岛中央，耸立着一座简洁朴素的雕塑，虽不耀眼却很养眼，让我领略了作者的艺术造诣和对主人公的深刻理解和把握。一个麻衫飘飘、长髯皓首的壮年男子正提笔挥毫，对面的巨大山石上呈现出"极边第一城"五个大字，挥毫者便是徐霞客。街心环岛已成为城市交通的梗阻，在大量拆除中，徐霞客环岛却能安然无恙毫发无损。在腾越人的心里，徐霞客配得上这样的待遇。

公元 1607 年 3 月 29 日，江苏江阴一个年方二十的柔弱书生，沿着江南至云南的 19 个省份，进行了长达 34 年的游历。此人在世界旅行史上也无人能出其右，他就是中国历史上著名"驴友"徐霞客。他耗毕生之力撰成的《徐霞客游记》达 60 余万字，被后世誉为地理名著和旅游巨著。徐霞客于 1639 年来到中国滇西南端的腾越州，通过 39 天的艰难探寻和跋涉，形成了约 3 万字的游记。腾越，是徐霞客游历最遥远的一站，也是他旅行的最后一站，终因边地的"瘴气"使其"头面四肢俱发疹块""两足俱废"而返回家乡，次年便与世长辞。"以躯命游，以性灵游"彰显了徐霞客游历一生的艰难和执着。在腾越的日子里，徐霞客已是沉疴重疾，但他仍然披荆斩棘、披星戴月地探寻着隐秘在山山水水间的自然馈赠，我想象他对自己笔下的"极边第一城"是怀有深深的情感的，腾冲现今所有开发的旅游景区，都能在他的《游记》中找到出处。"山以人重，人以地著"，腾越之地腾冲已成为全国旅游名城，正在着力打造"世界温泉朝圣地"。毋庸置疑，没有徐霞客发掘和探寻存留下来的山水之趣和人文之韵，就没有今日腾冲的日新月异蒸蒸日上。

三

很难想象，在腾越这样以农耕为主的边境城市，读书会成为人们生活的必要元素，我无时不被浸润在边城浓郁的书香里。一个夏日炎炎的午后，在"中国第一魅力名镇"和顺的图书馆里，我却看到了另外一种景象——偌大的借阅室竟然被读书看报的人们围坐得满满当当，寂静得只能听见他们翻动书报的声响。从依窗而坐翻看书报的读者的穿着看，大多数人是当地的农民，我的判断很快得到印证。图书管理员说，和顺人尤喜读书，人人都办理了借书证，人年均阅读量达 30 本以上。农闲和雨季，阅览室通常会人满为患一座难求，必须加派管理员和加搭大量桌椅才能应对蜂拥而至的读者。和顺人热衷于读书，不仅仅是一种文化现象，我更愿意理解为这是他们消解农事疲乏，激活精神泉源不可或缺的生活元素。

酷暑让人大汗淋漓，几个学生却浑然不觉，他们正在埋头翻阅着课外读物，专注地做着读书笔记，我感觉他们就是同年龄段的我。幼小的时候我常常问自己，拼命读书为了什么？从遥远的蜀地到云南工作，在拥挤不堪的长途火车上我才深切地感知，是读书改变了我的命运，明天以后我将告别这样的拥挤。几十年来，为了通过积攒文化积淀的量，拓展人生的质，我在艰辛的工作之余惬意地读书。我的书籍需要在微薄薪酬的养家糊口之余精挑细选，常常因囊中羞涩与一些好书失之交臂而心情不爽。而和顺人，以及我眼前如饥似渴的学生，则可以免费在琳琅满目的书本中饕餮朵颐，我羡慕他们幸福的读书生活。眼前的和顺图书馆为中国最大的乡村图书馆，前身为清末同盟会1905年组织的"咸新社"，购置成批书籍供群众免费借阅，发展至今藏书已达七万余册，古籍和珍本就有一万余册，珍藏有百衲本《二十四史》《武英殿聚珍全丛》《续藏经》《汉魏丛书》《佩文韵府》等旷世奇书。从胡适、廖承志、熊庆来、李石增等大家名儒的题铭可以看出图书馆的名头。书籍为文化之津，滋养了和顺的人杰地灵。在和顺，每家都有大学生，走出了滇西名儒寸馥清、中国当代著名哲学家艾思奇。

和顺，只是腾越文化的缩影，读书已成为腾越人的千年遗风和永不消弭的时尚。腾越镇的绮罗图书馆与和顺图书馆构成了边城图书馆的双子星座，区别在于和顺是乡级图书馆，绮罗是村级图书馆。绮罗图书馆藏书达四万余册，在全国也属罕见。漫步于千年古村绮罗，循着书香进入图书馆内，在古籍的字里行间寻找绮罗的隐秘。在历史的隧道里，我看见绮罗名流李虎变与徐霞客先生长达七天的坐而论道，听见他俩对绮罗"竹树扶疏，田塍纡错，亦一幽境云"的精妙描述。图书馆就坐落在竹树扶疏之处，乡人们正品着当地的古树粗茶，静静地阅看着书报。在借阅的柜台里，一个耄耋之年的老人引起了我的注意，在攀谈中得知，她叫马德静，87岁高龄，退休前为中学英语教师，已连任三届副馆长，退休30多年来，一直在图书馆担任义务管理员。她指着几位正在擦拭书架的老人说，他们都是退休职工，而且都属义务性质。在馆史记载中我看到，近15年就有61位退休老人参加图书馆的义务管理工作，26位已经与世长辞。看着步履蹒跚、忙于收发书报的马德静老人，想象着她30多年如一日的坚守，心口一阵酸涩。正是眼前这些可爱可敬的老人们，宁舍桑榆之乐也要将一册册书本铺筑成阶梯，引领众人在文化的吸纳和滋养中拾级而上。

在古腾越的今腾冲这样一个边疆的县级市，上万册的图书馆就有3个，乡村图书室就达239个。读书可以通达崇高的人生境界，促成人类的交融和聚合，好读书的腾越人在学识中开阔了眼界，在两千多年来的走"夷方"中，舶来了境外的文明，吸纳了中原的文化，输出了30余万侨民的同时，也招来了数十万全国各地的移民。书籍已成为腾越人休养生息的食粮，他们在痴迷的读书中夯实了文化之基，铆足了发展之力。文化积淀得越多文明程度就越高，腾越人深谙此理。一方水土养一方人，腾冲得益于古腾越文化的滋养，他们的眼前是一幅幅万众描绘的璀璨画卷，勤劳和智慧成就了"滇西明珠"的娇媚和惊艳。是丰厚的文化积淀使腾冲风生水起风头正劲，相继获批"全国园林城市"和"全国卫生城市"后，又成为云南首批"全国文明城市"，从他们踌躇满志的信心中，我看到了深厚的人文内涵赋予他们的底气。

四

优秀的传统文化散发着浓浓的乡土气息，我沉醉于腾越民间沃土滋养的传统艺术，常常被它的真实和朴素打动。

荷花乡甘蔗寨，在这个不产甘蔗的佤族村寨，饮过农家的清酒后观看佤族清戏，我醉了。是酒劲发作还是艺术熏染？两者都有。适逢农户小女出嫁，在村委会旁的戏台上正在演出清戏《姜姑刁嫂》，锣鼓敲击的声响伴着高亢清脆的唱腔，吸引了近百人驻足观看。剧目虽经多年重复演出，但人们一样专注入神。唱腔和对白夹杂着方言让我似懂非懂，但表演的幽默和逼真也常常让我开怀大笑。眼前的这些演员大多来自劳作之余的农家，演出时间一般在逢年过节或者村里人家婚丧嫁娶时。演出服已显破损，但他们对初冬的寒风却浑然不觉，已然将自己融入了遥远的时空。他们平凡的生活与剧情中跌宕起伏的故事和悲怆决绝的爱情毫无关联，但他们却能演绎得出神入化撼人心魄。我深切地感受到了他们的和谐，由此联想到《说文解字》中关于"和谐"的诠释，"和"乃口中有粮，"谐"则人皆可言，在衣食无忧的盛世中尽情表达，何尝不是一种幸福？

清戏源于湖北襄阳，又称湖北高腔，在明末清初的移民中沿着丝路古道的脉管流向腾越。在与佤族的习俗和语言融合后，形成了今天的佤族清戏。清戏多为清唱，演出依据演员对剧情的理解而自由发挥，引入之初为小勾锣和小镲敲击节奏，天生有歌舞基因的佤族人必然会为这样的戏种增加一些美学元素，引入大鼓、大钹和大锣等乐器后，音域更加雄浑，音效更加粗犷。佤族清戏的道具不多，服饰简洁，剧情也不复杂，但演出技能要求却极高，仅声腔就必须掌握"九腔十八板"，演唱时腔板穿插变换，抑扬顿挫悦耳动听，既善叙事又极抒情。因其传承完好，备受群众喜爱，被国务院列入国家级非物质文化遗产，农民演员李家显还被国务院公布为国家级非物质文化遗产传承人。

岁月之河水波不兴却暗流涌动，在它温柔的表象中隐匿和封存了太多的应知和未知，在我们懊恼的叹息声中，艺术成了历史的告密者，而这种告密从来不会受到追诉和惩戒……"三姓家奴吕布休要猖狂，燕人张翼德在此！"一将飞出，圆睁环眼，张吕激战八十回合不分上下。恼了虎将关云长，瞪起丹凤眼，手提青龙偃月刀，关张奋力战吕布，又五十回合不分胜负。蜀阵又奋起一将，刘玄德手持雌雄双剑三人合力攻杀吕布……激烈的杀伐引来观众阵阵叫好。这是腾越镇欢乐湖畔正在上演的刘家寨皮影戏《三英战吕布》。

我陌生于这种艺术形式，渴望知晓影像背后的隐秘，只身来到了演出后台。狭小的幕后便是表演者工作的场所，年约七旬的老者和晚生正在根据剧情拉扯着皮影，嘴里吐纳着敌我间挑衅和叫嚣的台词，他们的衣衫已被汗水浸透，剧情中"三英战吕布"现实里却是老少二人之间的搏杀。旁边两个中年女士正在手忙脚乱地寻找和铺设着下一个打斗回合所需的道具。身后的鼓乐师们除了要进行音乐伴奏，还要依靠和声的哼唱烘托演出气氛，抑扬的唱腔和顿挫的节律让人联想起基督教堂的唱诗班。历史，是今天与过去的对话。脑海中再次跳出了"和谐"这两个字眼，其实，和与谐在古语中为两种不同的乐器，会演奏出不同的声响。时空的隧道浩瀚深邃，但历史的久远并非遥不可及，往昔的剧情和现今的人物虽然毫不相干，但和谐的音律和深情的演绎却能将旷古的细枝末节生生拽到眼前。

主演皮影戏的老者叫刘永周，这位从本地走出来的民间艺人，凭借小小的皮影戏获得过全国多项大奖，央视《东方时空》还对他进行过专访。自皮影戏明清时期由湖广屯军移民引入腾越，刘氏族人就创作和演出至今，祖辈沿袭传承下来的皮影戏已经无法从他的生命和生活中割裂开来。观众在惬意的享乐后已经散去，演员们来不及喘口气就开始打理演出现场。眼前的老人已是垂暮之年，紧张的演出后难掩身体的疲乏，但宽大的演出服里却包裹着一副健壮的身板，结实的胸肌上正滚动着热汗。刘老面色凝重地向我讲述了当地皮影戏的生存状况。他说，现代多元艺术已使包括皮影戏在内的传统艺术受到前所未有的冲击，观众锐减、收入偏低加之专业性强，皮影戏在传承上已经出现断层。门票收入难以为继，只能依靠演员演出之余制作一些皮影饰品兜售游客维持运转。儿子儿媳已是戏组的中坚，长孙辞掉了外出务工的高薪工作学起了皮影制作工艺，小孙子大学刚毕业就被祖父从省城拽回戏组学起了表演。世间有无以穷尽的烦恼，少年维特之烦恼只是成长中的烦恼，而腾越传统艺术的烦恼则是生存窘境中的烦恼，经费短缺和人才断档使不少传统艺术日渐瘦弱逐渐消隐。一个民族，如果丢掉了传统文化就等于割断了精神命脉。这些执着的传承者们，多么渴望天赐一柄锋刃砍断市场的物欲之手，但这样的念想只能搁浅在现实的涓流里！刘家寨皮影戏在市场和传承之间，将会是什么样的命运？我坚信刘永周老人及其子孙们不会轻言放弃。

古老的乐器在数十个古稀老人的拨弄下，发出整齐有序的音乐，幽幽的丝竹之声从深深的山谷中飘然而来，轻曼悠扬、婉转轻抒。在腾越镇城保桂乡会的洞经古乐演奏声中，我在古乐飘飘中梦回唐朝。古风古韵古乐，只能在梵心净土中才能倾听到。这种融道教音乐、宫廷音乐、民间音乐为一体的汉曲丝竹乐风何以在极边之地流传甚广？我感叹于中华艺术的血管一脉相通。这种随边地战事中的军屯移民，于明洪武年间流入腾越的艺术形式，在数百年的传承中既保留了庄重典雅的中原古乐韵味，又融入了生动活泼的边地曲种声调，形成了独具腾越地域风格的洞经音乐。历史上的洞经音乐会，观看者多为有身份地位和功名的文人雅士，现在的普通集会，人们都可现场聆听经典曲目的诗赞奏唱。如今的腾冲，洞经组织已遍布乡村，有十余个乐团在常年演出，腾越女子洞经乐团还登上了维也纳的金色大厅。

夜幕低垂，华灯初上，演出还未散场，表演者和观演者的兴致没有丝毫减退。我在观众席一隅陷入深深的思索。鸿篇巨制的艺术门类虽然从众者多，但很难进入人们的记忆，而传统艺术不光鲜不华丽，年深日久也没有成为散发着陈腐气息的沉重包袱。艺术的价值，当直接体现于受众的认可和接纳，传统艺术之所以生生不息，因其植根于原生的文明属性和民族特性，亲和地彰显着平面维度上的信仰高度。

五

在意念中，我多次想象着腾越丰厚历史凝成的美好，但美丽的称谓背后往往隐含着巨大的悲伤，享有边陲重镇和军事要冲美誉的腾越边城注定会与战争有着不解之缘，帝权的觊觎让这里饱受了太多的战火之殇。原始蒙昧的古滇文化自庄蹻入滇开始，就在屡次战火与移民的浸淫和腐蚀中逐渐消隐，腾越也无法幸免。

汉武大帝长矛一挥，"乘象之国滇越"就在一场杀伐中进入了大汉王朝，汉文化疾风骤雨般沿着一条条阡陌小道渗入了腾越的肌肤。经历了唐宋的短暂繁盛，腾越这块富庶之地便在忽必烈的蒙古铁骑下成了大元帝国辽阔疆域的微量元素。大明帝国的王骥将军三征麓川的平叛之役，将腾越作为总指挥部，虽未受到战火袭扰，也耗去了大量民脂民膏。经腾越逃亡缅甸的永历皇帝，谱写了帝王历史的一曲悲歌，欲借高黎贡山天堑与清军孤注一掷扭转时局的韬略，因叛徒告密而夭折，命殒黄泉的帝王成了消隐于历史海洋的一片花叶。大清王朝治下的腾越边地也是战火频仍，仅杜文秀领导的反清义军在腾越古城与清军的对峙就达 18 年之久，破城之日尸横遍野，数千义军全部阵亡。滇西抗日的惨象犹在眼前，腾越古城在日本军国主义的魔爪下被夷为平地、化为焦土……

行走于战火中幸免于难的古巷深处，触摸老旧建筑物上的斑驳印记，突然感到所有的絮叨都于事无补。所有的过往都将成为历史，传统、习俗、移民、战火，都是历史的产物。只有从古腾越肩膀上站立起来的现代化腾冲蒸蒸日上的变化和腾冲人民的幸福生活，才是我们需要见证的现实。

绿毡上的芭蕾

　　湛蓝的天穹下，高低错落的孤峰呈环状围挡着普者黑，密密铺排的荷叶，像着了色的毡毯，浓绿地覆盖在狭长幽深的湖面上。这是远处目及带来的直观感受，这些感受会像有魔力般拽着你亦步亦趋，走进绿毡的腹地。

　　绿毡被巧妙地从中间的核心地带剪开一条口子，我与别的游客一样，将从这条窄直的缺口乘着游船穿行，观阅那些镶嵌在绿毡上正星星点点盛放的荷花。湖面漾起的微波向船舷两边扩散开去。眼前绿色的毡毯，由肥厚宽大、层层叠叠、绵绵密密的荷叶织就，叶面上存留的晶亮水珠是晨露留下的遗痕。盛放的花朵以及含苞待放的花蕾，在荷叶间探头探脑随风摆动，恰似灵动惊艳的人间芭蕾。之前的多次观荷，我曾去过华中粤西和北国江南，也去过日本、韩国和缅甸，但那些被人为规范过的繁华和宏阔，似乎都没有给我留下值得铭留的记忆，而普者黑的荷花那朴素中的惊艳却迅疾地惊到了我。

　　荷花正次第盛开，花蕊间有蜜蜂正专注地吸粉，偶有飞鸟从荷叶中突然窜出。我在眩晕和恍惚中有些分神，记忆不由分说便将我拽回一场芭蕾舞剧现场。14年前孟冬的一个晚上，我在昆明的云南大剧院观看了由中俄艺术家联袂创作的芭蕾舞剧《小河淌水》。因为对这种欧洲艺术形式的陌生，我一直权衡和考量要花掉 880 元钱去看这场演出的必要性，但又被半个世纪前回荡在苍山洱海间的民族经典《小河淌水》的温婉旋律所诱惑和折磨，在忐忑中走进了剧院。高雅的艺术与我的矛盾心理很快达成了和解。作为俄罗斯与中国云南共同推出的第一台芭蕾舞剧，《小河淌水》汇聚了当今世界上最优秀的舞蹈大师——驰名世界的芭蕾王子、俄罗斯国家芭蕾舞团团长及俄罗斯国家大剧院艺术总监维亚切斯拉夫·戈尔杰耶夫担任编导，著名俄籍功勋艺术家左贞观先生作曲，俄罗斯爱乐乐团现场演奏，俄罗斯国家芭蕾舞团 50 多名顶级舞蹈家倾情献演。唯美的中国韵味，典雅的西方奇葩，情真意切的云南情歌，优美至极的芭蕾舞姿，华夏民乐与西洋演奏的和谐交响，深深地震撼着我。苍山环伺，洱海扬波。一汪心灵之海，见证了一则历经沧桑却华丽绽放的爱情故事。在绿毡一样的洱海上，芭蕾舞剧演绎出了一朵朵盛放的花，这些灵动曼妙的花的影像一直驻留在我的心里。当我置身于普者黑的荷花之海，面对现实版的荷花芭蕾，瞩目娇艳丽质的一朵朵荷花，那些舞台剧上的影像便逐渐模糊起来，《小河淌水》的唯美演绎岂能跟眼前这幕活剧相比呢？

一行四条游船在笔直的水道上行进，我们的前后左右都是舞台，在大气宏阔的荷野中，在四围灿若繁星悄然绽放的荷花前，作为观众，我们虽卑微渺小却幸运舒然。绿伞一样张开的肥大荷叶，托举着红白各异花叶凝珠的花蕾和花朵，微风送来荷花的独特清香沁人心脾，让人如醉如痴浑然忘我。"惟有绿荷红菡萏，卷舒开合任天真。"唐人李商隐的佳句与此情此景竟是如此的异曲同工天然契合。荷花舞动的芭蕾，更是撩拨着我的心蕾，拓展着我的想象。随行的一众作家朋友无一不被惊艳的荷花所倾倒，让荷花的各种姿态以照片和视频的方式慷慨地挤占着手机的有限内存，每个人都在不同的个性中尽情地释放和宣泄，并不时发出近乎癫狂的叫喊和赞叹。

"快看，有一朵大洒锦。"一船人循着声音全部走出船舱，挤占在船尾的开阔地，承重不均已使船头高高翘起，但大家已然顾不上航行的安全，都拿出了手机和相机拍照录像。机动船并未因"大洒锦"的出现而降低速度，但我还是得以幸运地一睹她的芳容。在镶嵌着白荷的一条近千米的绿毡上，唯一一朵花瓣红白同体的硕大荷花耀眼地呈现在水道的近前，这就是极为罕见的"大洒锦"。万物疏陌者贵，在这 15000 亩连片的庞大荷海中，能见到"大洒锦"需要缘分。据说此花为普者黑的土著品种，已有250 万年的生长史。被万千白荷簇拥的"大洒锦"蓬蓬勃勃，明显要高出一头，众星捧月般鹤立鸡群，妖娆地展示着自己的高贵典雅，她拼命踮脚突出重围的初衷，莫非是为了离太阳更近？而此刻，它离我最近。也许是为了给再次造访留下伏笔，我们遗憾地没有看到与"大洒锦"同样金贵的姊妹花"小洒锦"。

剧情尚有起伏，荷景却都在高潮。即便在一片莲荷无法生长的草甸上，也停留着上千只从西伯利亚远道而来的鸥鹭。鸥阵时而翔于低空，听荷花潜滋暗长，时而静立荷前，观花叶舞动芭蕾，它们是普者黑最虔诚的观众。花随景动，意由心生。不久前拿了《十月》文学奖的散文作家叶浅韵一边不停地拍摄着各种不同姿态的荷花，一边不停地说，太美了，要写，一定要写！而近年来在省内乃至国内大红大紫的 90 后新潮诗人李昀璐，则将娇嫩的粉腮置于窗舷，脸上露出与其年龄无法匹配的沉稳表情，静默地注视着湖面上灵动摇曳的花叶。她又在酝酿着怎样美妙的诗文呢？

突如其来的阵雨将我们提前送到了仙人洞，这是我们游览普者黑的最后一站，也是将要午餐的地方。寨子前长长的仿古实木栈道成为最佳的观荷位置，与荷花的亲密接触在这里成为现实，雨中竞相开放的荷花如情窦初开的出浴少女，在它们浮动的体香中，我分明听见了它们开放的声音。这个依山傍水的寨子世居着彝族撒尼人，他们独享着上苍给予的恩赐。临街的铺面为他们带来了旅游经济发展的福泽，在临水的阳台上，还有荷花在为他们舞蹈。

梨花落春寒

又是一年梨花白。

六千亩梨园铺设在背靠梁王山的万溪冲，遍野的梨花一片银白，耀眼得有些眩晕。如果没有点缀其间的殷红桃花，我会疑心自己来到了北国雪野。花事萦心，各种联想便跳出思维，环顾四围，我突然有些心不在焉，恍惚中总觉得这里似曾相识。手机微信的震动打断了我的臆想，江西的战友发来了我和他与连长的合影，并附言："今天是连长的忌日。"这个揪心的日子，让我瞬间从梨花季的温馨中回到了倒春寒里的冷凉，百思不得其解的纠结也很快有了答案。背靠梨园的山脚下虽然被鳞次栉比的房地产占领，在那熟悉的山形下，27 年前驻训过的营区还是浮出了我的记忆。岂止似曾相识啊！

已经过了盛花期的梨花纷纷扬扬，如雪花飘落，契合我黯淡的心情。我拖着沉重的步子从花海中抽身而退，穿过万溪冲社区的仿古街道，经过一个新建小区，便来到了当年驻训的部队营区。战略导弹部队被神秘地封闭在这个山坳里，使这个驻扎多年的训练团鲜为人知。我所在的部队每年都要长途拉练至此，进行为期三四个月的导弹发射训练。眼前，已经搬迁多年的营区残垣断壁疲惫不堪，但还保持着原有的布局，我的记忆很快复苏。

太多不确定性里充盈的无数巧合，使人生多维而鲜活。当时梨花正开，虽然具体时间不再记得，但我确定自己是 27 年前这个季节来到这里的。作为预提军官培养对象，我被任命为杨成铭所在连的代理排长。杨成铭何许人也？他可是部队的先进典型，虽然只有初中文化程度，但他却通过严格训练和刻苦钻研，成为全旅首屈一指的导弹"维修"专家。不但多次立功受奖，还直接从志愿兵破格提拔为上尉连长。这样的"破格"提拔，在我 14 年的军旅生涯中是唯一所见。对于这位标杆连长，我未见其人，却早闻其名。派我到他手下"镀金"，足见政治部领导的良苦用心。

担任代理排长虽然不足四个月，我却获益匪浅，甚至受益终生。在工作上，他是好连长；在生活上，他是好兄长。虽然是代理排长，但是在专业技术上我却是不折不扣的门外汉，尤其是在对战略导弹这些"宝贝疙瘩"的维护保养上，总是显得笨手笨脚。杨成铭看在眼里，将我叫到身边说，连队所属专业必须经过半年的专业培训才能胜任，而你到连队锻炼的时间却只有四个月，指导员在外学习，连队的政治工作有点掉队，好好发挥你这个机关来的"笔杆子"的特长，放开手脚，明天开始主抓这项工作。作为宣传科新闻报道员，搞宣传教育我自然得心应手，有连长的支持更是如虎添翼。次月，在旅政治部组织的外训连队歌咏比赛、演讲比赛、黑板报比赛中，我们连就夺得了两个第一名和一个第二名，这在连队史上尚属首次。当年部队节假日会餐，干部可以适量饮酒，连长杨成铭在"五一"劳动节会餐时破例奖赏了我一口缸"老白干"，并要求我"一口闷"。我豪迈地一饮而尽后便翻江倒海狂吐不止。醉得其所，我感到荣光。

家住重庆涪陵三峡片区的杨成铭，兄妹众多，家境贫寒，在官兵眼里，他是严爱相济的兄长。作为年近四十的最老连长，他事事处处以身作则，生活上从不搞特殊，工作中第一个到岗，训练时第一个到位，就连高强度的武装越野训练，他都坚持与二十郎当岁的战士一个考核标准。律己生威，实干垂范，部队的标杆连队就是这样立起来的。

人生百面，最难琢磨的是人的情绪。我们很难在一脸严肃的杨成铭脸上见到笑容，而在他坚硬的表情里面，却隐匿着太多的善良和慈爱。在行将结束代理排长时，连队发生的一件事对我触动很大，故事还得从我此次踏访的梨园说起。训练场外的宝珠梨沉甸甸地压弯了树枝，已经到了采摘季节，经不住诱惑的三名新战士便趁着夜色偷摘了几塑料袋。此事被群众反映到了部队的驻训领导处，连长和指导员为此作了深刻检查，并责令连队严肃处理当事人。连务会上，气氛非常紧张，新任指导员义愤填膺，痛陈当事人过失，以骂人的言语"问候"了三名战士的父母，并要求给三名战士处分。杨成铭一言不发，一直阴沉着脸，官兵们都在猜度连长可能随之而来的暴风骤雨。使大家大跌眼镜的是，杨成铭并没有坚持原有的套路。他一改平常的厉声海气，接过指导员的话平静地说，指导员刚到任，作为连长，自己负有不可推卸的管理责任，会在接下来的军人大会上作出深刻检查。给三名新战士处分的问题一定要慎重，要着眼他们的成长，充分考虑他们的未来，给予改正错误的机会。最终，自然以杨成铭的意见定调。他率先向官兵作了检查，承担了管理责任。三名战士作了检查后，并未对他们实施处分。其实，这三名战士都在我所在的排，作为代理排长，我更是难辞其咎。如果责任落到了我的头上，我之后的提干肯定泡汤，现在想来都心有余悸。但连长杨成铭却放了我一马，自己将责任揽了下来。据杨成铭讲，这是他27年军旅生涯中唯一一次被批评和作检查。不撂挑子，有担当，是我敬重杨成铭的主要原因。

"战友，战友，亲如兄弟。"这句歌词在杨成铭身上得到了很好的诠释和印证，每个与他共过事的官兵都能从他那里感受到手足亲情。给我发来微信的江西战士多次说，成为杨成铭的兵，是他的福分，我相信这代表了很多战士的心声。杨成铭资助过很多家庭困难的战士，也为驻地很多困难群众送去过温暖。连队的一名陕西籍战士转业后遭遇车祸去世，杨成铭一次性就给这名战士的家属寄去了自己整整一个月的工资，而妻子当时正下岗待业。部队要表彰一批驻训先进个人，众所周知，按实绩非杨成铭莫属，他却说服连队党支部支委成员，将先进个人指标让给了我，意在为我的即将提干增加筹码。

如愿提干并经过半年的军校培训后，我回到了部队，按规定必须到基层担任排长。我心仪于县城里的通信营，这里除了生活条件和工作环境都比较优越的因素，关键还在于经常可以与部队机关打交道，便于到邮局投递稿件。于是，我私下找到比较熟识的教导员谈了自己的想法。教导员说，求之不得啊，我们通信营就缺你这样的新闻报道骨干，好好给我们营宣传宣传，我去跟政治部主任要人，明天就来报到。教导员跟政治部主任是老乡，而且还是高中和大学同学，心想这事已是板上钉钉，八九不离十了，我心里美滋滋的。可是，事与愿违，我被分到了大山沟里的技术营，居然还在杨成铭所在的技术一连。其实，人生中的很多巧合都是人为的，包括我再次回到杨成铭所在连。据说，杨成铭早已捷足先登，找政委要了我。

我成了杨成铭手下的一排排长。虽然钟情于政工，但杨成铭却一门心思要把我往军事上带。他多次暗示我，要将自己的那些绝活全都传给我。三个排长中，我是最苦最累的那一个。年底，我们连被评为标兵连队，荣立了集体二等功。营里要将一个三等功指标给杨成铭，他却毫不犹豫地拒绝了，条件是必须将这个三等功留在本连队，而且只能给带兵的排长。肥水不流外人田，何况杨成铭这样"护犊子"的人？我心想这个三等功非我莫属。杨成铭与指导员一合计，居然将这个三等功给了二排长。很长一段时间，我都对杨成铭耿耿于怀。杨成铭将我的不满情绪看在眼里却视而不见，依然给我交任务，压担子。

春节一天天临近。西南高原的大山沟里，夜黑风急，寒气袭人。夜深人静，查铺的杨成铭见我还在俱乐部埋头写稿子，便将我叫到操场上。短暂的沉默之后，他说，按理说这个三等功应该给你，可是二排长的工作能力和成绩也非常不错，关键是他在正排位置上已经干了两年半了，这个三等功如果给了他，可能很快就晋升副连了。杨成铭紧接着说，有困难要上，有荣誉要让，这是革命军人的胸襟和情怀。一种羞愧感蓦然袭来，我突然感到无地自容。这个三等功更应属于连长，可他高风亮节，首先想到的是自己的部属。而我，心里却只想着自己。这件事也使我明白了一个道理，不管做人做事，无论因私因公，心里都要装着别人。

我不能对火热的军营生活置若罔闻，繁重的训练和管理并没有使我丢下新闻报道。担任排长的一年时间里，我相继将驻地拥军优属的事迹写上了《人民日报》，将本营的训练成果写上了

《解放军报》。采写连队哨所的报告文学作品《山恋》被《火箭兵报》刊发后，还获得了本报的年度头奖。采写连长杨成铭的报告文学作品《青春在舞动》也获得了《火箭兵报》的征文二等奖。锅巴香了，火候就到了，机会就不远了。我很清楚，调回政治部宣传科担任新闻干事只是时间问题了。果然，政治部调我的电话打到了营里，营里又打电话征求连长的意见。我清晰地记得，由于当天下雨无法训练，杨成铭便为连排干部讲装备课。在场者都能听见电话听筒里传来的营长洪亮的声音，在杨成铭的片刻犹豫中，我感觉调回机关的事十有八九会在他这里卡住。在座的谁不知道，杨成铭让我担任一排排长，是要将我作为接班人培养的。再说，新任干部必须在基层工作干满两年才能调进机关，而我到这里还不足一年三个月。短暂的沉默之后，杨成铭用眼神跟指导员交换了意见，意思还是放我走。他紧接着对营长说，我们同意这个同志调动。要挂电话时，他又对营长说，这个干部可是我们技术一连培养的哈。

事后，我问杨成铭，您既然铁了心要将我培养成接班人，又为什么要放我走？杨成铭却语重心长地说，你有一个优秀指挥员的潜质，当时确实舍不得放你走，但是人总是要往高处走的，机关的发展前途更好，拿笔杆子更适合你。

我14年的军旅生涯，在基层工作的经历不足两年，与杨成铭相比，我相形见绌。杨成铭担任过副军职领导的公务员，转志愿兵后就申请进了山沟，而且一干就是20年。其间，他当过炊事员、喂过猪，担任过操作号手、连长、副营长、营长。是常人无法具备的坚韧，使他即便深扎于这么艰苦和清寂的地方，也能在爱岗敬业中走向人生的高处和深处。

我如愿回到旅政治部宣传科担任新闻干事。杨成铭则在当了一年半连长后，再次破格晋升为副营长。杨成铭所在的营区与我所在的机关有数十公里，我们的相聚只能在他半月一次的回家属院期间。只要杨成铭在家，我和一个由他手下副连长调任司令部参谋的小伙子就一定是他家里的座上宾。我们期待这样的日子，除了可以从他身上学到做人的道理和部队的本事，更重要的是能够感受到家的温暖，享用到他亲自下厨烹煮的正宗川菜。每每此时，我们都会在酒意轩畅中谈天说地意犹不尽。而杨成铭，在豪饮中也尽显一名军事干部的特质，都会在先干为敬后倒杯亮底。

在杨成铭担任营长的时候，我调到了200公里以外的基地机关。其间，我们每年都要想方设法聚会几次。即便电话联系，他也总是嘱咐我好好干，在他的唠唠叨叨里，我感觉自己就是个不谙世事的孩子，一个血气方刚的兵。铁打的营盘，也要在日月流转中新陈代谢，这是战斗力的要求，也是军队建设的铁律。在杨成铭升任旅副参谋长两年后，我俩不约而同地脱下戎装转业地方。不同的是，杨成铭要回到原籍重庆涪陵安置，而我则随老婆的户籍在省城昆明就地安置。在我精心安排的送行晚宴上，杨成铭和我都酩酊大醉，我看见他眼里不断有泪水流出。我深知，这是他对军旅的不舍。

此晤竟成永别，饯行成为诀别是何等的残酷。转业后不久，杨成铭就查出了癌症，但他一直瞒着我和一众战友。在此期间，我每年都能收到他寄来的腊肉、香肠、黄花、木耳等土特产，也经常能从手机中听见他带有磁性的惯有语调。患病期间，杨成铭曾两次回到部队，遗憾的是我俩一次也没有见上面。第一次，我正好在省外出差，重任在身。第二次，原本是可以见上面的，但他考虑到我刚去一个边疆县级市任职，为了让我安心工作，就没有告诉我。据一个战友讲，杨成铭当时已经被癌症折磨得骨瘦如柴了，但他始终强颜欢笑，一如既往地谈笑风生，而参加聚会的战友们都在悄悄抹泪。在面对死神的从容中，杨成铭凸显出了一个军人的质地和风骨。

起风了，我从破旧营房摔碎的瓦片声中回过神来。梨花，正随风飘落。

"梦回人远许多愁，只在梨花风雨后。"倒春寒，这股来自西北地区的间歇性冷空气侵袭，蚀骨般寒冷。此刻，它在与南方暖湿空气相持不下中脸色骤变，阴雨便潇潇落下。

木树朗的通途

　　撇开动物跳跃爬行奔跑的繁衍求生觅食之路，可以肯定地说，各种路都是随人类的出现而产生和发展的。羊肠道、水运线、沥青路以及不断演进的航海线路、高速公路、高速铁路、地下轨交、空中航道，都是人类永续发展的通途。每一条路，都有自己的内涵和外延，比如从木树朗穿行而过的东川至功山高速公路，在快捷通达属性的背后，还有诸多值得回溯的故事，以及他们在愿景中将会抵达的长路远途。

一

　　曾几何时，古城东川风光无限，以丰富的铜矿储量和开采量被誉为中国的铜都，为国家建设和当地繁盛作出了贡献。在行政编制中，东川也因此多年作为云南省的地级市。随着铜矿的逐渐枯竭，昔日的铜都慢慢失去了往日的辉煌。1999 年底，东川由地级市降为昆明市的县级区后，矿产资源枯竭留下的后遗症便慢慢凸显出来，产业单一、生态恶化、泥石流频发等问题已经严重桎梏了东川的经济社会发展。周边县份大都修通了高速公路，东川还在三级公路的另一端孤独守望。作为省城昆明市的县级区，东川却有着距离昆明市180多公里的距离，而且一出区城还是近90公里的三级公路。连通邻县寻甸功山镇高速公路的距离只有70公里，而这个距离，在国家的高速路网地图上，肉眼都很难看见。

共和国的铜都东川，不应该被这样对待！

门外的人望路心叹，门内的人心急如焚。铜都东川要重续辉煌，只有转型升级。如果不能接入高速路网，用什么转型？拿什么升级？东川区几任党政领导也始终没有停止奔走呼号，无数次上书吁请。2016年，成为"肠梗阻"的东川至功山高速公路建设项目终获批复。铜都东川，将在不久的将来驶入经济社会发展的快车道。

久违了，铜都东川！

区委、区人民政府召开高速公路建设工作誓师大会后，各种组织和机构很快运转起来，首先开展的是征地工作。作为高速公路的接入口，铜都街道办事处以及辖区的木树朗村就成了工作的重心。东川区人民政府区长徐增雄亲自挂联铜都街道办事处，督阵征地拆迁工作。在参加街道办的动员大会中，徐区长提出必须责权明晰，奖罚分明，逐级签订军令状。这就意味着，初来乍到便主持街道办政务工作的刘忠杰也要向区长递交军令状。刘忠杰拍着胸脯自信满满地说，请区长放心，保证完成任务。彼时的刘忠杰刚刚跨进36岁的门槛，因为徐区长的力荐才从别的乡镇调到了铜都办事处，挑起了政务工作的担子。徐区长说，他就看重这个愣小子的那股子冲劲儿，任何难题在他手上都能妥善解决，是一把做基层工作的好手。五年来，刘忠杰没有少挨区长批评，也没有少被区长表扬。通过努力工作，他很快转正为办事处主任，之后又担任办事处书记。2021 年 4 月 30 日，这位 80 后书记还被省委、省政府授予"云南省脱贫攻坚先进个人"。刘忠杰深有感触地说："建设高速公路那四个年头，可以说办事处和行政村参与进来的每个同志都脱了一层皮。"此期间，他们夜以继日，白天要下沉到分片挂联的各行政村，晚上还要以开会和座谈的形式部署工作或会诊存在的困难和问题。"不过，苦了也值得，不但圆满完成了高速公路建设中的征地、拆迁和服务保障工作，还锤炼了干部，凝聚了群众。"刘忠杰话锋一转又说。既要挂帅，又要出征。次日，刘忠杰就一头扎进了征地拆迁任务最重的木树朗村。

二

即便在岁月远去的皱褶里，木树朗依然能从时光的隧道里走出来。在 51 年前的一次建筑施工中，村子里挖出了陶器和瓷器。之后，村子里又挖出了石斧、石锛、陶罐。通过文物部门遗迹采集，还发现了大量动物骨骼化石、大象和犀牛的股骨、脊椎动物的肩胛骨和股骨。省级文管部门经过考证作出权威结论：木树朗村为新石器时代遗址，而且在 4000 多年前就开启了农耕文化，在战国时期就已经掌握了有序的耕作、种植和收割方法。这些古老的器物和权威佐证，震撼了省城昆明，惊艳了铜都东川，鲜活了一文不名的木树朗。

远古时代的木树朗居住着种类不同的少数民族，具体的族群及沿革已是众说纷纭无从考证，他们在岁月封存的一条条羊肠小道上来来去去，早已了无踪影。此消彼长，少数民族人数的萎缩与汉人的涌入不无关系，茶马古道在人口的大量迁徙上功不可没。正如《东川府志》所述，唐文宗大和二年（828年），南诏国攻打成都时，从蜀地掠走了大批工匠和文人，辗转流落到属地东川府定居。在之后的雍正、乾隆年间，随着东川采矿业和炼铜业的兴旺，涌入的汉人就达3万余人，这些人已经成为木树朗村人口的主体。在全村2014人中，汉族1775人，少数民族239人。在少数民族中，苗族201人，彝族38人，而这两个民族也并非世居民族。村子里小路阡陌，有的通往远古，有的直达现代。

木树朗，彝语中意为开阔地上长满竹子的地方。而在我的视野里，木树朗村有限的空间已经长满了房子。据几位在村委会文化活动室前晒太阳的老人说，早些年村子里还是有不少竹子的，除了被垦为庄稼地，基本上在修建房子时被砍掉了。开阔地上满是竹子，其美其景不难想象，但在本就不大的村子里张望和行走，我居然看不到一株竹子了。"宁可食无肉，不可居无竹"的典故，使我一时很难从唯美的诗意中走出困惑和忧郁。而看到鳞次栉比的楼房、蓬勃茁壮的庄稼、可能因修建进村入户的水泥路而遭到砍伐的竹子，我很快释然。现实，终归会使怀旧回到理性。较之富足殷实的物质生活，那些都是细枝末节。

木树朗是东川区城的前沿，却是区城所在地铜都街道办事处的末梢。所有城镇的建设和发展重心都在核心区，我们必须接受这个不争的事实。再说，铜都街道办事处4.8万余人，而作为行政村的木树朗人口却刚过2000，人口体量也处于劣势。木树朗村的人均耕地还不足7分，且多为坡地，发展产业也毫无优势。在街道办事处20个行政村、居委会脱贫出列中，木树朗村明显滞后于别的地方。拿村委会班子的话说，是道路不畅拉了本村发展的后腿。办事处 8 个城市社区的交通状况自不待言，7 个居委会全部实现了水泥路入户，包括偏远一些的行政村大多数也已经实现了村村通，木树朗村却还是一条破烂不堪的泥泞路。道路建设需要真金白银，交通建设上的短板有太多的主观因素和客观条件。群众对于道路建设的风言冷语，常常拷问和鞭打着村两委班子。

三

盛夏五月中旬一个午后，气温已经达到了入夏以来的峰值，40 摄氏度的高温，使行人、禾苗、果树以及牲畜都显得无精打采。木树朗村委会的两条狗目光无神地蜷缩在屋檐下的背光处，对于我这样一个陌生的闯入者，它们没有本能地对陌生的面孔表达出叫嚣和抗议，更没有摇动尾巴表示出欢迎，只是自顾用爪子不停地扒拉着头上的跳蚤，对眼前汗流浃背的我视而不见。

"对不起，对不起，对不起！"村支书邓绪军停下摩托车，一连给我说了三个对不起。此时，我已经在骄阳下的约定时间里站了近半个小时，情绪早已写在脸上，淤积在心里。走到我面前的邓绪军，一把一把地甩落着脸上的汗水，T 恤的前身和后背湿透了的圆圈状的边际遗留着食盐一样的白色汗渍。直面这样的情形，我不得不打理一下自己的心情，尽可能显得若无其事。邓绪军说，省市工作组近期要到东川复检"全国卫生城市"的创建工作，"两委"的班子成员都是本村农民，近期是庄稼锄草和追肥的高峰期，早上天气阴凉，要让大家回去盘田锄地，只能利用中午时间组织他们打扫街道、清理垃圾、入户宣传。当天是周六，而村干部哪来的周末呢？据邓绪军说，他在春节后就没有休过周末了。上面千条线，下面一根针。作为中国行政单位最基层的基层，村民委员会是工作落实的最前端。邓绪军说，在启动高速路建设之初，他是木树朗村的副支书，半年之后担任支书，从高速公路征地到工程结束的三年多时间，他几乎没有睡过一个好觉，现在还落下了胃病。村干部的不易由此可见。

对于所要了解的木树朗村踏上高速路的生活，在没有任何资料和文本可以参考和借鉴的情况下，我感觉自己成了一个写作的孤独者。我也深知，只有依赖这里的两委班子和休养生息的群众，才能还原他们脚下这条高速路上的过往、回溯他们的奉献、描画他们的愿景。邓绪军挂了电话不到 10 分钟，两委班子成员中的其他 6 人便纷纷从各自承担的网格卫生责任区赶到了村委会。在简易的会议室里，气氛在不疾不徐的交谈中漫流，大家你一言我一语，想起什么说什么，采访被鲜活成了家常，故事在互动中得以再现。出乎意料的是，7 名两委班子成员，居然没有一个人谈及在高速公路建设中所经历的各种艰辛和面对的困难，"苦不过征地、难不过拆迁、烦不过处理建设纠纷"，这些高速公路建设最烦心的事，都被他们轻描淡写地略过了，反倒是他们平实话语中那些记忆犹新的细节才使高速公路建设中的一个个故事活色生香、楚楚动人。

确实，高速公路征地，是木树朗村两委班子面临的一个全新问题。虽然有办事处刘忠杰副主任压阵，但具体工作还得村委会班子成员来做。仅有 2014 人的木树朗村，高速公路途经面积就达 4 公里，本就缺田少地的全村薄田瘦地不足 1200 亩，而高速公路就要占去 230 多亩，占用的土地基本上是好田肥地。其实，高速公路要经过本村的消息早在两年前大家就已知晓，但有关征地的赔付标准却是众说纷纭。对于这样重大的国家建设项目，大家都知道"腿肚子拧不过大腿"，必须无条件服从，他们唯一的愿望就是尽可能多得到一些赔偿。有人说，水田每亩能赔付到16万元，旱地每亩能赔到13万元。也有人说，水田只能赔到9万元，旱地则只能赔到7万元。对于前一种赔付标准，大多数人还是认为划得着被征用；而对于后一种赔付标准，村里几乎没有一个人愿意接受。甚至有人扬言，赔付价格不到位，打死都不同意征地。村委会面临的压力可想而知。

现任村监委主任潘志春当时是村里的网格员，他率先带领一帮人开始了将被征用土地的丈量工作。白天拉卷尺、做记录，晚上形成表格、上传数据，加班加点两个多月，可以说村里被征用的每一寸田地都经过了他。在征地丈量的确权过程中，群众间的纠纷也不少，潘志春就处理了13起。通常情况下，他都会根据土地承包时的历史依据，公正地进行评判，让大家心服口服。马正发和潘庭瑞地界相邻，都在边界旁开垦了一些荒地，土地承包时的依据已经无法证明各自的土地面积，多次吵架积怨很深，都认为自己的开垦面积比对方多，办事处和村委会四次调解也悬而未决，此事在征地时落到了潘志春手上。潘志春仔细丈量后，估算两户的垦荒面积大抵相当，便给出了解决意见。他说，如果你们同意，垦出的地就算成一家一半；如果不同意，就作为非承包地不列入征用范围了。如果继续死掐，两户都得不到垦出土地的征地补偿，损人不利己的事谁也不愿意，两人忙不迭地说，同意同意。在签订征地协议后，潘志春还促成了两人重归于好。村子不大，不是亲戚就是朋友，有人让他在丈量土地时活络一些，卷尺能松就松一点。可他却丁是丁卯是卯，既不让群众吃亏，又不使国家受到损失。在有关部门的抽检中，本村被征用的土地面积百分之百准确。有人说他是"榆木脑袋"，他一笑置之。正因为坚持原则不徇私情，潘志春不久就被任命为村监委主任。

做农村工作，一味地跟群众谈认识，让群众讲风格，是完全行不通的，他们都有自己计算土地与收成的方式，深知失去土地后，赔付到手中的货币在往后的日子里将要发挥的作用。征地赔偿标准下来后，木树朗村仿佛炸了锅。水田每亩赔偿 11 万元，旱地每亩赔偿 9 万元，与群众的预期差距较大。任凭村干部磨破嘴皮，也没人同意征地。村干部们三天两头到各村民小组开会动员，入户进行思想攻势，沾亲带故的村干部甚至打出了亲情牌，但群众就是不为所动。

他们都看着村委会副主任潘志祥。潘志祥一家三口，水田一亩半，旱地半亩，居然要被全部征用。拿到了钱将意味着永远失去土地，田地被征用后家里的日子怎么过？潘志祥为此困惑了一个多月，一方面要带头顾全大局，一方面要求得生存。思量再三，他决定宁愿不当这个副主任，也要赢得征地补偿的胜利。还有时任村支书孙柱权，家里的田地不足 3 亩，也要被征用一半，家里老老小小死活都不同意这样的征地补偿标准。自家的工作都做不通，又怎么去做群众的工作呢？他感觉在群众中颜面扫地，多年在群众中建立起来的威信也会慢慢失去。在三番五次的苦口婆心之后，终于做通家人的工作。签订征地协议后，他立即提着一瓶老白干赶到了潘志祥家。当年作为班子成员，两人工作配合得很好，私交也很不错，该吃饭吃饭，该喝酒喝酒，任凭老书记死缠烂打，潘志祥就是不接招。潘志祥认为，你自己的屁股都在沙地里，自己家里的工作都没有做通，有什么资格动员别人征地。孙柱权看出了潘志祥的小心思，立即将征地签字协议掏出摆在了桌面上。不得不承认，酒是做农村工作的良药，见潘志祥心理防线有些松动，孙柱权趁热打铁又跟潘志祥喝了几杯。老支书让潘志祥讲党性、讲原则、服从大局的同时，还客观分析了高速公路建成后给当地带来的好处，并为他今后发展产业出谋划策，提出了意见建议。下级看上级，群众看干部。村支书带头签了，土地被征用殆尽的副主任签了，那些抱团拒签者的防线慢慢坍塌，稍做抵抗也就签订了协议。

在征地过程中，村两委班子分工明确各司其职，既打团体战和歼灭战，又采取各个击破的办法。要求正副支书做好党员的工作，正副主任做好重点人的工作，两委班子成员做好涉及搬迁的亲戚的工作，妇女主任做好男人外出打工的妇女的工作。妇女主任付兆英是村委会公认的能人，她一个人就做通了13名对征地有抵触情绪的女同志的工作。

凡是涉及利益，就会出现纷争。拿到了征地的钱，各种问题也就来了。自土地承包到户以后，添丁加口、户籍迁出、人员故去，木树朗村一直没有进行过土地调整。得知哥哥樊文兵在征地中得到了13万元的土地补偿款，嫁到异地的两个妹妹樊文兰、樊文英就赶回家索要征地款来了。两个妹妹的理由是在包产到户时，她们按人头分了土地，哥哥应该按六人承包土地时的份额，将征用土地所得，分给她们两人各两万元。而哥哥樊文兵的意思则是"嫁出去的姑娘，泼出去的水"。出嫁之女，与征地款毫无关系。同胞兄妹竟然闹得不可开交，已有分道扬镳之意，只能请村委会出面解决。在协调中，一边是分文不给，另一边是少一分不干，让老迈的父母以泪洗面伤心不已，前去调解的邓绪军副书记也是左右为难。邓绪军思前想后，觉得既要着眼维系亲情，又不能把斧子砍偏，便拿出了一个折中的办法。经反复协商，达成了双方都能接受的结果，鉴于樊文兵还承担着赡养父母的任务，将征地款付给两个妹妹各1万元。金钱固然重要，但无法锈蚀骨血亲情，更无法撼动兄妹间真挚的情感，又何况利益蒙尘产生的纠纷和裂痕？三兄妹含泪达成了和解，后来，村里七八种这种情况都按这个标准处理。

很多单独过日子的老人都按征地面积得到了补偿款，而这笔款都在儿女手上。老人们觉得，钱不在自己手上，感到老无所依，心里不踏实，常常为了钱与儿女们产生纠纷。妇女主任付兆英就处理过好几起这种纠纷。69岁的苏正英在征地中有5万元补偿款，儿子2018年去世后，这笔款被儿媳苏红芝掌管。苏正英认为儿媳不孝，不拿钱给她花，执意要拿回这笔钱。苏红芝则认为取成现金放在老人身上不安全，老人没有文化，到了银行也取不了钱，而且记忆力不好，会忘记银行卡密码。付兆英将婆媳找到一起，要求儿媳必须孝敬公婆，必须保证老人手中有足够的现金，身上平时不能低于1000元钱，同时也嘱咐老人要理解儿媳不能将银行卡交给她的原因。之后，付兆英主动挑起了监管本村好几十个高龄老人生活情况的担子。

四

仅仅是住有所居，已经无法满足搬迁群众的需求，他们渴望通过搬迁住上更大的房子。住房是人居的重要保证，也是民生的重要基础，搬迁工作处理不好，就会伤了群众的心，影响党委政府的形象。在启动搬迁工作前，挂联木树朗村、已经转正的办事处主任刘忠杰就多次研究搬迁地点、征求房屋设计方案。在他手上，搬迁方案多次被推倒重来，搬迁地点就几易其址，房屋设计也几易其稿。他对工作要求的精细化程度，让下属感到非常严苛。

木树朗村腾出了村子靠近山脚最好的土地，用于建设集中安置点。搬迁房建设虽然在区人民政府和街道办事处的双重领导下进行，具体工作还是要落到村委会头上。村委会班子成员只有七个人，支书孙柱权用人时常常捉襟见肘，感觉自己的身体状况和工作思路总是跟不上节奏，两只胳膊怎么也抡不开，安排工作也经常顾此失彼。日常工作要做，征地补偿工作要干，拆迁工作要投入大量人力。搬迁安置点建设虽然是区里和街道办管着，也必须主动参与管理，如果工程成了"豆腐渣"，他就成了乡里乡亲的罪人。很多工作根本派不出人手，他恨不得一人当成两人用，甚至当成三人用。最基层的工作，成绩很难被看见，瑕疵却一眼便知，但又不能囫囵吞枣，眉毛胡子一把抓。一些时候，孙柱权还得抓五个居民小组组长来当差。孙柱权也发现，想干事的人永远找方法，不干事的人总在找借口，便建议村委会及时撤换了一名推诿扯皮、在工作上得过且过的居民小组长。还有半年就到龄了，孙柱权也在默默地通过急难险重任务考察接班人，并打算在必要时向组织提出建议。

一个规划有序、功能齐备的安置小区如期建成。然而，真正做通 53 户搬迁群众的工作，让他们乔迁新居又谈何容易。当初，村委会也尝试着将拆迁任务沉到居民小组，但收效甚微。较之中国最基层政权的村民委员会，居民小组还是显得人微言轻，缺乏约束力。当然，更不能将辖区的困难和矛盾上交给街道办事处和区委、区政府。做好老旧住房拆迁户的工作相对容易，因为这些人巴不得早点乔迁新居，村委会召开动员大会后20天，就签订了34户群众的拆迁协议。而对于做好近年来刚修建了房子的拆迁户的工作，却相当困难。这些拆迁户认为，他们新建的房屋都在300平方米左右，而且每家每户的庭院也都在200平方米以上，统一规划建设的搬迁房只有200平方米，庭院顶多60平方米，从大房子搬进小房子根本不划算。新建住房后又耗资进行了精装修的几户人家，也算了各自的经济账，赔偿的拆迁款连房产的本钱都还不够。拆迁工作就这样被卡住了。

　　高速公路指挥部已经在木树朗村旁的工地上安营扎寨，耀眼的彩旗和广播里传来的悦耳歌声，似乎在不停地催促木树朗村的拆迁工作。20多天的拆迁期限将至，却还有19户群众没有签订拆迁协议，给街道办事处立下的军令状无形地悬在班子成员的心里。行百里路半九十，在临近收尾阶段却卡壳了，村委会虽然没有明文规定要加班加点，但是所有班子成员都搁置了农忙中的田地，放弃了"五一"假期，扎在了拆迁第一线。拆迁工作没有捷径可走，刚性的拆迁赔偿标准没有任何操作余地，更没有讨价还价的空间，只有分头入户死缠烂打磨破嘴皮，才能从根本上解决问题，最终让拆迁户在拆迁协议上签字画押。虽然村委会成员们都为此吃过闭门羹，但他们毫不在意，一次不行两次，两次不行三次，他们坚信只要有诚心和韧劲，群众的心结终将被打开。

　　提起当年顶着不拆迁，在城里开商店的沈顺林显得很不好意思，一个劲地摆手说，莫提了，莫提了。经营出租车的沈顺林每年能挣十多万元，他利用积蓄修建了300多平方米的房子和300多平方米的院子，加之精装修和购买的家具家电，着实耗费了一大笔钱。而拆迁赔付的钱，只够房产价值的一半。建好不久的房子就要拆，特别是心理价位的落差让沈顺林死活不答应。为此，前来做工作的村支书邓绪军连续吃了几次闭门羹。眼看着拆迁期限临近，沈顺林大门不开，电话不接，微信不回，邓绪军心急如焚，心想只能在外围想办法了。有人便出主意，说沈顺林的儿子在离家不远的中石化上班，是个小经理，还是个共产党员。邓绪军一听，骑上摩托车就走。党员的觉悟就是比普通群众高，沈顺林之子沈洪荣既是共产党员，还是加油站的先进，他虽然也觉得家里损失太大，但必须服从高速公路建设大局，答应回家做通父亲的工作。

能者多劳。网格员潘志春感觉自参与高速公路征地拆迁以来，自己的精力被严重透支了，头发也掉得厉害。他每天除了忙于应对街道办事处报送的各种资料和表格，还要负责丈量征地拆迁的面积、采集各种数据、初评出各种补偿赔偿标准、整理报送资料。遇到征地拆迁中难啃的硬骨头，也得出马救火。"我也不是万金油，碰钉子的次数太多了，可能我比别的同志跑得多一点说得多一点而已。其中有一户的土地硬是征不动，好说歹说也不行，我去家里磨了不下30次才征下来。"潘志春笑语中满含酸辛。又轮到潘志春去拔钉子了，拆迁户梁关祥在家等着他呢！梁关祥刚修建不久的房屋有300平方米，院子也不下400平方米，关键是他发展的养殖产业刚刚起步，买入不久的十多头牛、三十多只羊，以及一些猪和鸡，不能因为没有搬迁的地方而亏了血本卖掉。怎么搬？搬到哪里去？对于抵制拆迁，梁关祥有自己的苦衷。潘志春也认为，不能简单地将梁关祥列为钉子户。搬迁的目的，除了高速公路建设的需要，更要让群众通过搬迁有获得感，真正过上好日子。潘志春跑了不少地方，在邻村为梁关祥协调了一个交通便捷、地势平整的地方，让他搭建养殖棚。同时，又形成相关材料，到区农业、畜牧部门，为梁关祥争取了养殖补贴。解决了后顾之忧，梁关祥很快就乔迁到安置点。通过这次拆迁，潘志春认为，做拆迁工作，不能拘泥于各种规章制度，必须搞清群众抵制拆迁的主观原因，关注他们的真正需求，着力解决他们生产生活中客观存在的困难，再难的拆迁难题都会得到解决！

五

征地、拆迁工作完成后，军令状已经被尘封于街道办事处的档案柜里。那些表彰和奖励，也都将被淡忘。大功并没有告成，因为工作还将继续。特别是群众搬迁之后被建设中的高速公路切割了的生产生活，如何在全新的日子里破题，走出与之前不一样的蝶变之路。

从散居变为群居之后，很多之前未曾有过的事情就冒了出来。你家的车挡了我家的道，他家的牛吃了你家的庄稼，你家的鸡吃了他家的菜，总之，林林总总的小纠纷不断。这些都能很好化解，关键问题是土地减少之后，人们向何处去。

居民三组40岁的肖珍玉，20多年前嫁给了四川省安岳县的徐仁均，因为无法适应那里的酷暑严寒，次年又迁了回来。应该说，她是高速公路征地拆迁的既得利益者。她家的三间石棉瓦住房和占用土地，一共就赔付了50万元。其实，虽然乔迁新居，她们依然还是困难户，养育三个孩子的重负不说，她本人患肾病综合征已经14年，3岁多的小女儿一出生便是先天性聋哑，一直在省城昆明进行康复治疗。土地少了，日子难了，一家人全靠丈夫徐仁均打零工苦苦支撑。村委会肯定不会坐视不管，自搬迁后，这家人就成了重点保障对象。除了申请解决了低保问题，凡是能靠得上的福利都向她家倾斜，遇到经济上的援助都给她家送来。岁月静好，日子在征地搬迁后默默涌流了五个年头，肖玉珍的病情明显好转，23 岁的大女儿已到深圳打工，20 岁的儿子也去了北京学习厨师，戴上了人工耳蜗的 8 岁女儿已经能够听见人世间美妙的声音。

天有不测风云。被温馨小日子滋润着的黄兴金万万没有料到，历来谨小慎微的自己会在打工建房时从楼上摔下来，而且摔坏了腰椎和双脚，落下了二级残疾。拆迁征地时一下子就赔付给了黄兴金家 72 万元，乔迁之后还余下 30 多万元。四世同堂之家，爷爷 97 岁，妻子相夫教子，读高中和初中的两个女儿成绩尚佳。但是这一摔，就把 43 岁的黄兴金摔到了谷底，情绪也非常低落。30 多万元积蓄，在农村是一笔不小的数目，而在这样的重伤面前，即便有新农合支撑，也会被消耗殆尽。村委会和居民小组第一时间给他带去了安慰，让他安心治疗，并保证协调解决好他家今后的生活困难。村委会没有食言，黄兴金出院后被安排到村里的护林员岗位，月工资 2000 元，妻子被安排在打扫公厕的公益岗，月工资 800 元。噩运并没有击倒这个家，挫折之后他们依然温馨如初，已经 101 岁的爷爷耳聪目明，即将大学毕业的大女儿已经被北京一家公司聘用，黄兴金的伤病也在慢慢康复。

没有支柱产业，加之土地因为高速公路占用而锐减，群众增收之路在哪里？2017 年 3 月，之前担任过十年村支书的副支书邓绪军再次接过了村支书的担子。曾几何时，当年 34 岁担任村支书的邓绪军也是意气风发干劲十足，但缺乏韧劲和沉稳的他还是在十年后落选了，组织上为了历练他，让他当了一届副支书，便给他压上了更重的担子，书记主任一肩挑。47 岁的邓绪军比以往更为沉稳，他没有急躁冒进地到处引产业、找投资，而是着眼于当前，想方设法挖掘打工经济的潜力。邓绪军随身揣着的小本子上记录着全村 867 个青壮年劳动力的姓名，随时掌控着这些人的动向。靠山吃山，靠路吃路。村里年初已经有 410 人外出打工，还有 457 人向何处去？邓绪军首先想到的就是门前这条正在启动的高速公路。起初，施工方只接受 100 人，邓绪军连续跑了 5 次，死缠烂打硬是将 457 人全部塞了进去，群众从高速公路工程中挣了好大一笔钱。工程建设期间，也有许多不和谐的事情发生，在邓绪军的协调下都得到了妥善处理。道路施工中，有时难免会挖断农田饮水沟渠和损毁庄稼，一些人便借机到工地寻衅滋事，索要高额赔偿。邓绪军心想，村里好几百号人在里面打着工呢，可不能因小失大，搞砸了与工程方的关系。他极力阻止这些极端行为，并通过多次调解，既使群众得到了赔偿，又没有影响施工。

征地拆迁后，很多人有钱了，没地了，便无事可干了。酒后滋事时有发生，赌博之风潜滋暗长。绝不允许坐吃山空，必须把一些农业产业做起来。得知甜脆苞谷价格高于普通玉米一倍以上的价格后，村委会立即引进了良种，一次性发动群众种植了 30 多亩早熟品种。不但迎合了市场，卖出了好价钱，还改变了种植结构，多收获一季黄豆和一季大蒜。针对村里女劳动力过剩的实际，妇女主任付兆英除了千方百计地为她们谋出路，促成很多女同志到城区的餐饮、住宿、商场务工，还引导她们搞养殖。邢玉芬想养牛养羊，但手头的钱并不多。付兆英对她说，没有天生的富豪，任何产业都是从一分钱开始做起来的，邢玉芬便投上了全部家当，一次性买回了10头牛和20只羊。何万芳，多年在城区蹬三轮车、开出租车，丈夫在外开搅拌机，虽然家里一直养猪，但规模不大。付兆英入户中得知，何万芳家在征地中补偿了28万元，并且还有一些积蓄，便建议她壮大养殖规模。何万芳经过深思熟虑，卖掉了出租车，一门心思干起了养殖。她购买的几十头猪崽刚入圈，付兆英为她争取的5万元养殖补贴就到账了。"为了预防非洲猪瘟，今天刚给200多头猪打了疫苗，两只手全肿了。"何万芳摊开双手笑着说。非洲猪瘟使很多养殖户损失惨重，而何万芳却毫发无损，在防疫预防上她绝不侥幸，尽可能做到事无巨细。40万元的非洲猪瘟预防补贴，她得的顺理成章。如今，何万芳已将生猪发展到了300头的规模，还附带养起了鸡、酿起了酒。当然，也买了两辆轿车，建盖了房子，日子不可谓不红火。

六

2019年1月1日，一元复始的元旦佳节，铭刻历史的重要日子，负载着铜都东川复兴和辉煌的东功高速公路终于贯通。东川、铜都，包括木树朗，将随着浩浩荡荡的时代潮流和风驰电掣的滚滚车流，驶向一个全新的境地。

化身资源枯竭城市之后，东川已经沉寂了好些日子。但是，偏安于一隅的东川一直在养精蓄锐蓄势待发，谋求破茧重生的时刻。高速公路这条大动脉的接入，使这里顷刻间蓬蓬勃勃起来。很快，东川第一家本土企业"川金诺"上市、两家全球五百强企业入驻东川、大量生态恢复项目相继上马。城区的铜都街道办事处，更是占得了先机，在大道通途的最前端跃跃欲试谋篇布局，大量民生工程很快萌出新芽，一些大项目也在悄无声息中慢慢开花逐步挂果。来自昆明高新区的16家企业及上海市普陀区的"输血"，也正源源不断地涌来。而木树朗，这个为高速公路建设失去了土地，拆迁了房屋的村落，又将以怎样的状态示人？

大潮涌动，当顺势而为。除了鳏寡老人和幼小孩童，木树朗村已经没有闲下来的人了。首先兴旺起来的是运输业，高速公路未通之前，东川到昆明还得绕行80多公里三级公路，跑一趟昆明得3个多小时，现在不用两个小时就到了。木树朗人自然不会放过这样的机会，有十多人购置车辆，跑起了客货运输。高速公路的快捷通达同时也降低了物流成本，养殖户已经不再担心牲畜卖不出去，不但有4家扩大了养殖规模，还催生了5家养殖户。针对省城需求，一部分人还养起了蚂蚱，种起了早熟糯苞谷。值得一提的是崔文亮和刘升，这两人都买了小货车做起了贩猪生意，针对不同地域低买高卖。东川、嵩明、石林三点一线，来回倒腾，一年怎么也要赚个十好几万。

要说木树朗村做得风生水起的当然是"东川东荣赛鸽中心"的总经理殷兆德了。刚见面，我就被他会客厅足有60平方米橱窗里的400多座奖杯震住了。刚满42岁的殷兆德，早年种过大蒜，卖过化妆品，2013年筹措资金700多万元建盖了占地30亩的赛鸽中心。由于交通闭塞，玩友们对这里望而却步，虽能勉强维持，也使他面临着经营上的困境。歧路迷茫，年近不惑的殷兆德在是否转型的苦思中犹豫彷徨。转机，因高速公路通车不期而至，情势随之发生了翻天覆地的变化。北京、天津、河南、浙江、四川、贵州的玩友纷至沓来，容纳500多人的赛鸽拍卖中心常常人满为患。中心68间鸽舍里，饲养和代养着各种赛鸽和肉鸽2万多只。鸽棚中，信鸽们在殷兆德的身前飞来飞去浅唱低吟，停留在肩膀上的两只鸽子，倚靠在他的耳旁，用尖尖的嘴钳摩挲他的面腮。洋溢在殷兆德脸上的幸福和内心的甜蜜，使我心生感慨。他指着一群种鸽说，别看这些宝贝，大多数是从比利时、北京、上海引进过来的，其中一只花去了63万元。拍卖的赛鸽均为幼鸽，价格好的时候，一只可以拍到25万元。他每年要为客户训练赛鸽500多只，最高的一只可以收取训鸽费30万元，最低也有2500元。中心现在每年的营业额能达到800万元，纯利润也有300万元。去年3月，中心组织的"春棚信鸽大赛"，就收到参赛费1000万元，他一次性就奖励了前三名价值50多万元的保时捷3台。中心正在筹划明年的比赛，预计效果将好于去年。一花独放不是春，百花齐放春满园。殷兆德致富不忘众乡邻，在他旗下务工的18名木树朗群众，年工资平均能拿到8万余元。

两年前已经脱贫的木树朗村，家家户户的生活已经大为改观，进入小康业已成为现实。如今，阡陌纵横的水泥路已经通达各自的家门口，高速公路就在他们的房前或屋后。长路远途，路犹远兮！木树朗人不会安于现状，他们脚下的路正在接入国家乡村振兴的康庄之路。

六维显影豆沙关

　　豆沙关像一幅洗印的底片，渐次显露出它的轮廓，先是苍茫的朦胧，继而黛色的清晰，直至逼真的通透。眼前的景象就是一幅天然的油画，既有现实主义的状物，又有抽象派的实物。乌蒙大峡谷巍峨森严，凸显出气吞山河洪荒的昏黄之美。脐带之血一样的朱提江，让欲望之鸟纷纷钻出躯壳。

　　历史是风吹来的。风过，必有历史经过。中原的文明之风从古蜀国的锦官城拐了一个弯，就冲千山万阻的朱提而来，云南昭通的豆沙关注定会成为历史走向现实的风口。《读史方舆纪要》评价乌蒙府（今昭通市）豆沙关的战略位置为："下临滇、黔，俯视巴、蜀，地高山险，屹然屏障，亦西南要地也。"民国《昭通志稿》中写道："东控黔西，北制川南，西扼巴蛮，南卫滇疆。用兵攻守俱利，商旅则传输活泼。固滇东之锁钥，川黔之枢纽也。"尽管僰人早已消隐于历史，但陡峭崖穴中的每一具悬棺，都在用炯炯有神的目光透视历史，见证今昔。在他们眼前，朔风变为暖流，山河更加明媚，就连逼仄的豆沙关也一如既往地峰岭逶迤，旷野坦荡。

　　莽莽的乌蒙山，云雾触手可及，在漂移中摇曳着山石间矮壮经年的古树，正在春天柔和的阳光里抽出嫩芽。这个暗藏着隐喻的地带，拨动着传说中不断复述的动人心弦，引领我的视野和遐思心驰神往。阳光和雨水凝成的水雾，活泛出史册的光芒。晨雾渐渐被阳光穿透，慢慢消散的水汽滑落地表，回到了大地的身体。水赋山形的朱提江借机造势烟云，水雾随晨风掠过原野，身着薄纱的盐津大峡谷楚楚动人。

云开日出，万物就开始展示生命的史话。视域回到了能见度，豆沙关便明朗地浮现在眼前。错落有致的"六维"立体交通如同一幅壁画，生动地悬挂在豆沙关的河谷、腰身和空中。短暂的迷离和恍惚之后，虚幻抵达直觉，历史很快从现实中醒来。作为云南通往中原的唯一通道，从远古的乌蒙到如今的昭通，"五尺道"绵延的历史太长，长到千年不堪回首。视域很短，短暂到几千里"古南方丝绸之路"到"古今六道"奇观，可以"一目三千年"。脚下，"五尺道"上的马蹄印清晰可见。眼前，豆沙关的山腰上，却印刻出了一个让人叹为观止的立体"交通博物馆"。这个博物馆简单到没有一砖一瓦，也没有任何陈列物，但"馆藏"的六件实物却让人叹为观止，光耀古今。

回溯中尽显历史伟力，俯瞰下饱览壮阔图景。每一条路径，都是历史的馈赠和现实的赋予，都担负着各自的使命。豆沙关前的"六维"交通轨迹，同样具有不同的解读和各自的答案。

从历史纵深里走出的"五尺道"，无疑是"一维"呈现的原初动漫。这是广袤滇云大地繁衍生息的动脉血管，在如今的逼仄中，可以想象它当年的拥挤和喧嚣，触摸它的繁盛和宽广。古老铁器开凿岩石的声音，微风中传入耳朵，在品咂和回味中，苍茫的神话便演化为葱绿的赞美，让人不得不惊叹先人们在荒凉战栗中用生命探究远方的秘诀，日久年深蓄积迸发出来的伟力。历史的安排本来井然有序，人为的改动反而会使变化趋于紊乱，这条已经绵延了三千年的古道，尽管马帮的响铃早已消隐于历史的烽烟，但还负载着寻根者回望历史的旅痕。"五尺道"的生命承柱，永远不会躺平于恒久的光阴。路旁的古树已经枯败，但它们还将在微弱的气息中延续生命，见证久远。窄道上细细密密的游人循环往复，渺小如穿梭的蝼蚁，但他们与细如丝线的古道一样，都是各自的截图，承载着不同的使命。

河流荡漾时光，舟船引渡历史。人类在是先有路还是先有筏的争论上一直众说纷纭莫衷一是，但这已经不影响人类一步步演进和发展的方向。脚下的关河水道扮演着"二维"交通的角色。辉煌的历史闪烁于怀想深处，眼前的这条河流虽然已鲜有舟船，在当年却是乌蒙山区连通长江的重要运输水系。文明进程风过耳，谁能勒住世界潮流浩浩荡荡的大势？悠扬的涛声沁人心脾醉人肝肠，在抑扬中唤醒沉睡。船歌犹在耳畔，桨声回荡心间。流水汤汤东流去，关河静默地漫流于高山谷底，江流观照青山，全天候地迎送着不尽的人流、物流和信息流。

213 国道结束了乌蒙山区在壁垒上眺望的历史，人们可以借助汽车这个现代化交通的工具，抵达很远的地方，回归温馨的家园。眼前的国道像一条白色的绸带，蜿蜒在豆沙关的山谷间，路下不知名的红色野果正密密匝匝地成熟，像火苗在舔着锅底。这是新中国修建的第一条贯通乌蒙山区的路，"三维"属性彰显了它的里程碑意义。清风送来牛铃声，牛车碾过凹凸不平的路面，历史的陈迹便有了现实的温度。这条路上尽管已经人疏车稀，但它在国防运输战线上还照样发挥着不可替代的作用。

我们的生存环境，无不依赖于造化伟力的雕刻。夷平乱石，刨铸地表，打磨沟壑，为湖泊创造出平地，为江河创造出河道，为森林创造出新的土壤，为崇山峻岭创造出通途。正是人们世世代代祖祖辈辈的绵延修筑，才使蜀道不再难，滇道不再险。眼前的高速铁路、高速公路、空中走廊，就是共和国交通事业突飞猛进的集中呈现，四维五维六维渐进的画面，鲜活生动撼人心魄。一列高速旅客列车正在山间的内昆铁路上风驰电掣地驶过，穿山甲一样穿越了隧道。这是连接川滇的重要通道，有利于滇云大地在睦邻友好中优势互补、抱团取暖、齐头并进。忙碌的渝昆高速公路车流如织畅行无碍，这条路已经成为云南特别是昭通融入成渝双城经济圈高质量发展的引擎。鹰击长空，飞越无限，头顶的空中走廊是昭通往返北京、上海、深圳等大中城市必经之路。

　　咽喉也好，锁钥也罢，都是历史的门户，跨越了门户，前景便无限广阔。豆沙关立体交通的多维融合，陆水空的通行无阻，就是时代打开封闭和关隘的钥匙。国家强大后盾支撑下的昭通，用数十年的付出和投入对真正的"昭明宣通"给出了注解。新中国成立之初，昭通还不到100公里长的公路，"十三五"末，全市公路通车里程就达到了25000多公里，是新中国成立之初的近300倍。仅在"十三五"期间，昭通市就规划实施交通建设重点项目20项，总投资达2400多亿元，高速公路建成通车8条，打通了出滇、入川、进黔高速通道11个，除永善县外实现县县通高速公路。成贵铁路建成的投运，使镇雄、威信两县率先迈入高铁时代。水富港扩能工程一期建成投运，由年吞吐量65万吨的小码头跃升为千万吨级的枢纽港口，全市航道通航里程达近500公里，3000吨级船舶可沿长江黄金水道直达上海。昭通机场已经开通航线十多条，新机场也已全面开工建设。如今，从昭通北上、南下、东进、西出，都能抵达向往之地。

风过豆沙关，掠过千万里。古道赋新途，长路犹可期。乌蒙不再凋敝，云岭清风拂面。一切隐喻和期待，都能在眼前这"六维"的图景中找到深切的回应。

乡声重奏

　　我生长的米仓山麓的小村从不寂寞，除了山高谷深的东河劈山开路、昼夜不息的涛声，还有间或生发的各种哭声、笑声、歌声以及别的一些声音。这些声音，在这个形似音箱的偏僻村落形成了美妙的和声。

哭声里反刍陈杂滋味

　　人类是以哭声首次叩开世界之门的吗？我始终在臆测中无法确定。我能够确定的是，以哭声表达喜悦和悲情，是人类存活于世间的重要存在方式。生命降生的首次喜哭、壮年丧子的切肤恸哭、送嫁爱女的殷殷嘱哭、老人辞世的别离哀哭，都深刻地诠释了人们的喜怒哀乐，以及亲情的无边浩瀚。如果没有哭声，世间不知有多乏味。包括我生长的贫瘠荒凉的小村，在缺了哭声的情况下会杂芜成什么样子。

　　20世纪70年代的农村医疗条件较差，接生只能依赖老妇的经验，我的大妹将在早春二月降生。一大早，母亲就腹痛难忍，一阵阵惨叫传遍了整个村子。奶奶满头大汗地伺候着准备接生。母亲生命终结般的哀号，使门外的父亲同样满头大汗，焦急得来回踱步，我与同样幼小的两个哥哥六神无主地蜷曲在门外一个阴暗的角落里。一阵尖厉的婴儿啼哭声突然传来，母亲旋即停止了号哭。"生了，生了，是个大胖闺女呢！"奶奶喜悦中向门外的父亲报喜。"娃儿她妈怎么样？"父亲第一时间问奶奶。"母女平安！"奶奶边清理接生现场边回头答话。松了一口气的父亲一屁股坐在门前的台阶上，颤抖着点燃了嘴上的纸烟，喜笑着的脸上泪雨如注。我幼小的心灵便萌出了这样的判断，在我降生的时候，母亲也是经历了这样的哀号，而父亲也应是这样的表情吧！

婴儿降生的哭泣是对这个世界的告知，而父亲的哭泣则是真正意义上的喜极而泣。还有一些时候，这种喜哭也会体现为人们获取巨大收获后对实现热望的释放和宣泄。在仲秋一个酷热难耐的午后，我看见邻家的堂兄晓东在河滩上那棵硕大的麻柳树下嘤嘤啼哭，眼泪滴答在手中的一张红纸上，我心想他是受到了别人的欺负还是遭到了父母的责罚。晚上，我将所见告诉了父母。"东娃考上了大学，他那是高兴地哭。"母亲说。父亲紧接着补充说，这可是全乡的第一个大学生啊，听说还是一所名牌大学呢，你马上就要上学了，考不上大学中专，就只有回家务农这一条路。当时我还无法明白上学读书对人生的意义，但我认为高兴的事该笑才对。那时，我想不明白的事很多，如同饥饿时不知可以在什么地方觅食。

当然，哭声更多地体现为对悲情的表达，涵盖着倾诉、送别、缅怀或者别的伤悲。1976年那场全民意义上的哭声撼动着中华大地，而我们所在的小村也有很长时间沉浸在那场声势浩大的哭声中。那是一个多灾之年，既发生了唐山大地震，共和国的三位缔造者又相继离世。特别是领袖的去世无异于晴天霹雳，国人似乎感觉天塌下来了，这是自古以来最大范围的全民悲恸。这个人们每天在上工前都要集体祝愿万岁的人，就这么撒手走了，所有人都六神无主如丧考妣，每家每户都能听到人们从心里流出的哭声。顺应全国形势，小村也在稍微开阔一些的燕家院子搭设了灵堂，开展了为期10天的祭奠活动。生产队规定，无论男丁妇孺，必须人人披麻戴孝，在那个食不果腹衣难保温的困难时期，这个问题难住了很多家庭，但人们毫不犹豫地剪开了床上的被子和床单。哭能最大程度地表达悲伤，也是对逝者最高礼仪的祭奠。对于神一样存在的伟大领袖，无论如何也要哭得隆重哭得有规模。生产队长采纳了村里几位德高望重的长者的建议，要求所有社员每天分早、中、晚三个时段集中到灵堂哭别，而且每次哭的时间不能少于一个小时。农事繁忙已然不顾，每天投入地哭上三次就是大家的活计。尽管住居分散，但平时拖沓散漫的人们都能一个不落地准时到达。没有人在低回的哀乐中无动于衷，男人们不停地抹着眼泪，女人们则哭天抢地大放悲声，领袖微笑着欣慰地看着堂前一众白素素的人群。在哭祭活动最后一天晚上，哭声撕碎了小村的夜空，天公与悲者热烈地进行了呼应和互动，电闪雷鸣伴着暴雨倾盆而下，哭声雨声雷声混响为悲壮的和声，揪着黑压压百余人的心。我亲眼看见生产队唯一的党员、参加过抗美援朝战争的老兵成梁大爷哭晕在灵堂前。村里大多数妇女哭哑了声带，以至于使我无法听见母亲唤我回家的声音。那时尚小，我只是整个活动的围观者，还无法感受一个人的去世会如此牵动着这么多人的心，但那种壮观的阵势迄今再未闻见。

我生于斯长于斯的村子位于嘉陵江重要支流的东河，在河边一面陡峭的山上，零零星星地摆放了千余号人。在这个现在看来风光旖旎的地方，当年却是严重缺粮。刚刚包产到户的 80 年代，这块贫瘠的土地上已经无法安放太多的精壮劳力了，很多年轻人便去了邻村的采石场和其他乡镇的小煤窑务工。这些管理不规范、安全无保障的小厂小矿，夺去了村里很多年轻人的生命，那个灰色时段多年来一直在我心里挥之不去。据老人们讲，短短几年因安全事故死去的年轻人比任何灾荒之年都多。在上初中那年一个周末的回家途中，邻村向阳一阵阵凄厉的哭声吸引我走了过去。在渡口几间低矮的瓦房前，我看见黑压压的人群中间，摆放着五具已经烧焦了的尸体，肉体焦糊的味道消散于悲悯的空气中，善后的政府工作人员正安排人们运送遗体。回家后我得知，村里有三人在这次事故中死去，一位表叔也在这次事故中撒手人寰，事故原因为瓦斯爆炸。表叔年届 28 岁，表婶比他小两岁，孩子还不足 1 岁，父母不到 60 岁。顶梁柱的离去使这家弥漫着绝望的气息，哭晕过去的表婶醒过来就要投河，失去儿子的表婆一夜白头，多次服毒被人夺下了药瓶。老年丧子的表爷，在表叔入土时用头撞击冠冢撕心裂肺的号哭更是让人揪心不已。我曾多次诅咒过河对岸的采石场，就是那个仅能安排二三十个人务工的地方，工作苦累工价低廉不说，几乎每年就要掠去村里一个年轻的生命。每每路过采石场，我就感觉那里阴魂不散，就会隐约听见那些丧生于滚石中熟悉的年轻人的哭泣。据老家人说，采石场在政府的安全和环保整治中已被永久关停，我沉重的记忆突然从心霾中晴朗开来。

小村是中华龙脉秦巴山麓的因子，而在这里生长了上千年的族群，则是它渗出的浓浓汁液繁衍滋养的生灵，散落在山间河谷的人们，终年聆听着嘉陵江绵延奔流的欢唱。其实，村前嘉陵江支流的东河，有时也会露出它狰狞的面目。这条玉带一样清澈晶莹的河流时时潜伏着杀机，突如其来的山洪会猝不及防地卷走正涉水而过的耕作者，我熟知的几个年长或年幼的邻居就被它掠走了生命，一些试图与柔波净水肌肤相亲的游泳者，也将生命沉到了河间的深潭。在呼呼的河风中，我常常听见他们的哀怨和啼哭。河殇，挥之不去，那个发生于我出生前几年的重大沉船事故至今阴郁并晦涩着村里每个人的记忆。时值春夏之交，隔壁幺爷家置办酒席，要将三女儿嫁往河流下游十多公里以外的县城附近。满载着嫁妆和送亲队伍的硕大木船，在鞭炮、锣鼓和唢呐声中劈波斩浪向下游驶去。悠扬的锣鼓和喜庆的唢呐并没能够取悦上苍，阎罗贪婪地将利爪伸向了这些生灵。在一个名为侯家涧的险滩，木船撞上了河中的巨石，船体被巨浪撕成了碎片，红红绿绿的嫁妆漂浮在波浪间，除那些会游泳的青壮年侥幸生还外，七八个女性全部葬身水下，一些人的尸首一直没有找到。出嫁者是我堂姑，送亲者都是她的闺密，这些闺密都有了婆家而待字闺中。阴晴圆缺悲喜无常，举村送丧的情景何等悲凉！很长时间，这条绵长的河滩都会传来父母招魂的啼哭。母亲每每讲起此事，都令我周身发麻毛骨悚然。

更多的哭声来自老人的故去，将喜丧操持隆重会在四乡八里赢得好的名声。喜丧的隆重，不在于置办了多少桌酒席，上了什么硬菜，更多的体现于哭丧的规模和水平。哭丧的效果甚至高于悲伤的意义，哭的效果好与不好，人们很快会给出结论。邬爷去世的时候我刚上小学，由于在当地有很高的声望，邬爷的葬礼自然会引起很多人的关注和围观。下葬的当天下着大雨，当十来个壮汉将装着邬爷的棺材放进坟茔时，墓前的跪台上便响起了数十个后辈撕心裂肺的哭声。一阵号哭之后，便是各自带有抒情意义的哭词，以哭词表达哀思和送别就可以看出各自哭丧的水平了。"我的爹啊，您这一走撇下儿女孙娃，邬家没有主心骨了，遇到大房小事，谁给我们拿主意，我们今后咋办嘛？啊哈！"邬爷三儿媳秀林的哭词鹤立鸡群哀婉动人，引来围观者的啧啧称赞。"我的爹啊，一生走南闯北做生意啊，忍饥挨饿节衣缩食含辛茹苦啊，养育孝子贤孙三四十啊。啊哈！"虽然大家都知道秀林在几个儿媳中最为不孝，但她华丽的哭词和唱歌一样的哭腔还是深深感染了在场的人。邬爷是个鸡蛋里能够挑出骨头的倔强老头，生命的最后几年很不招人待见，但是在秀林哭诉的追忆和怀念中，邬爷的成就被无限放大，从陈年往事中梳理出来的每一个细节都那么楚楚动人。"我的爹啊，辛辛苦苦一辈子，没有享过一天福，天都在流泪啊。啊哈！"人多势众烘托了哭丧的氛围，秀林不会对旁观者的好评熟视无睹，一脸入戏销魂的悲伤表情，哭得更来劲了。"我的爹啊，一生孝老爱幼善待近邻，都念您的好，功德照后人啊。啊哈！"旁边的哭声低了下来，慢慢变成了秀林表婶的哭场秀。秀林表婶的哭丧专注动情，悲伤在泪水中逆流成河，我质疑她的泪腺就是一条江河的源流。这是主丧者希望达到的预期，也是离世者的待遇，在场者对秀林的表现给予了十二分的默赞。按辈分我该叫秀林表婶，长得漂亮而且很会哭丧，使她在当地很有名气。当好奇成为诱惑，我便自然成了秀林表婶哭丧现场的追随者，那是现今看来属于我对一种艺术的朦胧初识。秀林表婶与近邻和远亲的关系都很差，所以很不招人待见，大多数时候，她是睦邻友好的局外人，也是芸芸众生的孤独者。即便如此，村里却离不开她，谁家老人去世，只要秀林表婶到坟头一领哭，现场绝对哭意盎然众声喧哗，葬礼也肯定会提高一个档次。当年伟大领袖去世大祭的 10 日，生产队的妇女们停工在灵堂前的每天三次哭别是要记工分的，别的妇女每天 90 分或者 100 分，队长却要破例给担负领哭职能的秀林表婶 120 分，没有任何人提出异议，就是高度肯定。别的生产队也有不少哭丧高手，但秀林表婶是公认的高手中的高手。秀林表婶已经过世多年，在我现在看来，她随口就来的哭词很有文理很具诗韵，清润悠扬的哭腔也达到了很高的演唱水准，可她偏偏大字不识一个。换个时代，或许她就是一个大诗人、大歌唱家。

哭声已消失在乡愁里，这是不争的事实。当年最寻常的哭嫁也已淹没于高档嫁妆和高额彩礼的笑容里。就连老人离世的哭别，也更多地体现于礼节形式的层面上了。近年来，我参加了家乡几位老人的葬礼，从太过内敛简洁的哭丧上，我看不出那些晚辈的太多悲伤，人们对于阴阳隔世的残酷和疼痛显得麻木不仁，亲情因漠视而清冷。村里 60 多岁的富国因车祸去世，遗孀和两个孩子哭了两嗓子便将其草草掩埋，送走参加葬礼的人们后，兄弟俩就迫不及待地商量着分配父亲用生命换来的抚恤金，据说还差点动手。

在经历了生不如死的三年癌症晚期之后，父亲在疼痛中凄然离世。考妣故去乃终极之痛，虽然明知这是不可逆转的现实，但全家人还是悲痛到了极点。父母繁衍出来的 20 多个后人形成了庞大的哭阵，高分贝的哭声迅速扩散在村子仲秋凝重的空气里。经过推算，父亲要在设在家里的灵堂停放六天才能下葬，这就要求子女和儿孙要不间断地守灵六天。亲戚朋友前来吊唁，均要行跪拜之礼，我们便以哭声彰显悲痛的情状，那些至亲至戚的女性们也会附和着随我们哭上一阵。三天之后，两个妹妹已经哭哑了嗓子，我和两个哥哥在守灵和跪拜中也耗去了大量体能，哭力已明显减弱。素爱面子的母亲很是不满而且几次抱怨，说我们哭得不热闹没气势，我们只好又去灵堂前号上几嗓子。平心而论，我是五个兄妹中哭得最少的一个，而我哭得最少的原因，除了因为父亲在生病期间，我们倾尽全力带他到很多大医院进行了救治，在轮流进行精心陪护的同时，带他去了很多他一生非常想去的地方。当然，更重要的是他的离世从此真正摆脱了病痛折磨。想到他病入膏肓后的瘦骨嶙峋之躯，我无法用哭声对生不如死的父亲作出毫不现实的挽留，而我的泪腺已经生产不出眼泪的根本原因是它在父亲病中就已干涸。乡俗如此，我理解母亲很重名声，想让父亲走得体面的想法，我不想哭给人看，但又必须迎合母亲的心思。父亲在家里停的时间太长，而哭丧也超过了子孙后辈的耐受能力，再说还得应对下葬时哭丧的强大阵势。操持葬礼的司仪在灵堂外安放了音响设备，以便在我们哭力不济时，让磁带里的录音帮着哭上一阵，偶尔也会插播一段父亲生前最爱听的川剧、秦腔和乡戏。对于音响设备的帮哭，其他兄妹没有异议，我也就没有排斥和拒绝的理由了。事实上，在九年前的当时，用音响设备代哭的形式在乡村已经盛行。据说，城里还诞生了专业的哭丧行业，只要价钱到位，保准哭阵强大哭效隆重。

父亲的葬礼如期举行。浓厚的乌云密不透风地笼罩在村子的上空，压在我们心上。长长的送葬队伍在冷凉的秋雨中一步一滑地扶灵前行，细密的雨珠滴落在我们的麻衣和父亲的灵柩上，锣鼓和唢呐远远盖过了兄妹们的哭声。咸泪夹杂着冷雨汹涌而下，我甚至听不见自己细微弱小的哭声，但我感到自己灌了铅一样沉重的心快要撑破胸腔。父亲在我手中的水晶相框里微笑着注视我，我不停地用衣服擦拭着滴落在他面颊上的泪水和雨珠，力求使他的笑容不被水雾凝固。到达陵园，雨也没有停下来的意思。儿女们匍匐在坟前潮湿的泥地里大放悲声，与父亲作阴阳两隔的诀别。人们不忍心让雨水打湿了父亲的冠冢，便加快了下葬的进度。当最后一锹泥土覆上坟头，就必须停止所有的哭声。哭丧虽然没有成为葬礼的重头戏，但父亲依然走得隆重和体面，因有苍天涕泪相送。震天的鞭炮炸裂了浓厚的云，铿锵的锣鼓叫醒了沉默的山，父亲就这样与我们正式告别。

哭声是村里固有的声音，这声音是村子不甘平静的彰显，更是对人情冷暖的表白。在这些哭声里，我听见了悲情以外的声音，那是村子亘古永恒的生长的声音。

歌声里漾开生活色彩

没有亲历，就不知蜀道的艰难，走出大山是很多人无法实现的憧憬。到了20世纪70年代，这种憧憬便逐渐成为可能，因为川北通往陕南的秦巴公路已经修通。尽管如此，汽车依然是这条通道上的稀罕物，人员往来和物资运送还得依赖村前这条河流的航运。冬春之际是这条河流最为忙碌的时段，各种船筏满载着下游所需的土特产和上游所需的油盐酱醋交汇穿行。船工们的歌声会随时飘荡在这条河流上，这些歌声丰富了沿岸人们的精神生活，也赋予了这条河流人文气息。"两条木桨蛮开大船，穿云破雾出广元。到了南充卸完货，运回盐巴蛮挣大钱。"这是我们儿时听到的最多的一首山歌。我家门前水流稍缓的河湾是往返船队过夜的地方，每到晚上船篷前挂满的马灯星星点点，酒足饭饱之后，船家子们有的会打几圈川牌，有的也会吼几腔激荡情欲的山歌。"月儿落西峡啊，我在想撩家（相好，城里人所说的情人），行船回来割了肉啊，还给你买了丝褂褂，早些温好酒啊，天黑了我就来你那榻榻。"唱完就会传来大家的叫好声。"每晚想妹睡不下，卸完货啊我调转船头就往回划。苞谷酒啊劲儿大，和妹妹摆摆知心话。瞄见你身上的红肚兜啊丝褂褂，就想那个啥。"有人回应着唱几句后，马上会引来笑骂和起哄。逆流而上波急浪高，河滩上便会出现一串串吼着川江号子光着膀子拉纤的人。拉纤是这条河流的航运中最苦的差事，不分酷暑和冬寒，只要往上游走就必须面对太多的逆流险滩。纤夫们排成纵队合力牵引，整个身体因为竭尽全力几乎要与地面平行，人们的小腿上青筋暴突，纤套几乎要勒进上身的骨肉，一人踩滑众人都将被带进水流湍急的河流。父亲和二叔常常会跻身于这样的队伍，在聆听激昂优美的纤号中，我的内心也常常隐匿着担心。船工号子都是以歌的形式，带着凝聚力量的节律，一人领唱多人附和。领唱者位于纤首，如果他唱一句"过激流哦"，后面的所有人就会专注于脚下的用力并附和着哼上"嘿哟、嘿哟"。号子通常是这样的内容："过激流哦，嘿哟、嘿哟；使足劲哦，嘿哟、嘿哟。涉险滩哦，嘿哟、嘿哟；脚莫滑哦，嘿哟、嘿哟。娃儿放学，嘿哟、嘿哟；回了家哦，嘿哟、嘿哟。婆娘在家哦，嘿哟、嘿哟；温好了酒哦，嘿哟、嘿哟。还有几步，嘿哟、嘿哟；就过完了滩哦，嘿哟、嘿哟。"油亮的汗珠在他们绷紧的脊背上滚动，在太阳下发出晶亮的光。过完一滩，被今人称为船长的船家子会招呼大家停下来抽支烟，天冷的时候会让大家喝几口烧酒暖暖身子。

20 世纪 30 年代初，民怨极大的国民党军队已经征不到兵员，川北便成了国民党川军"抓壮丁"的重灾区，村子里十余个青壮年就被他们强行抓进了军队远征。在这里，随处可以听见人们用山歌倾诉苦难和哀怨。"兵灾战乱家国破，日子难过蛮年年过。久旱无粮将断炊，偏偏又要蛮遭横祸。不治国来蛮不安邦，强抓壮丁不嫌耻。恨不完你个刘文辉，骂不死你个蒋该死（蒋介石）！"这是一首上了年纪的老人都会唱的本地山歌。从村子顺水而下15公里的县城，就是当年红四方面军的总部，张国焘、徐向前、陈昌浩在这里亲自指挥了著名的百丈关战役。虽然徐向前在村里住过一夜的说法无从佐证，但红四方面军西征时村里确实有几个艄公自愿参加了红军。"突破艰险出深山，誓死追随徐向前。打倒土豪和劣绅，共同建立苏维埃，干完革命分良田。"这些至今还在传唱的山歌里还存留着深深的红色烙印。

当快捷的公路运输盛行起来的时候，水运也就慢慢消失了，一起消失的，还有那些船只、船工和他们的歌声。但我相信，村里不会从此没了歌声。"文革"的后三年，我已经可以随伙伴们到处玩耍。最喜欢去的，莫过于村里的乡完小，因为那里隔三岔五就要排演《红灯记》《白毛女》《智取威虎山》之类的样板戏，几个英俊漂亮的男女老师总是深深地吸引着我。虽然当时还听不明白那些抑扬顿挫的唱词，但我已经能够从扮相上判断谁是好人谁是坏人。学校放假了也没关系，因为家兵表叔能让我们听到歌声。家兵表叔是生产队扫盲班的教员，他是周围几个生产队中唯一能识谱的人，教群众识字的同时，还教大家唱一些革命歌曲。家兵表叔通常是教一句谱再教一句词，那样子简直帅极了。我一个旁听的三四岁孩童早已滚瓜烂熟，可那些社员笨得硬是学不会，家兵表叔总是不厌其烦地反复教唱。简陋教室里传出的歌声愉悦着我，同时也感染着窗台上像孕妇一样挺着胸脯悠闲散步的不知名的鸟雀。其实，那个年月翻来覆去也就那几首歌，但人们始终百唱不厌。后来，家兵表叔嗓子坏了教不了歌了，但丝毫没有影响歌声在村里的绵延和传导，公社安装的高音喇叭每天播放的歌曲全村都能听见，很多歌曲家兵表叔都未听过。

上学以后，有了固定的音乐课，整个学校除了一个还担负着主课的音乐老师，便是一台老掉了牙的脚踏琴。并非科班出身的老师教着很不标准的歌曲，伴我走过了小学时光，但《少先队队歌》《红星照我去战斗》《我们是共产主义接班人》《让我们荡起双桨》等歌曲还是温暖了我们的童年。因为随处可以听到歌声，我的童年也是不寂寞的，即便是放暑寒假和伙伴上山放牛打柴，也能听到村里老人们的山歌对唱。传宝表爷和四爷是村里山歌界的高手，对起山歌可以信口就来，这与他俩都读过私塾，有一定的文化功底密不可分。记忆尤为深刻的是我小学快毕业时听到他俩的一次对歌。"放牛到了六孔梁，牛在蛮吃嫩草，我在蛮啃干粮。四老头儿你在哪，跨过山头蛮过来耍。"这是传宝表爷在与对面山包上的四爷打招呼。"传宝你整天蛮没球事，只是放个牛蛮，还揣个小书蛮识识字。现在蛮天还早，我先蛮放完牛，还要去地里砍苞谷草。"传宝表爷紧接着用歌声回应："四娃蛮你苦球了一辈子，难道真要累到死？土都蛮埋到了大半身，认真蛮想想值不值？儿孙蛮自有儿孙福，应该蛮让他们自己去苦饭食。"对面山包马上传来了四爷的歌声："没有蛮什么放不下，儿子蛮打工又不在家，儿媳蛮忙了地里又忙娃，我也不能闲着嘛！"这些既有人情味又有诗意的山歌啊，总会唱响在我的记忆里。

包产到户是一个划时代的抉择，其意义在于从根本上改变了农村的生产方式，更大地激发了农民的活力，实现了农业由规模型向效益型的转变。沉入记忆的大集体时代一去不返，只能在茶余饭后回想了，而大集体时那些在歌乐中火热的劳动场面总会撩动我记忆的味蕾。在每年6月苞谷锄二道草的时候，每个生产队都要搞大会战，也就是薅锣鼓草。在记忆中，那是这个季节最热闹的时段。整个一面山的大村有10个生产队，地处河谷地带的两个生产队就是我家所处的小村。薅锣鼓草必须举大村之力，要在一天之内锄完一个生产队苞谷地里的草。在那个青黄不接的季节，尽管每个生产队都面临缺炊断粮的困境，但对于数百人的突击战，都表现了山里人的豪气，都会倾其所有把当天的伙食搞好。通常中午是白馍，晚上会在队里的公房摆上腊肉和烧酒庆贺一番。当然，更加值得回味的是数百人挥汗如雨，锣鼓声中伴有唱词的劳动场面。锄草前所有人一字排开，随着一声锣响，人们就开始进行紧张的锄草，既要将草锄干净还不能掉队。大村是远近闻名的锣鼓之乡，多次在县里组织的锣鼓节比赛中获奖。在薅锣鼓草这样重大的农事活动中，锣鼓队自然派上了用场。锣鼓队的职能是既褒扬先进又鞭策后进，既诙谐幽默又不失分寸。总之，跟激励和激发有关。我们村的传德、传清、焕明就是锣鼓高手，我热衷于听他们敲打锣鼓和随口而出的唱词。记忆非常深刻的是那次在大毛坡薅锣鼓草时他们的表演。眼见李成新被大部队落下了，打马锣的传德边打锣边唱上了："我说你个李成新，薅起个草来不使劲。别人已甩下你八丈远，你还在后边慢腾腾。"唱完叮叮当当在屁股后边敲了十几下，李成新挥动着手上的板锄，很快就赶上了大部队。见年轻的康怀生薅到了队伍的最前面，打大锣的焕明狠狠地敲了三下锣便唱上了："你看人家康怀生，铆足干劲最用心。眼明手快锄生风，野草蛮它就断了根。"听完唱词，大家明显加快了锄草速度。打鼓的传清是生产队的搞笑高手，见侯秀莲人到前面去了而身后的草却没有锄尽，有些没有锄到的地方她还用土偷偷盖了起来。传清马上就唱上了："这个侯秀莲，盐去了汤不咸。锄草猫盖屎，糖多蛮包子也不甜。"调侃和幽默的唱词引来大家的开怀大笑。"你个死驴日的。"侯秀莲边笑着回了一句骂，边尴尬地回过头来返工。偌大的队伍碾过杂草，人们在禾苗的目送下征服一面面坡地。有唱有笑有锣鼓，这样欢快的劳动场面只有在当年大集体时代的农村才能见到。

农村有了录放音乐的设备后，歌声便只能在音乐里升起。上初中时，村子里已经开始流行录音机，这是嫁进村子的少妇们必要的陪嫁，没有迎娶的家庭也不甘落后地很快购置了录音机。每天傍晚时段，每家的窗户就会飘出优美的歌声。从歌声中，我们认识了李玲玉、毛宁、杨钰莹、解晓东、崔健以及港澳台风靡内陆的四大天王和小虎队。时髦让我们跟风，歌声让我们疯狂，我们唱他们的歌，模仿他们的动作，甚至学习他们的做派。他们的外在形象引领我们穿起了喇叭裤、蓄起了八字胡，甚至还会在蓬松的头型上刨开一条排水沟。但是这种时尚如我们的青春期一样短暂，因为卡拉 OK 来了，紧接着 KTV 也来了。我们去城里的歌厅唱歌跳舞，那些音响设备不但为我们伴奏，还可以将我们的歌声调整到歌星的水平。如果去城里跳舞，荧屏上的歌星们还会不知疲倦地为我们唱到夜半三更。

再后来，命运将我迁徙到了一个遥远的省会城市，在当时尚难维持生计的情况下，我自作主张购置了一套近万元的音响设备，家人和朋友很是费解。理由很简单，我之所以斥资购置这套音响设备，是因为我的生命里无法承受没有音乐和歌声的寂寞。在进入城市的前几年，尽管冗繁喧闹、清苦劳累，但一听到自家蜗居小屋的音箱里飘来的激昂舒缓的各种歌声，疲乏和困惑便很快消隐无形。

笑声里弥漫乡野情趣

村子的和声众音相融，人们在哭声、歌声和笑声中生生不息永续生长。特别是那些从心里流淌出来的笑声，总是真实地彰显着他们内心的洁净澄明和外表的朴素憨实。在我的印象里，这是一个非常健忘的村落，无论经历多大的悲情和苦难，伤痛总会短暂得让人难以置信，眼前奔涌的东河会吆喝他们从绝望的阴霾中触底反弹并振奋起来，笑声很快会漾开他们对生活的憧憬。那些自然节制的笑声以及开怀得没心没肺惬意到毫无遮拦的笑声，可以无缝焊接和弥合人们生活中一些家长里短、鸡零狗碎引发的嫌隙与隔阂。笑声，在这里具有良药般的滋养和保健功能，村里老人普遍的长寿莫非也与此有关。

家有喜事和逢年过节是笑声弥漫的日子。守望相助是这里千百年来的传统，谁家有喜，全村过节，大家不用动员都会放下手中的活计，主动上门帮忙并随上礼品。嫁娶都很讲排场图热闹，这与人们历来普遍爱面子有关。喜事岂能无酒？置办酒席要耗费大量的白酒，因为酒精能烘托现场的气氛，会灼热人们的情绪。在外地功成名就的人们也会带回一些高档的瓶装酒，但本地人对那些温柔得寡淡如水的酒并不买账，唯独钟情于几乎可以烤熟食道的本地高度烈酒。酒桌上，年轻人的猜拳行令必将引来人们的驻足观望。我常常看见酒桌笼罩在一种喜庆的薄光中，在这样的氛围，人们会用荤腥的笑话打破惯用的语境，围观者都会随笑声旋转或流淌。"一张床蛮二人睡，三更半夜蛮四条腿……"这些俗中带荤的拳语会引起大家的哄堂大笑。当然，猜拳行令者中必有人醉得一塌糊涂，半夜间也会听到墙角传来的呕吐声和呓语中传出的笑声。被年轻人抢走了猜拳行令风头的 50 岁上下的男人们，三五成群地挤坐在火塘边，在短暂的相互问询后，便开始翻出陈年往事，添油加醋地讲一些在座者当年的笑话，说到高潮处，也会引发大家开怀大笑。在厨房帮忙的妇女们，洗刷完餐具打扫完卫生已经很晚了，下半夜要准备次日凌晨的早席使她们的休息时间很短，所以干脆就不回家了。主人通常会为她们温几壶酒，烤几个白馍，或者端来一些下酒菜。别小看村里这些婶娘，有几个还酒量奇大，经常会撂翻那些自诩酒量很大的壮汉。这些年岁四十上下的妇人们精力正盛，灶房的火苗映照着她们红彤彤的脸，酒精的热能撩拨着她们的情绪，也不知在聊一些妇人之间的什么秘事，总之常常会看到有人的粉拳在擂向对方后背的时候，人群中会爆发出一阵阵野性的笑声。

嫁出去的姑娘们常常会在村里遇婚丧嫁娶时回来，她们通常围坐在一间相对安静的小屋里聊到很晚，不外乎分享一些儿时的往事和婚后的经历，说到高兴处会发出低低的如小鸟般尖细的笑声。难得聚在一起的老人们，语调平缓而深沉，生命中浪漫的夏日和难熬的冬日都被光阴带给了后人，分享眼下知足的日子，他们也会发出荡漾在心里的低低的笑声。当然，在一间亮堂的屋子里，通常会聚着三两个孩子在写作业，屋外的笑声无法让他们专注于眼前的书本，作业本上的文字便像蚯蚓一样爬出了格子。

改革开放让我们见证了太多的变化，村子的巨变也在其中。

村里的人们总是爱笑,笑声活泛在每个人的骨子里,那些笑声也始终在引领大家在希冀和热望的路上执着地前行。

村子是远近闻名的贫困村,根本原因是土地贫瘠人多地少,90年代初还没有解决温饱问题,与全国的形势同向不同步,同频不共振。发春表哥当上支书是村子告别贫穷的分水岭,刚上任就叫响了"宁愿苦干不愿苦熬"的口号,决心将改良耕地作为解决温饱的突破口。已经包产到户分地到家,加之每家每户的耕地面积不等肥瘦不一,再将所有土地集中起来统一改造的难度很大。酒是做好农村工作的良药,发春表兄酒量奇大且口才上佳,他将难以说服的几个"钉子户"逐一请进家门,推心置腹晓之以理豪之以酒,直至那些进门前还阴郁着表情的人们喷着酒气微笑着在他爽朗的笑声中被礼送出门。炮声此起彼伏,劳动的口号漫山遍野,六个生产队所有劳动力集中向乱石丛生的大毛坡宣战的场面何其壮观。经过三年千余天的开膛破肚攻坚克难,2000多亩高产土地在荒石坡上破茧而生,粮食产量整整翻了三倍,后来被确定为"全市有机农业示范基地"。村前的东河欢快地流淌着,清脆的涛声迎合着从贫困中走了出来的人们的欢声笑语。一文不名的山村从此洞开了外向的视界,依靠自身力量改土造田脱贫致富的经验引起了世界粮农组织、农业部和省市领导的关注,央视赞其为"大毛坡精神",被农业界誉为"四川最美梯地"。领头人发春表兄也因此大红大紫,由一个不起眼的村支书直接被推选为中共十四大代表,对于这个村子以及闭塞了千百年的人们,这意味着什么?老人们说,这是祖坟上冒了青烟。在1993年底一天,已在省外工作的我接到了老家发小的电话,说发春表兄上了四川电视台《新闻联播》,让我在重播时看一下。黑白电视的转播效果不好，视频上闪烁着斑点还带着杂音，我屏声静气地等待着表兄粉墨登场。随着短暂的音乐牵引，屏幕上出现了主持人和发春表哥，在清丽洁雅的主持人隔着一张茶几旁边的沙发上，发春表哥穿着一身黑色的西装，洁白的衬衣上还打着领带，瘦小的身体被拘谨地包裹在肥大的衣服里，略微紧张的表情使我为他捏了一把汗。事实证明我是杞人忧天，改土造田的深远影响使发春表哥经历了不少大场面，一旦进入正事，那个风风火火、大大咧咧的支书就能回到正题，对于主持人提出的问题他都能对答如流，回应得严丝合缝，特别是他每每在言语间自信地哈哈一笑，更加亲和地松弛了访谈氛围。在梯地显眼位置一面墙上的宣传画上，人们老远就可以看见这位被屏蔽了爽朗笑声的"改土支书"的光辉形象。

村前这条悲情的河流更多时候也是一条笑的神经，它会以欢快的流声提醒村后大毛坡苗壮葱茏的黄松以及正在扬花的庄稼绽开笑脸。因此感染，笑容便舒张了人们的生活，笑声便温润了人们的心情。

在喑哑的村子里张望

站在高处环视村子，我成了生养之地的陌生人。眼前那条澎湃汹涌的河流已在过多引流以及建筑用料的过度采挖下涛声不再，连形状都被人为改动。房屋分散在无精打采的村庄里，青瓦房和吊脚楼已被小洋楼取代，被裁撤的学校孤寂地站在萧瑟的寒风里，静默的村子被浓浓的河雾包裹着。偶然间传来的鸡鸣狗吠表明，村子还活着，可那些美妙的和声呢？

城市化已使农村不能坚持原来的生产方式，新的生产方式既改变了农民与土地的关系，还改变了农民计算土地产出的方法。年轻人都出去打工，孩子们都进城上学，村子里只剩下为数不多的老弱鳏寡。这些关门上锁的小洋楼只能表明拥有者的户籍和身份，他们大多数人在城里购置了商品房。一只懒洋洋的流浪狗从我身边慢慢走过，大摇大摆地在村子里的房前屋后觅食。尚无炊烟，何以有食？我看见了它的孤独和失望。

村子因声音而生动，没有声音的村子是寂寞的。人是声音的制造者，人迹已经稀少，人们为谁而哭、为谁而歌、为谁而笑？没有对象没有标的，人们哭给谁听、歌为谁唱、笑给谁看？生存条件的巨变已鲜闻哭声，因为现实的人们认为哭并不能解决问题。我为什么常常忆及村里的那些哭声呢？撼动我的恐怕是那种乡里人的真情倾诉，喜极而泣抑或悲恸而哭，都蕴含着纯粹和深刻。当年购置的音响设备用了不到两年就被搁进了杂货间，后来也偶尔跟风邀约三五好友去歌厅吼上几嗓，但很快兴致索然。在我看来，那些具有流行意义的歌曲只能算唱歌，而注满乡音乡情的歌谣才是真正的歌唱。心情好的时候，我常常惬意地哼唱几句家乡的山歌，妻女的眼里也随之流露出惊诧不解的夸张表情。乡里的笑是一种简单到直抒胸臆的笑，人们可以用笑声拉近彼此的距离，和谐相互间的关系。而在城市，我必须有意识地控制自己的情绪，保持严肃观察的距离，尽可能笑得有分寸有戒备，因为真诚的笑声往往会引来对方的误会和嘲笑。当然还有一些人的笑声里藏有凶器，我惧怕那些欲望的笑声里隐匿着世故与狡黠。所以干脆不笑，长时间不笑也就变得冷漠和孤独。

时间往前走，记忆就向后退。在我的生活中，城市和乡村、广厦与森林都必不可少，我从不觉得乡下落后，但必须知道，没有乡村就没有城市，在追溯历史的时候不能只关注结果而忘记道路，那些越古老的事物，越具有存在的必然和必要性。有新生就有消失，任何事物都诞生于传统，消失于改变。城镇及大中城市都从眼前这些村落演变而来，城市诞生了，村落便消失了，随之消失的还有人们千百年来血缘关系沿袭的地缘关系，包括这些关系衍生出来的各种哭声、歌声和笑声。我曾对那些稍稍富足就远离土地的乡人抱有成见，当我也走了出去的时候，这些成见便成了偏见。在不需要律法和秩序的情况下，人们都有喜欢什么追求什么的自由，比如有人竭力追寻繁华都市中的物质生活和精神生活，喜欢在城市的 KTV 里纵情高歌。所以，我没有理由冒犯这个在变化中前行的时代，更没有必要怀着道德的重负去背负过往，在现实主义的传统里，执意与正在发生的现场短兵相接注定会败下阵来。在城市和乡村的话题上，仅凭个人意愿还达不到建设性谈话的维度。怀念乡村的缘由，并非只是挣脱城市生活按部就班的牢笼，因为这里有我难以割断的骨血温情以及敝帚自珍的萦怀。渴望回到乡村，回到千山万水穷乡僻壤的故乡，能够呐吸乡间的粗糙与朴实，聆听人们自然生发的各种声音，静静地观摩秋风为禾苗梳头。

改变总是势不可挡猝不及防，我在忧郁中祈望改变来得缓慢一些，担心迅速的改变会留下太多的漏洞和遗憾。城市有限的土地已经挤满了高楼，该有的路桥都已畅行无阻，没有了活计的乡里人将陆续回到村子。乡村振兴会在国家政策的扶持和人员的逐步回流后得以实现，还会听到那些美妙的和声吗？我满含期待。

逆 履 岷 江

如同滇蜀兄弟省份睦邻友好的地缘关系，金沙江和岷江同样具有手足一样的亲情。

作为川人，我 50 年的生命旅途有三分之二在云南度过，他乡已成故乡。云南人的母亲河金沙江也早已成为我精神的河流，她磅礴激昂的影像和涛声，无时不牵引我进入辽阔的想象。多年来，我曾数次逆流而上，在云南段的金沙江远足和短行，认知一天天熟识、明晰，渐次缀连起这条江河的雄峙和宏阔。作为长江上游的金沙江，其正源位于唐古拉山东段的青海当曲，在格尔木与沱沱河汇入通天河后，流经治多、曲麻莱等县后，在玉树的称多县直门达村与巴塘河汇合后，始称金沙江。虽穿行于青、川、藏、滇四省，但金沙江在云南段的流经却是光华无二灼灼其华，在干流总长的 3364 公里流程中，云南境内长达 1560 公里，且涵盖全省七个州市。云南境内的金沙江，是长江经济带的前沿，不但有建成和在建的乌东德、白鹤滩、溪洛渡、向家坝四座世界级大型水电站，还滋养着千万计云岭苍生。

滇蜀于我有割舍不掉的血脉亲情，一个是养我之域，一个是生我之地。云南的金沙江和四川的岷江，都是我的生命之津和力量之源，心里流淌着这两条江河，生命里就始终萦怀着这两条江河的磅礴，我的灵与肉里都有它们流动的回声和痕迹。激越浩荡的金沙江和温婉如玉的岷江在我心里一直是兄弟或者姐妹般的存在，虽然个性迥异，但它们拥有一样的清流和同样的情怀，作为上游的两条重要干流，它们数千里奔袭后的亲密融汇，才造就了中华母亲河的长江。

在绿染群山的夏季，我从云南昭通金沙江水域的溪洛渡水电站顺水而下，经向家坝来到四川省宜宾市的翠屏区合江门。回望从高山峡谷激荡奔涌后变得舒缓宽阔的金沙江，我在江岸垂柳拂面的惬意中领略了这条豪迈江河的温顺，心境如天空一样晴朗。在金沙江汇入长江身旁的岷江口，我的心情很快变得怅然若失，较之在滇域早已熟识并亲近的金沙江而言，对于蜀地的岷江，对于同样的母亲河，我明显地陌生和疏离了。逆岷江而上，便成为我急切的选项。

横跨东南的内昆大桥上，一辆子弹头状的和谐号旅客列车正飞驰而过，桥下汇入长江的金沙江和岷江短暂地互相施礼后便契合成浑然一体，江水在合江门四面青山的掩映中通体碧绿，虽然不疾不徐，却也浩荡得粗声大气起来。岷江下游宽阔得像一张硕大的绿毡，径自往川中铺去，眼前的长江河段，竟宽达 500 米。喜捷场安详地活在岷江口，沿江而建的房屋前，是数万年冲击而成的一片片不规则的肥沃台地，各种时令蔬菜正精准地繁育在紧锣密鼓的季节里，西红柿、茄子和韭菜已在冒头，四季豆和瓜苗正沿着支架向上攀爬。镇上的街巷鲜有行人，青壮年们都到大地方谋生去了，三三两两聚合在一起的老人们在闲聊中接受春日暖阳的抚慰。岷江在这里接纳了最后两条支流，右侧的龙船溪和左侧的思波溪，欢快地找到了归宿，投入岷江的怀抱。作为中国酒都，宜宾的佳酿与岷水支流绝好的水质是密不可分的。邓头溪越溪河畔的农民们很多以酿酒为生，畅销的各种度数的纯粮酒为他们带来了丰厚的收益，鳞次栉比的小洋楼凸显了他们的生活状态。夜宿于越溪河农家，他们的热情好客让我感受了家的温馨，在美食中满足了食欲，在美酒中疏解了疲乏。流水无语，清风无言，各种声音已经退潮，一阵阵凉风扑面而来，窗外月光泻地，山与水被月色凝成了版画。

下游的岷江在波澜不惊中温柔着，彰显出它刻意低调中的本色素朴。即便是水流湍急的大渡河，在乐山城东汇入岷江时，也收敛起狂放不羁的个性，明显地减慢了速度。乐山至宜宾是岷江的下游，植被丰茂，支流众多，一条条溪流在这里被大量收编，在相继纳入九峰河、牛华溪、忙溪河、沫溪河、杏林河、石板溪、石马河后，流经犍为县城东的江面已宽达 300 余米。河宽水深的岷江使乐山至宜宾成为川西和川南物资聚散和对外交流的主要水上通道，160 多公里的河道可以航行 50 到 300 吨级的船舶，成为中国 12 条高等级航道之一。乐山之上，便是岷江的中游了，濒临岷江的乐山大佛正襟危坐，俯瞰着脚下烟波浩渺、绵延奔涌的岷江水，与对岸的乐山城遥遥相望。这座凿于唐代的世界最大佛像，千年来福佑着岷水之滨的万物和生灵。从这里开始，岷江将进入中游，岷江的脉络会从丘陵地带的眉山向广袤的成都平原延伸，一直到羌藏边界的都江堰。

岷江从古眉州的眉山城蜿蜒而过，江面晨雾缭绕，春天的清晨乍暖还寒，但兴致很快被灼热得盎然起来。在岷江之畔的木质栈道上晨跑了半小时之后，我来到远近闻名的三苏祠。祠前两株硕壮的千年古银杏树正萌出新芽，雕梁画栋的宽大楼宇风铃阵阵，一群群飞鸟不知疲倦地穿梭飞驰。就在我脚下的这片弹丸之地上，怎么就诞出了横贯古今的苏洵、苏轼、苏辙父子？我试图在清新恬淡的江风里嗅出不一样的味道，感受这条江河与土地衍生的别样能量，但历史的原貌已深嵌于逝去的光阴里。真相都深藏于无尽的费解中，所以历史才会那么诱人。一门父子三词客，千古文章四大家。在中华五千年文明史上，诗词之繁荣莫过于唐宋，而苏氏父子都能跻身于"唐宋八大家"之列，旷世仅有。冥思苦想的执着挖掘似乎没有让我的努力成为徒劳，在江边茶吧里凭栏远望，答案很快便跳了出来——难道不是浩浩岷水绵延数万年的丰厚积淀，才在古眉州这块依山傍水的宝地上滋养出旷古绝今的三苏父子！

　　天府之国的丰沃，离不开岷江的滋养。岷江让成都活力无限，也让这座现代化大都市更加端庄、愈发亮丽。从两千年荏苒时光中走来的"世界水利文化鼻祖"都江堰名头缘何横贯古今？我沿着鱼嘴分水堤、分沙堰溢洪道、宝瓶口进水口且行且停慢走飞奔，试图与战国之秦朝蜀郡太守李冰父子作一次深刻的交谈和垂询。在涛声震天的宝瓶口，也就是将岷江注入"天府之国"的灌口，我分明看到自己的愿望在搁浅中变为徒劳。时空无法逾越，因为我脚下因都江堰水利工程总进水口之宝瓶口而得名的灌口镇，早在1600多年前的北魏时期便已存在。

　　清晨的雨水有着未经污染的凌冽，江面被纷纷的雨滴打出细碎的涟漪，思绪从雨雾中苏醒过来。眼前的都江堰，让人怀念李冰父子，更让人很不情愿地翻开岷水肆虐的灾难历史。史载，汉武帝元封三年，岷江"溢"出，"漂流万家"。汉成帝时，岷山发生地震山崩，上游河道溃决。晋武帝期间，同样的祸患重演。唐代，有记录的岷江大洪水就有三次。五代时期的后蜀广政十五年，岷江洪水淹没当时都城成都市区，延秋门城墙被冲垮。乾隆五十一年，大渡河山崩堵江，壅塞了九天，溃水从峨眉县冲到乐山，"涛头高数十丈，如山行然，漂没居民以万计"。1933年8月25日，茂县叠溪镇发生7.5级的大地震，巨大山崩使岷江断流，壅坝成湖，洪水倾湖溃出，霹雳震山，尘雾障天，造成下游严重水灾，2万多人死亡，仅都江堰市境内捞获的尸体就有4000多具。2008年5月12日，岷江上游汶川地震，大面积山体滑坡致使岷江河流改道，哀鸿遍野。浩浩岷水一如既往地奔流驰骋，尽管命运多舛屡遭祸殃，但它从来没有失去从容和优雅。

成都的城市史就是一部治水史。据记载，上古时期的成都平原，前生是海。内海消失以后，便成为水泽密布、水道乱流的潮湿盆地，水患相当严重。初步整治、局部整治自先民们进入成都平原地带起就从未停止，古时大规模的治水就有四次。第一次大规模治水的是古蜀鳖灵，开明帝鳖灵的引岷入沱排洪工程使平原走出泽国，为古蜀先民定居成都创造了基本条件。第二次大规模治水是先秦李冰，时为蜀郡守的李冰历数十年疏浚三十六江，完成了举世瞩目的都江堰水利枢纽工程和穿"两江成都之中"，沟通了天府之国直达荆楚和吴越的黄金水道，使秦凭借这条黄金水道，如愿以偿地实现了"得蜀得楚，得楚得天下"中国历史上的第一次统一。第三次大规模治水的是西汉文翁，同为蜀郡守的文翁推广水稻种植，首扩灌渠系统，大量增加了农灌面积，引湔水和青白江连接，从此赋予都江堰水利工程以灌溉意义，推进和繁荣了四川盆地的农业经济。第四次大规模治水的是晚唐高骈，作为西川节度使的高骈为拱卫成都，改两江双流为两江抱城，给成都留下了千年不变的独特城市景观。

在这历次大规模治水的光环之下，历朝各代在整个岷江水域建设治水工程竟达千余项。汉代建成蒲江大堰、唐代建成的通济堰、民国建成的醴泉堰，为岷江中游治理水患同样发挥了重要作用。更值得大书特书的是新中国成立后的大兴水利，在岷江干支流上建设了诸多水电工程，不但给流域经济社会发展提供了巨大动力，还通过扩建、改造、新建自都江堰引岷江水跨岷江、沱江、涪江的人民渠和东风渠，使成都平原的农业灌溉面积超过了1000万亩。

风生水起，微波涟漪。一株千年古柏穿云破雾，孤独地俯瞰着岷江，树上落满的各种鸟儿，在受到人声惊扰的瞬间炸开，像极了除夕夜盛开的烟花，叶面上的灰尘此时便长出了翅膀，游动在金色的光柱里。庄严的二王庙，倒映在历史的皱褶里。传说虽缺乏真实性，但我也愿意在联想中盲从地跟随。相传，二王庙是供奉两千多年前的蜀郡太守李冰及被传说为其子的二郎神的地方，庙宇虽数度毁于浩劫，但眼前的塑像依然栩栩如生地端坐于庙堂，父子均被尊为神灵，足见其在岷江儿女心中的分量和地位。滔滔的岷江水在两位神灵级凡胎的深情注视下静静流淌，兴风作浪的妖孽已然被"二王"踩在脚下。

都江堰是成都平原的血管，汩汩流淌的血液滋养着蓬勃健壮的"天府之国"。其实，都江堰在古灌县的地盘上只具有纯粹的建筑属性，在这个沿袭了数百年的县份的广阔地盘上，这座建筑只是一个标点，但它绵延的深远意义却广袤得足以涵盖和影响整个蜀地的历史和未来。古蜀国的繁盛、今成都及周边的兴旺、三苏及众生的繁衍生息、诸葛及李杜的驻留难离，都是岷江之水的润泽和滋养。"水旱从人，不知饥馑，时无荒年，谓之天府。"是都江堰使成都平原沃野千里粮丰物茂。称谓了数百年的古灌县域名被都江堰取而代之，凸显了对这座旷古建筑的追忆与感恩，还源于决策者对构建"成都都成"宏愿而祈求这条江堰庇佑的愿景。

"锦江春色来天地，玉垒浮云变古今""窗含西岭千秋雪，门泊东吴万里船"的诗句，是当时诗圣杜甫对成都锦江的真实写照。诗中的锦江就是成都这座大都市引以为傲的母亲河府南河，古称郫江的府河、古称检江的南河是环成都而过的两条人工河。南河是李冰修都江堰时从岷江干流上分流出来的一条支流，绕成都西南向东流去。府河则是从检江分流出来的一条支流，绕成都北门，然后东下与南河汇合后成为府南河。河道旁的合江亭，在唐贞元年间便是文人骚客吟诗作赋、迎来送往、宴请宾朋之处，成为"一郡之胜地也"。作为网红旅游景点的府河河心岛，更是游客必去的打卡之地。小岛占地2万多平方米，形如怒放的莲花瓣。岛上绿竹成荫，四周清流环绕，风光迷人。不远处的十八步岛、姐儿堰河心岛首尾相连，天然竹园郁郁苍苍，清气氤氲翠影摇曳，芦苇错杂其间，芒花水雾相映。河畔的花园、亭榭以及横跨两岸的廊桥已成为市民和游客休闲、娱乐和餐饮的绝佳之地。殊不知，这条当年风光无限却废弃了数百年的河道，经历了怎样的风风雨雨后又涅槃重生。20世纪90年代初，当全国各地都将推进工业化建设作为首要任务时，成都市的主政者却将提升城市软实力作为民生工程，并将府南河的整治作为市政府的"一号工程"，决定用5年时间，拆迁移民十余万人，投入27亿元人民币彻底整治府南河。如今的府南河，防洪、环保、旅游功能完备，防洪能力也从 10 年一遇提高到 200 年一遇，形成了一条独具特色的旅游风光带。府南河综合整治工程也因此获得联合国人居奖、国际优秀水岸奖和国际环境地域设计奖等国际大奖。府南河就是成都的名片，圣洁澄明地流淌在成都人的心里。

温婉灵动清澈毓秀的岷江水，在千山万壑莽莽群山中滴答集腋，成裘于渊，波澜壮阔，多少次磨难和阵痛也无法改变她静默执着地涌流。从成都郊区的都江堰上行 75 公里，位于川西北的阿坝藏族羌族自治州的汶川县便郁郁葱葱地驶入视线。素有"大禹故里、熊猫家园、康养汶川"美誉的汶川，是全国四个羌族聚居县之一，该县因岷江古称汶水而得名，从汉武帝设汶山郡开始，迄今已有两千多年的郡县史。在汶川映秀，我看见她在千年不遇的地震后留下的斑驳伤痕，山体滑坡虽然数次损伤着她的躯体，但却无法改变她一往无前的流向。在这里，我看到了一条江河的磅礴力量以及她宽厚慈爱的母性。

卧龙是岷江上游的明珠。结晶性灰岩形成的峰林状山地形似龙脊，卧龙因此得名。茂密的植被形成了卧龙良好的自然生态，皮条沟和耿达河挤压断裂形成的河谷山高谷深，集险峻奇秀于一体，独特的地理条件鬼斧神工般造就了复杂的地貌类型和秀美景致。置身于此的"熊猫之乡""宝贵的生物基因库""天然动植物园"更是使卧龙享誉中外。卧龙重峦叠嶂，海拔超过 6000 米的主峰四姑娘山终年积雪，为四川第二高峰，与周围白雪皑皑的大姑娘山、二姑娘山、三姑娘山相映生辉，巍然屹立于卧龙自然保护区的西部边缘，金字塔形角峰下渗透的清泉无私地溶汇于岷江的万顷碧波。

洁净清澈的岷江是藏羌腹地万千神山母体般的无私给予。山林绚烂，流动在晨光里的万物浮出暗夜，蜿蜒的江水明灭可见，树叶开始急切地吞吐阳光。越是生态资源富集的山区，住民越贫困，自然资源的禀赋并不能成为改变他们生活状态的因子和能量。勤劳，不得不成为加持在世居在岷山汶水间的子民们身上的光环。在卧龙镇、水磨镇和三江镇，贫瘠的土地都被安放在茂密森林的边缘，甚至被山石和溪流挤压。尽管生存条件不好，这里的人们却很少选择外出谋生，在坚韧地守候中日复一日地收割岁月的荆棘。即便经历自然灾害和粮食减产的阵痛，也将被长年累月的劳作所包容。在缓慢生长的谷禾中，在一成不变的山水前，他们燃烧的执念有些悲壮，但始终蓄满忠诚，在年复一年的简单日子里，深沉地进行着薪火相传的基因测序。

　　在阿坝藏族羌族自治州茂县岷江上游的叠溪海子，我感受到了一条江河的悲情。此地原为叠溪城，乃川西平原通松潘旱地及青海甘肃的交通要塞。1933 年的一次 7.5 级大地震，使叠溪城毁于一旦，21 个羌寨全部覆灭，死亡达万余人之巨。地震同时也引发了巨大的地质灾害，小城四周的山峰崩塌堵塞了岷江，形成了 11 个堰塞湖。眼前的叠溪海子蔚为壮观，一个长达 12 公里的静谧湖泊，如同镶嵌在藏羌高原的璀璨明珠。直面眼前被当地人谓之"情邀海子"的静美之湖，回溯 80 多年前那场天灾巨殇，一丝痛感涌上心头。

　　岷江，始终谜一样撩拨着我。作为长江的重要支流，它的流量达黄河的两倍还多，一直以来我始终采信明朝大旅行家徐霞客关于岷江为长江正源的说法。直至前不久，我才从多年的误读中解脱出来，方知金沙江才是长江的正源。不过，这丝毫不影响我的心情和兴致。

在海拔 3690 米的川西北松潘县和九寨沟县交界处岷山山系弓杠岭南麓的隆板沟，谁也无法料想身前这条小溪经过千山万壑千回百转会成长为岷江乃至长江那样气势恢宏的大江。《水经注》述："缘崖散漫，小水百数，殆未滥觞矣。"眼前的岷江发源地只是一个分水垭口，在弓杠岭下俗称干海子腹腔的出水口，一股股清泉喷薄而出，汇集成一处硕大的高山湖泊。湛蓝的湖泊四周远山层叠森林茂密，湖泊溪水婉转，草叶翠绿，雪山与绿叶已为春天的山峦涂上了油彩。西源郎架岭霍隆沟，南转东流，左纳大塔玛沟右纳热玛宗沟，过东北寨，在川主寺镇漳腊村的九黄机场旁与东源漳腊河汇合。溪流经过渗透和漫流，在干海子一带又形成了金犀牛海、芳草海和九曲彩河组成的湖泊群。经一个个台地式湖泊的短暂蓄势后，岷江便以江的速度和气势，迅疾地奔涌着咆哮而去。从此，她将穿越四川省内 8 个州市的 36 个县，惠泽汉、藏、彝、羌、回、满等族 1500 余万人。

青山得意飞春色，多情绿水漾轻波。源头的岷江纤细而单薄地漫流着，在晨曦中泛着绿光，与岩石亲密接触后发出欢快的咕咕声，轻音乐一样让人萦怀。身后的藏羌碉楼、民居、行人，以及寺庙里传来的诵经声，是否在为这条圣洁江河祷祝和祈愿呢？

司莫拉，那一张张笑脸

古与今的兴衰更替，虚与实的穿插变化，都无法桎梏人类的生生不息一往无前。自立自强的司莫拉也告诉我们，贫困不是与生俱来，幸福的生活都来自苦干实干。

一

虎年仲冬的司莫拉，佤山逶迤，暖冬大雅。

2022 年 12 月 7 日，腾冲市疫情防控指挥部宣布：本市所有景区即日起全面放开，进入景区不再查验阴性核酸证明。被新冠疫情管控了多日的人们早已按捺不住，便纷至沓来。次日，滇西旅游名城腾冲就拥来了近 10 万游客，而司莫拉更是熙熙攘攘，人头攒动。

"咚、咚、咚。"鼓声在司莫拉寨子里的显要位置被有节奏地不断敲响。这可是 2020 年 1 月 19 日，中共中央总书记习近平到这里看望慰问群众时，为乡亲们祝福新春敲过的木鼓。也就是在这里，习近平总书记明确指出："乡亲们脱贫只是迈向幸福生活的第一步，是新生活、新奋斗的起点，要在全面建成小康社会基础上，大力推进乡村振兴，让幸福的佤族村更加幸福。"也就是从这一刻起，司莫拉这个名不见经传的佤族村寨便在云山雾水中撩开了神秘的面纱。

"哎哟，这个地方太值得来了！"来自上海市徐汇区的国企退休职工王雅兰发出由衷的感慨，眼里闪烁着冬日午后温柔的太阳。敲了木鼓并拍了不少照片后，王雅兰又来到25座水车集群前。与她一起来的女儿说，娘俩昨晚就住在司莫拉的民宿，她本来要乘坐今天下午的航班回上海上班，架不住母亲的再三要求，她只能打电话向领导续假，改签为明天的航班了。

在2021年10月亮相COP15大会的彩色稻田景观前，一群叽叽喳喳的四川人显得很开心。他们身着从寨子里租用的佤族服饰，摆着不同的姿势轮流照相合影。这些人都是成都一中的退休教师，组织者叫王乾坤。王乾坤说，他和妻子已经是第二次来司莫拉了。第一次是习近平总书记到司莫拉之后的当年3月，他和妻子在村子里的民宿一住就是半个月。这次，他又邀约了一群退休的同行再次来到了司莫拉。"春暖花开的司莫拉很美，没想到冬日暖阳的司莫拉更美。"王乾坤说出了同行者的心声。"太值得来了，明年开春后我还会带着儿孙一起来。"身着佤族裙装的另一名退休女教师接过话说。王乾坤的老伴透露，她们这拨人要在司莫拉住一个星期。

"在这里就能回到远去的乡村，找回梦寐以求的乡愁。我是听了朋友的再三推荐才来的，确实值得一来。"来自广西南宁的李梦阳开心地说。据42岁的李梦阳讲，他出生于市郊一个壮族村庄，20年前的家乡群山环抱，田畴葱绿，繁花竞放，跟眼前的司莫拉一样，民居都是木质结构的茅草屋，可惜都被城市化无序扩张的高楼大厦踩在了脚下。从他的眼神里，我看到了无奈和失落。所幸的是，他在这里找到了乡愁。像李梦阳一样，到司莫拉寻找乡愁、感受乡愁的人很多。

大凡景区，都会有人为雕饰的痕迹，司莫拉在建设中虽然也添加了一些人为因素，在面相上却丝毫看不到造景的痕迹，她的肌理透出了醇厚的自然之美。司莫拉的美是内秀的，是大自然内在涵养的表达和宣示。在这里，花草不是点缀，绿色不是陪衬，房屋未加粉饰，都能与周边友好相处深情相拥。应该说，司莫拉在构造之初，就激活了天空、阳光、月色、云彩、微风、山影、土壤、花朵、雨露、流水这些自然元素的生命力，在天地乾坤中植入了自然质朴。外地的人们来到这里，无论是向内的证悟，还是向自然的返归，都是希望向局限的生命求证一个高于身体本来的生命，使得生命在天人合一的时刻回到生命本来。在司莫拉这样如诗如画的地方感受乡愁，跌宕童年，我对他们的惬意开怀心生羡慕。

在寨区，人们在品味各种风味小吃或购买农特产品。在农耕文化观光区，人们在争相留影、录播着小视频，或者在忙着发朋友圈。这是 2022 年 12 月中旬腾冲市新冠疫情封控数月后全面放开的情景。这一天，司莫拉来了近千名游客。虽然与高峰期的每天 3000 多人相去甚远，但也使这个寂静了多日的佤族村寨回到了往日的喧嚣。

清水镇镇长彭海邦介绍说，司莫拉景区已经涵盖了游客接待中心、司莫拉议事厅、农特产品街、陈列馆、文化活动广场、农耕文化观景区等景观和服务内容。司莫拉已经囊括了国家 4A 级旅游景区、中国美丽休闲乡村、中国传统村落、全国乡村旅游重点村、全国乡村治理示范村、云南省美丽村庄、云南省旅游名村、云南省卫生村等殊荣，三家村村党总支还被评为云南省先进基层党组织。即便有新冠疫情影响，司莫拉2020年和2021年也累计接待游客46.7万人次，促进群众增收500余万元。

"司莫拉的成就，是由贫穷和苦难衍生出来的。"李根志深有感触地说，"当然，与广大干部群众的不懈奋斗更是密不可分的。"他随即补充说。当过教师和电视台记者的腾冲民宿专家李根志，长期研究民族文化，并参与了打造开发司莫拉的策划和建设，是大家公认的权威。李根志随身所带的数百页有关司莫拉前世今生的研究成果，足以证明他在这方面的话语权。

古佤村，已经消隐于兴衰更替的层层堆叠中了。穷尽一切办法，这个村子的历史也只能回溯到500多年前。所以，往昔的呈现不需要花费太多的精力执意奔赴。

司莫拉，佤语意为"幸福的地方"。透过历史的雾霾，看到的却是另外一番景象："看寨不是寨，茅草垒成堆；夏恐屋漏雨，冬怕冷风吹。"从这样的描述中，不难联想到中寨当年有多贫穷。李根志说，司莫拉原名"箐头村"，因位居周边寨子中间，后又更名为"中寨"，在明洪武年间，由腾越（今腾冲）周边迁往此地。佤族先民在封建社会的统治下，生活非常艰辛。1950年，中央调查团在调查报告中记述了中寨佤族人民的生活：中寨人曾有田有地，清朝末年，由于村民无人识字，无法清算上缴田税，将田契地契交给邻村李贡爷帮忙算税，村民每年送礼作为报酬。后来李贡爷就将他们的田地卖了，从此他们再也没有自己的田地可种，只能以帮人做工、租田等方式生活。28户人家只有12家瓦顶竹笆房，两家土墙草房，其他人家都是草顶篾笆墙，有些房子已破烂，这样的房子俗称茅草房、叉叉房。全村只有孟自香家有一箩种的水田，李名香家有五斗种的旱谷地。没有田，没有地，终年起早摸黑地劳动，交租后也所剩无几。一年到头仅有4个月能吃大米，其余的时候掺玉米、洋芋、野菜、山果吃。孩子从小就要学会找野菜、采摘野果帮补家中。

《腾冲县卡拉人中寨调查》中的记载则更为直观："无论寒暑，中寨每人只穿一身土布单衣，且多是补丁满身，有些五六岁以下的小孩终年不穿裤子。有棉铺盖睡觉的只有李名香、孟自香两家，其余人家上盖棕蓑衣，下卧草席子，间或有一床破棉被。冷天就晒太阳，烧树枝取暖。"

司莫拉的名气大了，宣传报道的次数多了，腾冲市委常委、宣传部部长岳黎涛对司莫拉的情况已经如数家珍。他说，新中国成立后，中寨群众的生活虽然得到较大改善，但依然比较贫困。1952年，中寨28个佤族家庭中，一年口粮够吃11个月的只有1户，24户家庭的口粮不超过7个月，有3户属无粮户。全村仅有5人能够识字，没有一个孩子入学。1978年，全国已经改革开放，七年后的1985年中寨才通了公路。进入21世纪后，中寨虽然发生了深刻变化，仍然滞后于邻近村寨的发展。2014年，全村有建档立卡贫困户16户71人，贫困发生率23.4%，也远高于全乡其他自然村。2015年初，依托中寨地理优势和少数民族村寨特色优势，积极争取项目支持美丽乡村建设，为中寨的发展打下了一定基础。2019年，司莫拉建档立卡户全部脱贫。2020年，村中建档立卡贫困户人均可支配收入16433.32元，比2019增加5975.5元，是2014年的7.2倍。2021年，全村农民人均可支配收入达17826元，较2019年增长55.6%。

客观精准的一组组数据，体现的是司莫拉人的幸福指数。随处可见的一张张笑脸，则洋溢着他们的温馨。

二

谈及巾帼英雄，就会引申出《晋书》中关于"亮遗懿巾帼妇人之饰以辱之"的典故，其意为巾帼不让须眉，女人不亚男人。很多时候，人们都称女中豪杰为"巾帼英雄"，就会联想到名垂中国古代史的花木兰、樊梨花、穆桂英、梁红玉，以及为民族解放事业献出年轻生命的秋瑾、刘胡兰、向警予等女性，而被清水乃至司莫拉群众交口称赞的三位女书记，则彰显了她们在平凡岗位上不辱使命的担当和作为。

"司莫拉能有今天，离不开清水乡党委的三任女书记"，司莫拉的党员孟家明说。"这三个女书记，确实对打造和开发司莫拉倾注了太多心血。"在司莫拉从事旅游行业的孟祖洪接过话来深有感触地随声附和。在司莫拉实地探访期间，群众对三位女书记的溢美之词，我听到了不下十次。

"打造和开发司莫拉，是清水乡党委的集体决策，离不开市委市政府的领导和司莫拉群众的大力支持。在担任乡长和党委书记的四年任期内，我也只是力所能及地做好了自己的工作，在司莫拉的基础设施建设上有一个比较好的开端。"五年多没有见面的李艳，一如既往地低调沉稳。

李艳 2012 年初至 2014 年底担任清水乡乡长，紧接着开始担任本乡的党委书记，直到 2016 年调任腾冲市卫生和健康局局长。我与李艳的初次认识是 2015 年 8 月，当时我在腾冲市人民政府挂职。检查完工作后，她提出要陪我去中寨佤族村看看。就在这一次，李艳说要将司莫拉打造成乡村旅游的样板。

当天下午，雨后初晴。李艳和我沿村子下面一条湿滑的泥泞小道往村子里走。李艳有预见性地穿上了水靴，没走几步泥水就染黄了我脚上的旅游鞋，虽然路程不到 200 米，我也不得不好几次停下来，折断一些树枝来刮掉鞋底上厚厚的泥巴。

视域内凌乱的环境和陈旧的民居让我心生疑虑：就这，还打造乡村旅游？七年后故地重游，现实却打了我的脸。由此，也使我悟出了一个道理：不要轻易质疑任何人的前瞻性。同样在沙漠中，有的人一生只能看见一种风景，有的人却能看见星辰大海、春暖花开。

李艳似乎感觉到了我的疑虑，停顿片刻后指着不远处正破土动工的地方说，下次来就不走这条路了，一条宽阔的石板路将在两个月之后建成。由于村子里的民居都在进行墙体粉刷和屋面改造，我们只能在观景台上听李艳关于打造司莫拉的设想。李艳说，清水资源匮乏，又没有工业企业和支柱产业，经济总量和人均收入在腾冲 18 个乡镇中一直靠后。可是，清水乡距离腾冲市人民政府只有 12 公里，被誉为极边之城的前庭花园，尤其是有在本乡辖区范围内的 5A 级热海景区和腾冲机场这个优势，搞乡村旅游的条件是本市任何乡镇都无法企及的。腾冲是国家风景名胜区，而清水又有这么好的旅游资源禀赋，打造新的增长极，必须依靠旅游，不能错过这样的机会了。

李艳接着说，我们打造和发展乡村旅游的突破口就是司莫拉这个地方。我们相信，在完善各种硬软件设施后，会呈现一个不一样的司莫拉和不一样的清水。

五年后的见面，李艳却闭口不谈司莫拉。她认为，现在的司莫拉与当年她在任时的司莫拉已经是天壤之别。对于司莫拉，她当年只是有了一些开发的初步策划思路，很多工作和项目争取落地都是继任者们和当地群众完成的。这些功劳，应该记在他们头上。不过，我还是问询了两件她力排众议的事情。

首先是关于司莫拉这个地名的由来。李艳笑了笑说："这个地名的产生确实与我有关。"在决定打造中寨这个地方时，李艳邀请了本市著名民俗专家李根志，让他组织人马，帮助挖掘和整理这里的人文历史，拿出乡村旅游发展的初步规划（最终的发展规划为浙江大学制订）。经过两个多月的深入调研和走访，李根志拿出了8万多字的文字材料。李艳觉得诸如上寨、中寨、下寨这样的地名太多，没有想象空间，不利于打造和开发旅游，就恳请李根志提出几个改名方案。这事与善于策划旅游开发的李根志不谋而合，李根志很快提出了几个新地名的建议。最终，李艳采纳了"司莫拉"这个地名。其实，在昨日我就已经从李根志口中知道了这件事的来龙去脉。是好奇心，驱使我再次印证一下。李根志说，佤族歌谣中经常会出现"江三木罗"的唱词，其意为"幸福的地方"，音译和意译过来就成了"司莫拉"。可谓"众里寻她千百度"。在李艳抛出这个新地名时，乡政府一位领导和几名群众却提出了异议，认为这个地名背离了传统，是无中生有。李艳却力排众议，以改名成功的几个案例说服了大家。她说："我们搞旅游开发，不能故步自封，墨守成规。将'中寨'改为'司莫拉'，既有佤族特点，又没有背离原旨，还充满了想象空间，非常有利于景区的打造和发展。不说远处，省内这样的成功范例就有不少，如路南改成了石林、思茅改成了普洱、迪庆改成了香格里拉，改错了吗？这些地方产生的经济效益和社会效益就是明证。"虽然这个地名在习近平总书记视察司莫拉之后才被叫响，但从此时微笑着的李艳的脸上，我还是看出自己对这个"杰作"的欣慰。

其次是2016年3月8日在司莫拉组织大型演出和举办的"长街宴"。当时，司莫拉的建设还处于起步阶段。李艳作了一个大胆的决定，要在"三八"妇女节当天在司莫拉组织一次大型演出，举办一次长街宴。专题会上，这个动议遭到了近四成党政班子成员的反对，认为司莫拉的旅游开发方兴未艾，举办这样的活动时机还不成熟。李艳却说："很多事情，等条件成熟了，机会也就错过了。不先行先试，我们还探索什么？赞成者超过了六成，符合决策程序。只要我们搞好服务保障，就一定能够取得成功。如果出了问题，我会主动担责。"出乎意料的是，司莫拉那天就拥入了3000多人，车辆排了好几公里，长街宴也坐了好100多桌。这个活动虽然在很多方面还不尽如人意，但终归让司莫拉的乡村旅游开了个好头。

组织从来不会忘记努力工作的人。从清水调任市卫生和健康局局长后，李艳在工作上一样兢兢业业，因在腾冲市创建全国卫生城市、全国文明城市上成绩突出，又被升任为保山市人民医院党委副书记。

从2019年初开始，孟继早在清水乡担任了三年党委书记。这三年，对清水和司莫拉都是很不寻常的三年。

"当时的清水太艰难了，很多时候，政府账上的经费保障日常的工作运转都很困难，一些基础设施建设项目不得不处于停摆状态。"忆及到清水上任伊始的那段经历，现为腾冲市委常委、统战部部长的孟继早聊起了过往。孟继早说,她是由本市滇滩镇镇长调往清水乡担任党委书记的,从经济数据看,经济强镇滇滩与经济欠发达的清水简直就是天壤之别。近17000人的清水乡,躺在账上的资金甚至不如滇滩镇一个行政村。强烈的落差虽然使孟继早压力很大,但她深知组织将她委派到清水乡担任书记肩上的责任。开弓没有回头箭,唯一的路就是迎难而上。

"当时清水乡的干部队伍是个什么样的精神状态?真的不敢回想。"孟继早说,在她上任召开的第一次三级干部大会上,居然有近三分之一的人没有带笔记本,还有一部分人在玩手机。就这种工作作风和精神状态,如何开展工作?怎么能搞好清水乡的建设?孟继早认为,什么事都可以先放放,唯有干部队伍的作风整顿不能放,不能让这样的"顽疾"盛行下去,必须把提振干部队伍的精气神作为重中之重来抓。作为书记,所有干部都在盯着孟继早,她必须事事处处走在前面,为部属做出表率。虽然乡上离市区的家只有10公里之遥,孟继早除了开会时借道回家看看老人和孩子,大半年没有休过一天假。当时,孩子正面临中考。

上任不到三个月,孟继早就逐一找全乡百余名三级干部谈了一次心,就如何敬业奉献、怎样干事创业凝聚了共识,大家的工作作风和工作状态很快转变过来。孟继早担任党委书记的三年间,清水乡在腾冲市委市政府的综合考评中连续三年获得第一名。2022年7月,清水乡人民政府被评为全国"人民满意的公务员集体",这是对清水乡党委政府工作的最高褒扬。

"定岗,只是编制的要求。乡镇干部必须是复合型干部,要学会十个指头弹钢琴,具备应对和解决各种困难和问题的能力。"孟继早非常重视干部队伍的能力提升,经常组织各种培训活动,使干部们在脱贫攻坚和乡村振兴中经受了考验。拿市委宣传部安德聪副部长的话说，清水乡走出去的干部走出去能干，坐下来能写，都能够即插即用。

话题还是要回到司莫拉。

"搞乡村旅游是清水乡唯一的出路，司莫拉必须成为清水乡乡村旅游的试点和示范。"孟继早把更多的精力放在了司莫拉。针对脏乱差，她一直铆在村子里搞治理，并带领村委班子制定了创建最美村庄和最美庭院标准。为了引导群众热爱司莫拉、建设司莫拉，孟继早在任期间，就在司莫拉宣讲了上百场次。"孟继早书记的挂钩户不在司莫拉，但司莫拉每家都是她的挂钩户，她对这些家庭都非常熟悉，每户至少家访过三次以上，像尹林艳、李发顺、李维秋这些困难家庭她都去了不下十次。"时任乡长尹昭恒说。

"打造"，是一个具有成长温度的词汇，包含着理念、思路、作为、效益等多重含义，其步骤不能紊乱不说，而且缺一不可。打基础，才能立长远。不搞好基础设施建设，打造和开发司莫拉乡村旅游就是一句空话。可是，天上不会掉馅饼。作为书记，孟继早知道自己的工作重心在哪里。立项目、引资金、造氛围、搞活动这些组合拳一招都马虎不得。有时，为了争取一个项目就得跑上十天半个月，为了撬动一笔资金就得往返十多次二十次，为了洽谈一笔引资就得熬到三更半夜。

时任市委书记赵碧原说，司莫拉发展的重要节点在孟继早担任清水乡党委书记时期。在孟继早2019年初担任书记之前，没有多少人知道清水乡有个司莫拉，可后来就相继迎来了全省人居环境现场会、全省抓党建促脱贫攻坚推动"三个组织化"现场会、全省老年大学工作现场会在清水乡的相继召开，省委、省政府主要领导又紧接着带队到司莫拉进行了调研。当然，真正使司莫拉名声大振，还是习近平总书记 2020 年 1 月 19 日到司莫拉考察之后。司莫拉的声名远扬，吸引了省内外人们的纷至沓来，孟继早相继接待了中央、省、市各级领导现场检查指导，亲自讲解上千场次。不到一年，慕名前来司莫拉的游客就增长了 20 倍。下面，是孟继早就自己任期内建设司莫拉一口气列出的几笔账。

一条生产生活道路。2020 年 9 月，完成投资 330 万元湖东村至冯家营彩色沥青路面铺设。2021 年 3 月，完成投资 2700 余万元的驼峰路建设。2021 年 1 月，完成投资 1660 余万元的中寨过境道路建设。

一条幸福游览线。2020 年 11 月，完成投资 800 余万元的机场岔路口至湖东村"美丽公路"建设。2021 年 1 月，投资 160 余万元完成游客集散中心（停车场）一期项目建设。2021 年 4 月，投资 60 万元建成 794 米灯笼廊道。

一个司莫拉佤寨。2020 年 4 月，争取财政资金 740 万元，实施司莫拉乡村振兴学堂项目前期工程。2020 年 8 月，投资 389 万元实施司莫拉大米粑粑加工厂建设并投入运营。2020 年 11 月，投资 50 余万元实施完成司莫拉农特产品一条街和寨内商铺提质建设；投资 300 万元完成寨内环境整治和"透绿"工程建设。2021 年 2 月，投资 180 余万元，建成司莫幸福餐厅。2021 年 4 月，投资 400 余万元，完成中寨智慧消防一期建设。

一个司莫拉品牌。省农科院帮助设计司莫拉 logo，研发果酒果酱系列农特产品、大米粑粑产品，引进通三泰农业发展有限公司，批量生产司莫拉系列农特产品。发挥司莫拉品牌带动作用，建成农家乐 10 户，民宿 4 家，从事农特商品售卖 30 户。

一个云谷农业公园。启动投资 680 万元，实施覆盖全乡 4 个行政村的高标准农田项目建设。投资 2360 万元，完成云谷公园慢行系统铺设、科普观光水车集群、旅游步道建设。2021 年 6 月建成司莫拉彩色稻田景观，成为游客到腾冲旅游的重要打卡点，并成功亮相 COP15 大会。

一部司莫拉文化演出。邀请市文化馆、腾冲市音舞协会量身打造佤寨歌舞，文艺歌舞、音乐会、体育赛事等活动经常性演出。2020 年 7 月组织开展的"送戏进景区"活动和"母亲是中华·幸福司莫拉"音乐会。先后承接了湖南卫视《妻子的浪漫旅行》《春到司莫拉》等电影剧组到中寨进行的真人秀、影视剧拍摄。

一套创新经营体制。完善和理顺"党支部＋公司＋合作社＋农户"合作模式，2020 年 6 月成立腾冲市清水司莫拉幸福佤乡旅游专业合作社以来，通过销售司莫拉红茶、胭脂果系列产品，农特产品一条街租赁，每年实现收入近 30 万元，合作社连续两年进行分红。

承上启下，固本务实。司莫拉最直接的变化还是体现在了群众的获得感：2021 年，全村农民人均可支配收入 18860 元，比 2019 年增加 7412 元；脱贫户人均可支配收入达 17672 元，比 2019 年增加 7214 元。

孟继早在 2020 年 11 月份就已被任命为腾冲市委常委，2021 年 6 月又被任命为市委统战部部长，直到 2021 年 11 月底才离职清水乡党委书记到市委工作。其间，孟继早不得不两个岗位来回跑。市委组织部给出的解释是尚未考察出继任者。好在孟继早一如既往，乐此不疲。团结的班子出干部，孟继早与乡长尹昭恒被誉为清水乡党政的"双子星座"，尹昭恒也在2021年6月被提拔为市委常委、市委办主任。

清水乡八年内的第三任女书记、现任徐静丽。

初识徐静丽时，她是腾冲市政府驻昆办主任。接待工作不需要走村串户，更不需要风里雨里，七年前的徐静丽给我的第一印象是阳光靓丽、英姿勃勃。眼前的徐静丽黑了瘦了，虽才四十出头，就有了棱角分明的鱼尾纹。不过，这些鱼尾纹在她自信的笑容里，像极了身前正灿烂开放的叶子花。

徐静丽先后担任腾冲市驻昆办主任、全国魅力名镇和顺镇镇长、腾冲市委宣传部常务副部长。市委任命徐静丽担任清水乡党委书记，其意图不言自明，除了作为党委书记的职能，进一步提高提升司莫拉也是一项非常重要的任务。徐静丽甫一上任，就是前任孟继早留给她关于清水乡建设发展的好几页工作清单和几十条建议。

2022年12月下旬，时值徐静丽到清水乡担任党委书记满一年。虽然感染了奥密克戎的徐静丽已经"阳"了，但还是戴着N95口罩与我就司莫拉聊了很长时间。由于我俩很熟悉，交谈起来就可以直奔主题，免了不少客套和程序。

前有习近平总书记的殷殷嘱托和省委"将司莫拉打造成为全国乡村振兴样板"的明确要求，后有司莫拉提档升级的迫切需要。"不进则退，摆在我面前的是司莫拉如何可持续发展。"语调平和的徐静丽虽然脸上始终挂着微笑，但我还是感受到了她的压力。"谁把司莫拉这张名片玩砸了，谁就是司莫拉的罪人。"作为清水乡党委书记，她深知市委领导在她就任前的谈话中说出这句话的重量。

徐静丽说："很多'豆腐渣'工程，都是急功近利造成的。既然前任制订的建设规划科学可行，我们又为什么要另辟蹊径？"上任后，她没有踢"头三脚"，也没有烧"三把火"，而是秉持一张蓝图绘到底、一任接着一任干的路线图，继续在强化司莫拉基础设施建设和提升服务保障能力上下功夫，有序推进换届前实施的建设项目。2021年11月，启动了省财政厅740万元资金补助的"乡村振兴学堂"项目。2022年，又先后启动了司莫拉"幸福书吧"、22.8千米乡域旅游环线工程、"司莫拉民俗文化体验区"、道路交通和人防物防技防系统等建设项目。

在建设中的"乡村振兴学堂"前，徐静丽非常自豪地说，这个项目将成为打造司莫拉乡村旅游新的增长极，建成后每次可以接待百余人。别看这个学堂，既可以开展干部培训和民族团结进步教育，还兼具文艺演出、业态展示、村情宣传等功能。

徐静丽说，2021年12月，司莫拉成功创建为国家4A级景区。旅游靠人气支撑，必须在组织开展丰富多彩的活动上拴心留人，司莫拉今年先后开展了"腾冲人周末游清水""五一系列活动"，通过"亲子游""幸福摸泥黑"等活动，持续保持了司莫拉的热度，除受疫情影响外，司莫拉基本实现了月月有活动。

新冠疫情结束后，全国的旅游业将全面放开，到司莫拉的旅客也将迎来爆发式增长，接待能力和服务保障上的困难和问题就会凸显出来。徐静丽对此已有充分的心理准备，带领大家分别制定了不同的方案和预案。我深信，未雨绸缪之后必然天朗气清，司莫拉的日子就会像此时抚慰着我们面颊的冬日暖阳。

三

在司莫拉人眼里，李发顺是天底下最幸福的人。因为，习近平总书记到司莫拉时唯独对他进行了家访。

可是，李发顺太忙了，我们在农家的晚餐时段去了他家，他都还没回家。当他妻子打电话来告诉我们，李发顺已经回到家里时，穿越晚霞的时针已经悄然滑向了晚上8点。与我一同前往的村民孟家明说，由于疫情防控，李发顺家开的餐馆也有很长一段时间没有生意了，但他闲不住，每天都要骑着三轮车走村串户去收购废旧物品，要到市区回收站卖出后才能回家。不管是饱一顿饥一顿，还是早一点晚一点，李发顺都无法掌控自己的时间。

油亮的汗珠还在绷紧的颈脖上滚动。看样子，李发顺是刚端上碗。见我们进屋，李发顺立即丢下手中的碗，拖着残疾的腿脚就要招呼我们到隔壁的茶桌喝茶。我边制止边说："雷都不打吃饭人，何况也没有什么要紧的事，先把饭吃完再说。"橘黄的灯光落在李发顺的脸上，照亮了岁月刻下的一道道沟壑，也让隐约闪现的白发无处藏身。从未停歇的紧凑生活，让皱纹早早地爬上了他明亮的额头。李发顺是真的饿了，近乎狼吞虎咽的吃相很粗犷，契合着他实实在在的生活。直到食物撑满肠胃，靠近肠胃的心便逐渐丰盈和饱满起来，李发顺的脸上慢慢泛出了潮红，精神也从劳累中挣脱了出来。在李发顺娓娓道来的话语中，我们一起回忆了习近平总书记到他家时的场景。

脱贫后的村民李发顺一家，住进了"大五架"房，一正两厢一照壁，上下两层，干净结实。走进李发顺家，总书记先看住房情况，堂屋、卧室、厨房、卫生间……总书记一间一间细细看过去。

后院的猪圈里，养了大大小小 20 多头猪。总书记走到猪圈跟前，边看边问。

回到小院，习近平总书记与李发顺一家围坐在一起。李发顺有一肚子的话想向总书记说。10 年前一场突如其来的车祸，使李发顺严重受伤，几近瘫痪。这个家庭失去了主要劳动力，再加上一双儿女的上学花费，让他们顿时陷入困境，成了特困户。为了不让总书记担心，他将这些话压在了肚子里。但是，细心的总书记还是看见了堂屋墙上挂着的《建档立卡贫困户明白卡》，问询了他家当年的贫困状况。李发顺欣喜地告诉总书记，由于国家的政策帮扶，加之全家的共同奋斗，自己家已经在 2017 年底实现了脱贫摘帽，去年家庭收入超过了 4 万元。总书记好几次伸出大拇指为身残志坚的李发顺点赞。

李发顺邀请总书记一起制作佤族新年传统食物大米粑粑。总书记接过毛巾擦了擦手，便同李发顺夫妻俩一起操作起来。总书记右手拿起一团大米粑粑，在模子上用力摁下，粑粑上便清晰地拓印出一个"福"字。

总书记去司莫拉时，为什么偏偏去了李发顺家？各种猜测使这个可能永远无法得知答案的问题显得愈发神秘。我们没有必要去推断更高层级在总书记视察司莫拉前确定家访对象的意图。但是，李发顺蓬荜生辉、光宗耀祖的荣光已经成为现实！

这些年来，李发顺到底经历了什么？

时光向后退，记忆往外走。回溯苦难，咀嚼苦涩，使李发顺面色有些凝重。2010 年 2 月 11 日，还有两天就是大年三十了，在德宏州盈江县打工的李发顺要赶回家里杀年猪。途中，一场车祸骤然发生。面包车上四人，一人当场死亡，三人重伤。作为重伤者，李发顺被送往德宏州人民医院救治。

为了平复情绪，李发顺喝下了一大杯茶水说："住进医院后，由于头盖骨粉碎性骨折、脑沟分离、脊椎骨折、胸椎骨折，我连续昏迷了好几天。在昏迷中，医院为我做了两次开颅手术。主治医生对我妻子说，我可能会成为植物人，也可能会瘫痪，能够站起来的可能性很小。"李发顺深情地看了一眼妻子，接着说，"多亏了老婆，我父母都觉得没有希望了，她却没有放弃。"

妻子接过话说，在德宏州医院治疗两个月后，李发顺总算"捡"回了一条命，却只有一条右胳膊能动。为了防止肌肉萎缩，我只能用绳子绑着他，一步一挪帮他提着腿练习走路。我始终告诉他，这个家不能没有他，要他一定要站起来。经过三年多时间，虽然还是一瘸一拐，但李发顺甩掉了拐杖，可以自己走路了。

李发顺告诉我们，当时为了救治自己，家里已经债台高筑。妻子的辛苦，我看在眼里却难受在心里。有人对我们说，干脆别让孩子读书了。但即便穷困潦倒，我和妻子从来没有产生过让孩子辍学的念头。缺劳力加上孩子读书，2014 年，我家被确定为建档立卡贫困户。没有人知道，戴上"贫困帽"那天，我大哭了一场，觉得拿国家的助残金、低保金可不是啥光彩的事，说什么也得尽快把贫困户的帽子摘下来！

挫折没有使李发顺一蹶不振，更没有让他陷入游移徘徊。在无法抗拒的灾难和误解面前，李发顺从不作自我申辩，也没有峻急的表达。虽然谁也不愿意将失败作为命运的试纸，但如果失败降临到自己身上，就得欣然接受，这样才能从失意中酝酿和转化为一种安顿的力量。失败让李发顺很快度过了人生的瓶颈期和冷寂期，通过回观他人和自身后，他很快从悬浮的状态回到真实的地面，获得了新的动能。

李发顺是村里公认的能人，主要体现为脑瓜子灵活。妻子到城里打工后，李发顺买了辆电动车，除了走村串户卖水果，还顺道收收废品。乡里举办的串珠、竹编、理发、养殖等各种技能培训班，李发顺一个不落全部参加。"茶罐不涨挪挪位，什么赚钱干什么。"这是李发顺脱贫致富的经验之谈。2017年，李发顺家脱贫摘帽。

谈话间，李发顺也不忘感谢一直帮助他家的村支书赵家清、挂钩帮扶他家的腾冲市审计局副局长赵家恒以及许多给他捐款捐物、让他重塑生活信心的好心人。

总书记视察时，李发顺说"自己最大的心愿就是在司莫拉开个农家乐"。2020年，夫妻俩投资20万元，实现了这个心愿。妻子杨彩芹不再外出务工，一年做大米粑粑、经营农家乐、按不同时节销售自产的茶叶、黏枣糕等农产品，年收入已超过了10万元。加上自己的各种收入，日子过得非常红火。

临别时，我与李发顺互加了微信。他的微信名为"阳光总在风雨后"。为了方便记忆，通常我都要将微信名标注为实名，可是这次例外。阳光总在风雨后，多诗意的名字、多励志的语言、多美好的愿景、多阳光的笑脸！

四

如果要谈司莫拉这些年的发展变化，作为领头人和见证者的赵家清无疑最有话语权。因为，他从2010年3月至今一直在本村担任总支书记兼村主任。

晨曦还未穿越山村夜雾的早上 7 点 40 分，赵家清已经在他家的客栈外面等着我们了。赵家清以践诺守时昭示了他曾为军人的作风。

"又熬夜了?"与我同行的李顺果问表哥赵家清。

"差不多两点多才睡下。"赵家清告诉我们。

来之前，李顺果就告诉我，赵家清基本上每天深夜两点才能入睡。我下意识地将目光投向赵家清，清晰地看见他两个黑眼圈包围下的一对布满血丝的眼珠。刚满 41 岁的赵家清看上去很疲倦，由此我也联想到他担任这个村支书的不易。赵家清说，自己并没有失眠症，但压力常常会让他失眠。可现实就是这样，他的很多夜晚就是自己的白天。很多夜晚醒着，但睡眠不给他睡觉的机会，他需要在暗夜里总结当天的得失，酝酿来日的思路。似乎只有这样，他才会与昨天保持安全的距离，才会与来日走得更加亲近。

面对习近平总书记视察司莫拉时的殷切希望，如何对党交出一份满意的答卷，是压力。2019 年，所在村"党建促脱贫"案例入选中组部选编；2020 年，相继被评为"云南省民族团结进步模范个人""云南省百名好支书""云南省扶贫好村官""云南省最美退役军人"；2021 年被评为"云南好人"后，又由村支书和村主任被破格提拔为所在乡的副乡长；2022 年 10 月 16 日，赵家清当选为中共二十大代表并进京出席了会议。盛名之下，如何带领群众走向更加幸福的生活，更是压力。

赵家清笑了笑说："有压力才会有动力。从当上这个支部书记的第一天起，我就没有一天没有压力。"循着赵家清担任支书

12 年来的工作足迹，倾听当地群众对他的溢美之词，重温司莫拉的蝶变之路，我对赵家清有了全新的认知。

勇毅笃行、敢闯敢干是军人的底色。2001 年从部队退役后，赵家清先后去过广东、浙江、江苏、上海、辽宁打工，参与了杭州湾大桥建设，在连云港打过鱼。"尤其是在连云港打鱼那几个月，风高浪急，生死难料，确实是在提着命干。"一脸轻松的赵家清轻描淡写道。显然，这些艰险的往事在他眼里根本就不值一提。2005 年初，赵家清又在本省的文山、德宏的矿山当了两年采矿工人。由于父母年事已高，加之孩子幼小，他便回到清水乡派出所干起了协警。两年的军旅生活，锤炼了赵家清干一行、爱一行、专一行的敬业精神。当农民带头发展特色农业、当工人主动担负急难险重任务、当协警抓捕过亡命歹徒。正是干哪一行都有声有色，赵家清进入了所在乡党委的视野。

2010 年 3 月，司莫拉所在的三家村村委会换届选举。乡党委书记找到赵家清，希望他能回家参选。当时，赵家清正欲去市里一家大企业做行政管理工作，并承诺让他担任部门经理。不算年终奖，每月底薪不下 3000 元，而回去当村干部，每月只能拿到 580 元的补助。29 岁，正是挣钱的黄金年龄。话题甫一兜出，立即遭到全家人的反对，作为父母的独子和两个孩子的父亲，赵家清拿这样的收入，根本难以养家糊口。一边是诱人的薪酬待遇，一边是组织的信任，经过短暂权衡，赵家清毅然决定回乡参选。赵家清深知，这是一名共产党员的使命，也是自己回馈乡梓的责任。被大家寄予厚望的赵家清，顺利当选为村党总支书记，并兼任村主任。

"新官"上任，赵家清还没来得及烧头把火，一盆冷水就迎头浇来——村委会办公地点借用的老旧学校年久失修，服务窗口拥挤不堪，工作人员没有食堂和宿舍。更令人头疼的是，村民还每天到村委会闹低保和索要建房补助。兵马未动，粮草先行，只有把凝聚人心的工作做好，才能更好地开展工作。赵家清决定，无论如何也得先把村委会的食堂开起来。没有炊事用具，赵家清自己垫钱买；没有柴米油盐，赵家清从家里扛。安抚到位了，大家就有了干好工作的动力。

"村两委的职责如果只停留在为群众盖盖章、签签字、开开介绍信，根本就没有存在的价值。"从当上支书第一天起，赵家清就发誓要带领群众脱贫致富。

赵家清决定从自己土生土长的中寨作为"突破口"，来带动整个三家村。眼见村民们在泥泞路上左避右跳的"迪斯科"，赵家清非常揪心。他深知，不改变基础设施落后的局面，不从根本上改善人居环境，中寨就永远没有出头之日。赵家清上任的第二件事，就是发动村民，从集镇拉回近 500 车混凝土废料，填平了进村道路，并对道路两侧进行了绿化。巧妇难为无米之炊，资金成了基础设施建设的"瓶颈"。赵家清隔三岔五就往乡上和市、县跑，千方百计争取项目资金。村工作日志上赫然记载，仅在危房改造这一个项目上，赵家清就到 4 个单位跑了 26 次。经过不懈努力，很快启动了通畅工程、亮化工程、人饮工程，完善了学校、卫生基础设施。危房改造、村容整治、产业发展等方面一直在全乡垫底的三家村，在赵家清带领下居然跃升到全乡前列。市住建局局长笑着说："赵家清官不大，但'小鬼难缠'，特别能'折腾事儿'！"我从这位局长近乎调侃的玩笑中听出了褒义。在赵家清这位敦实素朴的佤族汉子身上，我分明感受到了这个当年在部队每年被评为"优秀士兵"的战士打攻坚战的素质和韧劲。

赵家清清醒地认识到,脱贫攻坚既是"攻坚战",又是"持久战"。光有战斗意志,没有战略思想,照样无法赢得胜利。只有真正找到"穷因",才能彻底拔掉"穷根"。说到底,村里的贫穷本质上是陈旧保守的思想观念没有打开,在原本平静安详的环境中,共同贫穷的自然环境和心理生态保持着一种长期的平衡状态,要打破这种平衡,冲破守旧的思想藩篱,就必须转变固有的传统观念。赵家清下定决心,必须先去除乡亲们思想上的"贫穷灰垢",提出要富"口袋"鼓"腰包",先富"脑袋"开"眼界"的想法。赵家清带着村干部和村民代表出去"取经",到省内外几个小康村开阔视野。此外,他还通过宣讲脱贫攻坚政策,开办"自强·诚信·感恩"小课堂,和乡亲们细算对比账、细数变迁史、细说幸福感,通过"思想扶贫"点燃群众的脱贫致富热情。

说干就干,该上就上,能亲力亲为的事都必须直面应对。赵家清雷厉风行的作风影响着村两委班子,感召着群众。村干部更要身先士卒,脱贫攻坚一线就是自己的战场。2014年,扶贫对象确证工作热火朝天。赵家清带领扶贫工作队走村串户,对全村134户597名贫困人口遍访、走访、回访调查,摸清了底数,弄清了致贫原因,落实了帮扶责任人、帮扶项目和帮扶资金。

2015年,中寨改名为"司莫拉",多好的名字啊!"幸福的地方",多美好的愿望啊!现实是,本地还有三成家庭没有脱贫。赵家清带领全村扶贫工作队以"苦战一百天,决胜年度目标"的决心,对照考核标准,在产业全覆盖、易地扶贫搬迁、农村危房改造、提升群众满意度、公共基础设施建设、就学就医养老保险、提高村集体经济收入七大方面压实工作责任,统筹推进各项工作。2017 年底，司莫拉如期实现脱贫摘帽。

司莫拉靠什么改变现状？发展特色产业和开发乡村旅游。赵家清带头对全村 870 多亩茶山进行了流转，充分利用闲置土地，发动群众种植了 3700 亩核桃和 2200 亩油茶。土鸡养殖是村里的传统产业，为了打造生态土鸡品牌，赵家清牵头成立了"草上飞"土鸡养殖专业合作社，年出栏土鸡万余只，收入近百万元。

司莫拉的佤族风情是一张烫金的名片。嗅觉灵敏的赵家清岂能错过这样的机会。由于还不富裕，加之投资较大，群众对开办农家乐和民宿的积极性不高，作为支书，赵家清说服妻子，举债 30 多万元，2016 年带头建成了一个 560 平方米的农家乐。在他的带动下，司莫拉现在已经有 10 户农家乐、4 家民宿投入运营。

大事，归上级党政领导拍板。小事，就得村两委班子主动作为。上级是决策者，村级是执行者，赵家清清楚自己该干什么。一方面在乡（镇）党委领导下抓好项目建设，一方面带领群众搞好司莫拉旅游开发的软件建设。近年来，赵家清在村里组织开办了厨艺、茶艺、民宿、乡村旅游等免费培训辅导班，让乡亲们掌握现代服务技能。通过多种方式，举办辅导培训班 200 余场次，培训群众 2000 余人次。为了倡导乡风文明，抓好村庄治理，激发村民的内生动力，赵家清率先在司莫拉制定了"十条村规民约"，推行了"巷长制"，深化"门前三包"和"最美庭院"评比，建立了环境"日清扫""周督查""月考核"制度，使村庄始终以干净、整洁、有序的形象呈现在游客面前。

信念决定思路。2022 年 10 月，刚到首都参加完党的二十大回到司莫拉的赵家清，就带头组建了一支由党员、乡贤、致富带头人、光荣脱贫户等为主力的"乡村主播"宣讲小分队，开设司莫拉民族文化讲堂，通过火塘会、专题讲座等方式宣讲党的二十大精神，与村民一起话党恩、谈变化、讲未来，算良心账、发展账、收入账。

聊叙被赵家清接听的一个电话打断。他告诉我，是合作社理事孟家留打来的，说北京一家公司要购买合作社制作的 10 对木鼓，每对出价 1.2 万元，因为这只是最高价时一只的价格，他做不了主。赵家清盘算了一下说，卖出的量多，而且有一半的利润，卖吧。赵家清还告诉我，陆陆续续都能收到这样的订单，前几天刚以 300 元一个的价格订购出去了 100 个佤族图腾桩。

赵家清顺势向我介绍了"司莫拉幸福佤乡旅游专业合作社"的发展情况。他说，合作社成立于 2020 年 6 月，本着以国有公司为主体、以专业合作社为纽带、以群众增收为目标，经营内容包括餐饮、住宿、工艺品、土特产等 49 项内容。赵家清担任合作社理事长，社员涵盖了司莫拉每一个人，不但解决了近 50 名群众的就业问题，两年还累计创收 70 多万元，每股平均分红 2000 多元，一年的股息是银行定期存款的 20 多倍。"疫情结束指日可待，游客将迎来爆发式增长，2023 年合作社的创收目标是 100 万元，我们要让群众平均分红达到 5000 元。"赵家清对合作社的运行充满信心。

赵家清的电话又来了。是镇长彭海邦打来的，大意是市投资促进局下午要到镇上对接一些招商引资项目，赵家清作为分管副镇长，要赶回去先组织一个碰头会，汇总一下相关领导和部门的意见，在下午的对接会上提出。赵家清抬腕看了一下表，不知不觉中已经到了中午 1 点，来不及扒口饭，他便骑着摩托车急匆匆地往镇政府赶去。看来，原定于下午进行的司莫拉合作社年度分红核算只能推后到晚上进行了。

赵家清 2021 年 4 月被破格提拔为副乡长（次年乡改镇）后，分管经济发展、工商企业、招商引资、安全工作，继续担任三家村党总支书记，兼任三家村村委会主任、司莫拉自然村支部书记、司莫拉专业合作社理事长。身兼五职，苦累在所难免，但赵家清始终干劲十足，从不诉苦摆功。这个在创业中亢奋着的 41 岁的汉子，总是那样的青春逼人、动力十足，他身上的无穷之力，让我心生羡慕。

五

2023 年元旦前，司莫拉艳阳高照，红彤彤的叶子花开得正艳，一排排红灯笼传导着年节将要到来的喜庆。一场佤族清戏正在这里上演。

戏台上，锣鼓响起，歌起舞动，演员们都在按照扮演的角色演绎各自的内容。戏台下的靠前位置，上百个游客或坐或站，或照或录，都在被这场面愉悦着。与中年人屏息静享不同，少男少女们大多在玩着直播，在司莫拉的场景里，让欢笑天涯咫尺。

在古树和房屋无法遮蔽的地方，好几个老人在阳光下接受紫外线的温暖，黝黑泛红的脸上透露着喜悦。老人们专心地看着已经循环往复上演了无数次的佤戏，戏里既是祖辈传承的缩影，又是自己走过岁月的再现。几个老人一脸入戏的销魂表情，要等到戏终才能从恍惚的传说中回到人间。这些老人中，有人的孩子在外地做得风生水起，成就了一番事业，但他们无一例外地谢绝了子女要将他们接过去颐养天年的好意。一个老人说，大城市有什么好？连个吹散牛的人都找不到。另一个老人接过话说，村子里现在发展得这么好，年轻人都忙得不可开交，我们也可以给他们搭把手，打扫个卫生、维持个秩序、接送个孩子之类的事我们还是可以做的。其实，还有一个更重要的原因是，乡愁能让他们在故土追忆时光，享受司莫拉蝶变之后带给他们的幸福生活，这是域外任何物质上的丰盈都无法取代的。脸上写满欢喜的老人们让我觉得，人一定要活在某种可以回味的氛围里。

与演出场的轻松休闲相对应的是村子里人们的劳碌。

我连续三天住在"果果客栈"，女店主李顺果将我送到演出地点后，就要去忙别的了。她对我说："司莫拉现在就是个'金窝窝'，再好的地方我都不会去。"这是一个嗅觉灵敏而且非常能干的女人，得知司莫拉要开发乡村旅游，她立即将丈夫赵家启从四川的建筑工地叫了回来。搞旅游开发，岂能少得了基础设施建设？老公有技术，还愁没有挣钱的机会？而她自己，除了把家打理好，把包产地种好，还会在村子里摆摊卖点茶叶，生意好的时候每天能挣500多元。挣了一些钱后，她又争取了20万元的低息贷款，建盖了7个客房的客栈，入住率能达到一半，也是一笔不小的收入。疫情期间生意不好，她又应聘到市区一家超市当起了领班，不但每月可以拿到3000多元工资，还能通过超市卖出自家地里的生态蔬菜。"疫情全面放开了，很多回头客已经打电话来订房，我准备辞职回司莫拉了。"李顺果自信地笑着说。

"咚、咚、咚。"一阵阵厚重的木鼓声从观景台那边传来。人们在排着长队，等待着去敲响木鼓。到了司莫拉的人，都会在总书记敲响祈福的木鼓上，去亲手体验一下鼓声传导出来的福音。作为总书记敲响木鼓时的主持人，游客越多，孟家留越忙，他既要示范，还得讲解。孟家留是司莫拉最出色的鼓手，也是制作木鼓的高手。村里只要有重要活动，一定少不了他。曾几何时，这样的能人却无用武之地。现在开发旅游，孟家留居然成了红人。孟家留说，作为合作社理事，他每月拿着 3000 元的固定工资。带领大家制作木鼓，不但可以为集体增收，自己还可以得到不菲的提成。此外，妻子在景区卖小吃每月能挣到 5000 多元，儿子在合作社开电瓶车每月工资也有 3000 多元，加之每年耕地补贴的 2000 多元、合作社每年分红的 3000 多元，日子好得不得靠（太好了）。

筑巢引得凤凰来。2020 年 12 月，29 岁的赵仁芹从打工十几年的江苏苏州回到了司莫拉，花 7000 多元租下寨子东北角农特产品一条街入口处的两个铺面。自家做的胭脂果、葛根粉、木瓜干……琳琅满目 20 多个品种，摆满了铺面。她说："'十一'期间，一天销售额就有 1500 多元，比在外地打工强多了。"

50 出头的冯爱仙，每天早上 6 点就起床做松花糕，5 元 3 块，松软可口，游客多时，一天就能卖 100 多份。收入高了，冯爱仙也开始讲究起来，每天挑担子出门前，都要画上淡妆，穿上鲜亮的民族服装。她风趣地说："我们也是司莫拉的风景。"

59 岁的李维秋正在乡村博物馆擦拭桌椅，绽开的笑脸像花儿一样。她指着橱窗正中一张大幅照片兴奋地说："总书记的身后就是我，我做梦都想不到，国家领袖会跟我这个打扫卫生的人握手。"她还说，司莫拉会让每个人都有事做，合作社为了解决女性超过 55 岁、男性超过 60 岁的半劳动力的就业问题，专门匹配了工作岗位。像她这样的保洁员，每个月还能拿到 1800 元的工资，而邻村的保洁员每月却只有 600 元的补贴。关键是工作间隙还能做些家务、干干农活、带带孙子。副支书李家免说，60

多岁的李明仁长年有哮喘病，担任保洁员一年后却痊愈了。既锻炼了身体，又增加了收入，李明仁好像变了一个人。

时过境迁。虽然村子还是那个村子，但生态环境、生活条件、精神面貌、创收氛围都发生了翻天覆地的变化。总书记离开司莫拉近三年来，中共中央办公厅、云南省委办公厅围绕集体经济是否增收、群众可支配收入是否增收，到司莫拉回访了4次。可喜的是，两个指标每一次都有大幅递增。省市有关部门每年都要对全国乡村旅游重点村进行考核，司莫拉各项数据都很亮眼。

不用猜度司莫拉群众的日子过得怎么样，因为，他们的获得感和幸福感都写在了脸上。

文韵流芳怅别离

大多数记忆都如沉睡的河底，一旦被现实世界的船桨搅动，往事便像水草一样活泛起来。文友偶然间谈起当年的省内名刊《个旧文艺》，追忆这份杂志的念头很快在我心里生长出来。

鉴于《个旧文艺》杂志对我影响深远，我确信自己的书橱里有它的位置。尽管忙活了整整一个上午，在汗流浃背中翻箱倒柜也不见其踪，但我没有放弃寻找。最终，在精品书柜里找到了这本纸张早已泛黄的杂志。我愧疚于对这本杂志的轻慢，沉重地轻轻拂去书本上的微尘，封面上描绘着傣族姑娘的水粉画已在悠远的时光中显得暗淡和斑驳，扉页上尽管有水渍的遗痕，但还能清晰地看见《个旧文艺》（双月刊）、1983年11月（第六期）、总第三十一期的标识。

将时间拉回1992年8月。当时，我在红河州建水县城一个部队的政治部宣传科担任新闻报道员。虽然在领导眼里我是一个很有文字基础的可塑之才，但令他们失望的是，调进机关大半年我也没能见报一个"豆腐块"。见我压力很大，科长将我派往一个边远的基层连队体验生活。

这个连队，地处潮湿阴霾的封闭山沟不说，距离最近的村寨还有20多公里山路。拿连队战士的话说，这里除了蚊子是母的，其他全是公的。有被发配的意味，我感到空前的郁闷，抱着混日子的想法准备在连队熬到年底退伍。连长和指导员可不这么看，他们坚信是政治部领导在刻意锤炼和雕琢我，尽可能地为我能写出点像样的东西创造条件。两位领导给了我让战友们艳羡不已的待遇：可以不参加训练、可以采访连队任何人、可以在熄灯号以后读书写作。

不写作可以，因为当时我就没那能力，但没有书看的日子却使我如坐针毡、度日如年。指导员看出了我的心事，在官兵中到处为我寻找书籍，不知从哪里找来了一本皱皱巴巴的《个旧文艺》。这本杂志，就是文前所言的那本杂志。在那个书籍匮乏的地域，这本杂志贯注了我如饥似渴的虔诚，我几乎一字不漏地通读了全书，对端木蕻良、彭荆风、苏策、张昆华等著名作家的作品甚至通览了多遍。当然，最吸引我的还是杂志的开篇、时任昆明军区政委谢振华将军的回忆录《兵贵神速》。

白天采访，晚上读书，这是我在孤寂山沟里的惬意日子。经常食用同样的菜肴会乏味，但饶有兴致地重复读同一本书却丝毫不觉得枯燥。客观地讲，《个旧文艺》算不上一本纯文学刊物，它的题材宽泛到小说、散文、诗歌、评论、回忆录、新闻、美术等领域，但这种阔杂，却满足了我当时的阅读渴求。我不敢预料自己将来会成为一个作家，但我确信自己将从此成为一名虔诚而且执着的文学写作者。阅读，指引灵感付出，受杂志中存文学短篇小说《锁在山里的故事》启示，我效仿他的写作手法，根据连队优秀士兵毛以明的事迹写出了散文《山恋》后，完成了体验生活的使命。回到机关，我迫不及待将稿件拿给美女干事曾嘉修改，并建议投递《个旧文艺》杂志。在《个旧文艺》发表过文学作品的曾干事却表情凝重地说："杂志早在两年前就停刊了。可惜啊，多好的杂志！"忐忑中，我将此稿邮寄给了北京兵种部的报纸。出乎意料的是，散文《山恋》不但在副刊头题见报，还获得了报社文学作品年度头奖。这是我文学之路的处女作，如果没有《个旧文艺》冥冥中的指引，我不一定会与文学结缘，更不可能因为写作改变命运，被组织破格提拔为一名军官。也因为《个旧文艺》，我与彭荆风、张昆华、张永权、存文学等著名作家成了忘年交，与驻地建水县的作家张绍碧、王若杰等人成了文友。

从宣传科前人对《个旧文艺》的溢美之词中，可以感受到部队与《个旧文艺》杂志间的友谊。据原宣传科科长章旭讲，由于《个旧文艺》深受官兵喜爱，部队将杂志订阅到了机关科室和基层连队。为了培养文学骨干，部队不但每次开办文学创作培训班都要邀请杂志社的作家到部队授课，还经常派遣有文学写作潜质的官兵到杂志社学习。特别是部队几次组织的文学作品改稿班，都是杂志社帮忙请来了彭荆风、晓雪等著名作家到部队授课。部队涌现的李宏、卢传智、陶秉礼、满长杰、赵道顺、罗力生、罗咏琳等蜚声军内外的作家，都离不开《个旧文艺》杂志的扶掖，他们的文学作品都无一例外地被《个旧文艺》刊载过。

创刊于 1960 年的《个旧文艺》，是云南省继《边疆文学》之后创办的第二家面向全国发行的文艺刊物，即便风生水起，也在出刊 5 期之后遭遇停刊。1979 年 11 月复刊后，因为有沈从文、丁玲、杨沫、茹志鹃、彭荆风、王安忆等文学大师的加持，大有办成全国名刊之势。风云难测，在累计出刊 67 期的 1990 年，命运多舛的《个旧文艺》却在毫无征兆的情况下再次停刊，永远地

消失于全国公开发行文艺刊物的序列。自然的生命世间万物皆
有，无非长短而已。现实中满是缘聚缘散的惆怅，一本杂志的生
命，也不外乎阳台上一盆花木的荣枯。紧缩的茶叶在冲进沸水的
杯中慢慢舒展，我的心情也慢慢走出了郁结。追索杂志停办的原
因已毫无意义，郁于人们心里的痛感也慢慢消隐于时光的隧道。
但我相信，《个旧文艺》留给作家和读者的美好记忆，将永远存
留在他们心里。

翁丁遗韵

　　看到翁丁被化为灰烬的视频后，我哭了。所幸，很快完成的重建让这个边地佤村回到了原貌。悲伤之后的记忆更加鲜活，翁丁也清晰地走到我的字里行间。

　　亘古洪荒穿越历史烽烟，地域时空难阻遗韵流芳。滇西临沧沧源的翁丁，这个全国仅存的佤族原始部落，从崖画涂抹了3000多年的影像和印记中穿越而来。古老神奇牵引着思维前行，原以为仅靠观摩和聆听，不足以悟读一个民族的远古和深邃，直面佤民贫乏中透着幸福的生活状态我才恍然大悟，诗意的表达已使我与真实的翁丁背道而驰渐行渐远。所以，我不得不从预想和憧憬的彼岸回到现实。

　　佤族在古语中的意思为"住在山上的人"。从县城沧源驱车40公里，到了县城西边的山顶，号称"中国唯一原始部落"的翁丁就到了。顾名思义，翁丁的"翁"为水，"丁"为接，意为连接之水、和谐之地。眼前的翁丁古寨被各种高大的树木环绕，国家级保护植物董棕和树形梭罗在这里随处可见，百年树龄的古木比比皆是。山寨白雾依稀炊烟缭绕，清一色的茅屋错落有致地镶嵌在蓝天、白云、高山、溪流之间，清晨的阳光使山寨泛着金黄充盈温馨。

发展旅游直接体现于门票收入，使古老原始的翁丁得以吮吸现代文明的滋养，使世代刀耕火种的佤民的生活状态得到质的改观。进入寨门，首先看到的是两旁木桩上挂满的牛头骷髅，狰狞的牛头使这个梦想图腾的部落的空气中飘散着历史纵深的血腥味道。热情是这个部落的习性，凡有客人进寨，寨门口就要安排欢迎仪式。佤族有别于大多少数民族的以酒迎客，寨主或者族里有声望的人，会在客人的额头正中点上一点"摸你黑"，意味着吉祥祝福。如果同行恶作剧地在你额头一揩，立马让你变成一个滑稽的大花脸。一个健壮的佤族黑皮汉子敲击着硕大的木鼓，鼓声悠远响彻山村，十来个佤族妇女和着鼓乐，忘情地跳着甩发舞，使你不得不以虔诚的笑容回应他们的热情，并怀揣着期盼走进他们的领地。

这里的一切都会冲击你的视觉和感官。佤族大多地处偏远边疆地区，解放前一直处于原始社会的刀耕火种阶段，解放后一举过渡到现代社会，原始社会的印记至今尚未褪去，翁丁古寨尤为突出，保留了原始佤族民居建筑风格和原始佤族风土人情，是迄今为止留存最为完好的原始群居村落。原始，使她犹如尚未揭开盖头的新娘一样神秘。寨中的牛头、牛头桩、寨门、沙拉房、木鼓房、寨桩、民居、樯林等景象都是厚重的历史，承载着翁丁的远古、现在和未来。佤山的景致、村寨的空灵、翁丁的人文和当地人的生活状态无不感人至深。

晨雾已经消退，春阳洒满佤寨。进寨恰逢早餐时点，每户的餐桌上已经摆上了自养土猪腌制的腊肉和自种的生态蔬菜。佤民大多好酒，酒是男人们生活中的重要组成部分，每餐都要小酌几杯自酿的米酒。枯燥的劳作绕不开他们一成不变的生活，没有礼节上的猜拳行令推杯换盏，但我从男人们泛着红晕的脸上看到了他们微醺微醉的惬意和满足。土酒的甘醇润泽着生活，生态的食材滋养着身体，简陋的茅草屋包纳着他们的幸福。

清一色的茅草屋从直观上体现了翁丁的特点。各家的房屋虽然高低不一，奢陋有别，但布局非常协调。一条主干道横贯整个寨子，依山而建的茅草屋，错落有致紊而不乱，传统的干栏式房屋，一般都用稻草覆盖，竹木结构，竹笆围墙，竹笆地板。为了避风防寒，屋顶总是离地面很近，远远望去，就像一朵朵蘑菇。

在山寨中央的一块平地上，摆放着一具硕大的木鼓，代表山寨的威严和神圣，用以祭祀和集会。镂空了的音箱之间，雕刻了一个女性的生殖器，用以调节音准，敲击中发出的声音，铿锵有别，代表雌雄两音，发出的声响浑厚温婉。木鼓的右侧矗立着佤山的图腾——男性的生殖器和小乘佛教的旗杆。绕过几棵年代已经久远的大榕树，"佤王府"就到了。相比周围低矮的茅草屋，两层高的佤王府就凸显出众星捧月的气势了。翁丁建寨 400 多年来，寨主一律由杨氏宗族世袭继承，现在的寨主叫杨岩布勒，这位身形高大、面容清癯、一脸威严的佤族汉子，与想象中肩携毒弩、腰挎长刀的粗犷彪悍形象是吻合的。寨主在王府二楼堂屋的火塘边接待了我们，让我们享受了佤王府接待的最高礼仪。他一边咕噜咕噜地吸着水烟筒，一边为我们熬制着佤族特有的黑茶。熬茶很讲究，用开水壶和瓷壶熬熬兑兑有十多道工序，我们也没看出究竟，茶水色黑味苦，味道不好但却提神。火塘的柴烟和寨主水烟筒释放的劣质香烟很呛，使我们不得不听他说话的同时还得揉着眼睛。他说他先前不会说汉话，近些年翁丁开发旅游后，他已经可以简单与游客对话了。谈及翁丁的历史，寨主打开了话匣子，"佤王"第一印象留下的威严和近前一个和善老者的絮絮叨叨相去甚远。翁丁佤寨建于明朝，虽历经改朝换代战火纷飞，但顽强生存人丁兴旺，400多年前的单家独户而今已繁衍到五六百号人。提及翁丁在清末经历的一次战祸，老寨主的脸上立即阴沉下来。当时，数十名英军从缅甸入境，到佤山抢夺矿藏砍伐林木，时任族长带领佤民誓死抗击，全寨伤亡数十人，硬是将英夷逐出了国境。后来，政府专门在此地不远处的抗战遗址上修建了"抗英纪念碑"。

虽然蒙昧在客观上体现了翁丁观念的滞后和生活的贫乏，但这个原始部落3000多年传承的遗风古韵却让太多现代文明熏陶的都市人汗颜。每家每户都有三套房屋，正房有两层，下层是接待来客和吃饭的地方，中间的火塘用来做饭和取暖，上层为中生代青壮年的住房。正房右侧鸡笼状的房屋只有一层，被茅草裹得严严实实，专门为老人建造，室内干净整洁，设施明显优于正房，使老人在保暖的同时免去了上下楼梯的不便。翁丁人家徒四壁也要让老人衣食无忧颐养天年，从三五成群地在房前晒着太阳抱着烟筒抠着脚丫的高龄老人的笑脸上，我能感受到他们的幸福。左侧都有一幢不足5平方米的尖顶小屋，屋外露天悬挂着自家腌制的腊肉，即便无人在家，门上也从不上锁，这使我疑窦丛生。这是储藏屋，主要用来储存粮食，翁丁山多地少，地薄产低，粮食是最为金贵的物资。即使在荒年，也没有哪家丢失过一粒粮食。翁丁佤民最憎恨的莫过于小偷小摸，一旦发现偷窃，惩罚是极为严苛的。民国初年，一个小伙因偷窃了邻家的小猪而被族长亲手剁掉了小指。翁丁这样数百号人的群居村寨，百余年来从未发生过被盗事件，令人叹为观止。

和谐共生是翁丁的灵魂。谁家有困难，都会主动帮扶和接济，遇到婚丧嫁娶都会主动帮忙，或凑个热闹喝酒唱歌跳舞。翁丁的族长是天下最轻松的领导，在这个数百人群居的村落，长年不会发生纠纷和治安问题。神秘与奔放一体、勤劳与休闲共存、刚毅与和善结合、朴实与智慧同在，这就是翁丁的幸福生活。

原始的蒙昧与现代的文明在碰撞中契合。翁丁人奉行厚养薄葬，淡看身后事，不与活人争地，使大兴土木树碑立传的都市人汗颜。依山而居的翁丁土地稀少，祖先在一块荒坡上划定一块坟地，要求不能立碑，不准在坟地外殡葬。殊不知，在这块荒地里已经堆砌了多少先人的遗骨。

在蒙昧与前卫之间，无法言说却感慨万千的翁丁……

一夜冬寒憾天明

那一夜，您走了，冬寒噬骨吸髓。拉拽不住的漫漫长夜，怅然天明！

一

您的身体出现问题早在八年前就有征兆。而我在忽略的同时，还显示出了轻慢和抱怨。抚今追昔，我痛悔无比，此刻言于您听，希望得到您的宽恕和鞭策。

每当周末，您和岳母都要给我们买些蔬菜瓜果过来，附带帮我们打扫一下卫生。有一天，您在上完厕所后忘了冲洗，明知是您所为，我却大声武气地当着家人的面质问："是谁上了厕所不冲水？这么臭，谁受得了？"岳母瞥了我一眼便悄然走进了厨房，脸色很不好看。您却在返回厕所进行冲洗后，落寞地走到了阳台。眼前摩肩接踵的人流和川流不息的车辆照应着您当时杂乱的心，您的目光迷茫得像一个犯了错的孩子。之后，您和岳母明显减少了到我家的次数，而我时至今日才找到问题的答案。其实，您是一个英气洁净的人，不止一次地丢三落四、忘冲厕所已经是老年痴呆的征兆。如果当时我默不作声地主动去冲洗一下厕所，既体现了子女的孝道，也不至于使您尴尬得失去了体面。此时，我不敢面对您慈祥的微笑，歉疚已让我无地自容。

阿尔茨海默症，这个让大脑保持原状，却使小脑一天天加速萎缩的疾病非常残忍。您慢慢变得健忘和自言自语，平素直言快语的您逐渐变得沉默寡言，对家人也变得逐渐冷漠起来。更重要的是您的经常失踪，我们不但要举全家之力四处寻找，还得为您的安危担惊受怕。记得有一天晚上，下班后刚做好晚饭还未动筷，便接到岳母打来的电话，说您已经失踪了三个多小时，以为能在附近找到就没有及时告诉我们。家住省城不同方向的妻兄、妻妹和我们，不容迟疑地在城区的不同区域展开了紧锣密鼓的寻找。当我和妻子在相距 5 公里的一个小区门口找到您时，已是深夜 11 点多了。尽管您已经被饥饿折磨得步履蹒跚，但还是憨憨地笑着向我们走来。记得我当时非常生气，当着妻子和围观的一众人向您吼了两句，大概是："能不能别折腾了？行不行啊？"您对女儿流着眼泪愤怒地捣向我那重重的一拳视而不见，便径直钻进了我们开来的轿车。就近回到我家，我们给您煮了一汤盆面条，已经 11 个小时没有进食的您已经没有当年的斯文，食量在狼吞虎咽中严重超标，看得我和妻女都泪流满面。其实，您的衣兜里还揣着一个煮熟了尚留有余温的鸡蛋，而您已经没有就地取材解决饥饿问题的能力了。当时，我就感觉您真的病了，而且病得不轻。对病中的岳父尚声色俱厉，这是怎样的教养和德行？在对自身的拷问和鞭打之后，我在往后的日子里都尽可能地与您亲和，并一直努力在您的有生之年尽些孝道。

时间悄无声息地推进了两年，小脑的进一步萎缩加重了您老年痴呆症的病状，患有糖尿病同样身体状况不好的岳母理所当然地成了您的贴身保姆，分分秒秒与您形影不离，即便在家也要锁门，怕一不留神您便无影无踪。您的经常失踪，为我们的寻找积累了经验。作为警察的您的儿子，也就是我的大舅子给您戴上了具有卫星定位功能的手环。虽然"紧箍咒"为之后三次失踪的寻找提供了便捷，但还是百密一疏，可以说那次失踪给您造成了致命性的打击，岳母忆及此事时还愧疚不已。

那是一个酷热难耐的夏日午后，岳母与您手牵手来到临家的一个农贸市场买菜，岳母付完钱发现另一只手中只拽着您的手环，而您已经不知去向。在寻找了半小时左右无果后，岳母逐一打通了儿女们的电话。岳母痛哭着不知所措，而我们则分头分区域进行了寻找。到派出所报案后，我们随机调看了失踪局域内的监控视频，发现您挤上了一辆通往市郊的公共汽车，您具体在哪站下车，当年的信息化条件尚无法满足我们的需求，我们只能一边继续分头寻找，一边等待派出所的通知。在经历了一个通宵的漫长寻找后的次日上午 10 时许，派出所打来了电话，说在远离省城 140 公里的另一个州市县城附近一家砖厂的大门口发现了您。大舅子当即携媳妇带上食品和水飞奔而去，余下的人则聚集在您家附近的一家饭馆焦急地等待，并点好菜熬上了鸡汤。也就20 个小时吧，您就活脱脱地变了一个人——干涸的嘴唇裂开了几道幽深的口子，衣服上满是泥土，蓬松的头发间还夹杂着一些树叶和杂草，砖窑烟囱遗落在脸上的煤灰使您像极了一个不用化妆的旦角演员。在外形上，您无异于乞丐，但您呆痴的目光里偶尔也会散发出一些光泽，掠过眼前的亲人。您的双脚已经血肉模糊，鞋袜已难以与脚分开，140 公里的昼夜步行，对于一个年近七旬的老人是怎样的一种磨难和重创！ 20 多小时未进滴水粒粮，对消化道的损伤使您的肠胃根本无法接纳我们精心准备的佳肴，我们只能轮流喂您喝一些鸡汤。岳母和儿女们都在凄然垂泪，没有一个人说话，更没有一个人动筷。

之后的两年，老年痴呆症的并发症肺脓肿出来了，您成了医院的常客，一个月中得有半个月待在医院，身高近一米八的东北大汉，体重竟然降到了 30 多公斤，其间还被抢救了 4 次。再之后的两年，您彻底躺在了省老年病医院的病床上，基本上丧失了记忆力的您已处于苟延残喘的弥留之际。您已经形同一株即将枯萎的植物，只能依靠输液和食道摄入少许流食维系生命的搏动，但您仍在顽强地抗争。尽管对您有太多亏欠，但我也有一些欣慰，在您生命最后的 3 个月，我是除了岳母之外您还能认出来的两个人之一。

二

基因，是父母让我们来到广阔人间的生生之门，那是割不断的血脉源流。而您和岳母，却是我在异地他乡安身立命成家立业的唯一依附和保障。虽然对双方父母在钱物方面的孝敬历来都是一个标准，但在太多时候，至少在心理层面上我都是从众般地倾向于远在千里之外的亲生父母。现在看来，这是偏颇和有失公正的。我拂去镜面上的微尘，尽可能让您的目光能够明澈地看见我来自灵魂深处的追忆和表白。

将时光拽回 24 年前吧。当时，我还是距省城 200 多公里以外的一个部队的排长，经人介绍与您的女儿认识并恋爱。您家全是端着铁饭碗的省城铁路职工，而我家则远在川北农村，家境非常贫困，我本人囊中羞涩不说，还在边远部队。初次去您家时，我刻意穿了一身崭新的军装，力求使自己更加笔挺一些，不过我当时也拿不出一套体面的便装。卑微，让我很不自信，显得被动而局促。饭间，我们交流很少，我的目光是躲闪的，语言也都停留在您问我答上，场面太过规范和严谨使我感觉此事十有八九没戏。不过，我也发现了您眉目间投射出的对我毫不掩饰的好感。依我的观察，岳母在当年似乎更加强势，谈话中都是她在刨根问底。您女儿当年在火车客运车厢上班，当晚要去北京出差，我正好借送她出去的半个小时调整一下行将窒息的呼吸。您女儿看出了我的心思，让我送完她后还是要回到您家去，不主动一点可能就真的没戏了。我忐忑着回到您家，正要敲门时，却听见您和岳母在为我和您女儿的事理论着。偷听长辈说话是不礼貌的，我当时想，如果你们认可并接纳我，我可以顺理成章地敲开眼前这道没有隔阂的门；如果不同意我们继续交往，我可以立即抽身而退，给彼此一个台阶下。我隐隐约约听见了你俩的对话。岳母说，小李家在四川农村，很困难，而且远在偏远地区的部队，不知道猴年马月才能调上来，今后的日子怎么过？这是女儿的终身大事，开不得玩笑。岳母的言下之意是不同意女儿与我交往下去的。您却接过话说，我当年从东北过来不也是穷得叮当响，啥也没有吗？看人要看人品和前途，小李人长得周正，从谈吐就能看出稳重和底气，我看这小子有出息。以前的事我都依着你，儿子的婚事也是你拿的主意，我认为小李就很好，这事得我做主。见您少有的这么武断，岳母犹豫了很久，便说，那就依你，先处处看。我敲门进去，从此真正走进了这个家。

后来的事实证明，您的判断是正确的，因为女婿我在依照您接纳我时的那些话在做人做事。岳母当时的意见也对，你们的女儿跟了我之后确实吃了不少苦，你们也为我这个农村孩子受了不少累。在部队 15 年，转业时你们已经将我的女儿带到了 5 岁。之后，我又去偏远的农村工作了一年、到一个边疆城市担任了两年副市长，老婆孩子的吃喝拉撒全是仰仗你们。女儿从出生到上大学的 18 年，一直是你们供养、呵育、接送。您的女儿常常调侃说我是全世界最大的"甩手掌柜"。尴尬之余，我也不忘幽上一默："虽是甩手，可也是掌柜啊！"想起这些，我的脸上有些灼热。

　　您是亲戚和近邻印象中的"耙耳朵"，意思是在家里没地位，在老婆面前没有话语权，什么都得听岳母的。您女儿需要父母拿主意时常常挂在嘴上的也是"问问我妈"，家里的大事小情似乎都是岳母在做主。但在我的问题上，您从来毫不含糊，基本上都是您定夺。在我调到省城部队第三年的 2002 年，女儿已经两岁了，继续住在岳父母家已经不合适，买房搬出去吧，手上的积蓄又不多，您和岳母就商量着为我们买房的事。相中的商品房价格和装修就要 30 万元左右，而我却只能拿出 7 万元。岳母的意思是你们再拿出 7 万元，可以先付上一半，不够的部分贷款慢慢还。可您却追问岳母家里还有多少钱。岳母老老实实地说，还有 7 万元。您对岳母说，全部给他们吧。这可是你们的全部家底了，岳母一下子愣住了。说实话，你们能拿出 7 万元，我已经感恩戴德。我摆摆手说万万不可，你们都是六十好几的人了，以后有个大病小痛怎么办？还有，妻子的两个兄妹又会怎么看？您没给岳母回话的机会就抢过话来说，都给他们吧，孩子们还那么多贷款压力会很大，我们每个月都有退休工资，至于那两个孩子，我去给他们讲。虽然我们千推万阻，您还是做通了岳母的工作，并背着我们将购房款预付给了售楼部。这可是您和岳母作为普通工人从牙缝里省下来的全部积蓄啊！再后来，您与岳母商量，还要将 4 万多元的银行理财取出来，为我们付装修费和配套费，但被我和您女儿断然拒绝。

2005 年从部队转业，看到我上下班不方便，您说，买个车吧。虽然我手上有些转业费，但房贷还没有还完，再说孩子补课也要不少开支。您问还差多少，我说大概 3 万元，您次日就和岳母送过来了 3 万元。我说算借可以，不然车就不买了，您看我很坚决才同意算借。后来我们的日子渐渐宽裕起来，推来搡去你们才将这笔欠款收下。在守灵中与兄妹的交谈中我才得知，其实您对三个儿女都很好，只不过我比他们更困难一些，上帝都同情弱者，您对我们的偏爱也就不难理解了。

三

一个女婿半个儿，我就是您的一个儿呢！因为半个儿根本无法代表您的恩德、教诲以及对我潜移默化的影响，更无法代表您对我的给予和我对您的敬仰！

军人的特性使我形成了爱管闲事的习惯。有一次，我在下班回家的公共汽车上抓了一个小偷，并扭送到当地派出所，回家后我便眉飞色舞地讲给你们听。岳母和妻子都持反对意见，认为我不该管闲事，说这些人都是团体作案，万一穷凶极恶地捅我几刀怎么办。您却击掌叫好，认为我做得对，还说这世上路见不平要是都没有人站出来管管，不就是坏人的天下了。您还不忘教我一些遇到此类情况的策略和方法。在早前，我就从妻子口中听到过您在长沙与三名歹徒搏斗的壮举。

有很多人跟我谈及过您的淡泊和善良。55 年前，您中专毕业便以知识分子的身份汇入支援西南铁路建设事业的洪流，辗转贵阳，并在昆明落脚。一起过来的近百人中，尽管您最早加入党组织、曾担任过支部书记，但您却是为数不多的没能成为干部的人之一。有困难就上，有机会就让，您从不怨天尤人，欣慰于身边人的升迁，默默地将自己铆在机车维修一线，先后被成都铁路局评为优秀共产党员和先进工作者，我相信成都铁路局的档案里会有您浓墨重彩的一笔。有一次，您在昆明至北京的 61 次特快列车执行维修保障任务，途经贵州与湖南段时，发现机车车头已经着火，而司机却浑然不觉，直觉告诉您，如果不立即将车头和车厢分开，后果将不堪设想。您来不及多想，便冒着生命危险跳上了车体的连接处，奋力打开了应急自动阀。车头呼啸而去，车厢缓缓停下，您摔伤了，列车上的 1000 多条生命却保住了。这是岳母在您去世当日守灵时告诉我们的，而且翻出了您在成都受到表彰时的奖状和照片。当时的您，真的很帅气！可您，从未对我提及过这些。

同事遇到难处、哪里遭遇灾难，您总是鼎力相助、慷慨解囊。还记得 15 年前云南经历的那次旱灾吗？得知我和战友要买一车矿泉水去曲靖马龙，您不由分说便掏出 1000 元钱，说要出一份力。这可是岳母刚交给您，还没有焐热的一年烟钱的全部定额啊。在您不容拒绝的驱使下，我用您的善意购买了 40 箱矿泉水，一并带给了旱区那些焦灼无依正期盼甘泉润泽的人们。

我感恩自己此时还能在您面前以父子的身份交谈，如果没有您的感化，这机会在十多年前就已经失去了。日子好过了，人就容易膨胀，面对诱惑就会心猿意马。当时，一个女孩子的介入，给我的婚姻亮起了红灯。您的女儿虽然整日垂泪，但还是答应了我提出离婚的要求，并且已经在我净身出户的协议上签字画押。您和岳母当时应该是知道的，岳母的脸上挂着怨恨，而您却不动声色。在家里看似普通却将可能成为我的告别晚宴的饭桌上，妻子强颜欢笑，女儿不谙世事地叫着爸爸往我怀里钻，您和岳母相互夹菜的碗里已经堆得老高。这样的气氛让我之前的毅然决然摇摇欲坠。在我准备离开之前，您从里屋提出了一袋烟酒和食品交给我，有些哽咽地说，过不好就回来吧！您手中的烟酒和食品，以及朴实中透着关爱的简洁话语，如千钧重锤般砸向我的灵魂，使我之前的一百个理由和说辞，在这样的亲情面前瞬间坍塌。贤惠的妻子相夫教子，没有任何过失，而且还有这么好的两个老人一路扶掖，我到底要干什么呢？沉默了片刻，我便借坡下驴地对您说：爸您说什么呢？这里永远是我的家啊。说完，我逃也似的领着妻女往自己家赶。回家后，我立马将那份记录着我的耻辱的协议化为灰烬。您坦诚善良，岳母勤俭持家，您和岳母就是我们做人的标杆和做事的参照，我们没有理由不把日子过好啊！

四

生活让我们忽略了很多不应该忽略的人和事，当我们明白了这些事理的时候，一切都远去了。在家里，您的离去是天大的事，我们缅怀您的方式除了哀哭，便只有追溯那些有限存留的过往了。

您曾经拥有显赫的身世，族谱上的翔实记录可以证明，祖籍山东邹城的您是"亚圣"孟子的后裔，您孟凡刚的辈分是孟子的第 74 代孙。名门大儒数十代的繁衍和传承，使您的祖辈们拥有了养尊处优的资本，迁徙至河北唐山数十年后的清朝咸丰年间，您那颇有名望的曾祖父便攀上了皇亲，迎娶了清朝具有至高地位的上三旗之一正蓝旗士绅的姑娘。战乱和饥荒没能撼动祖辈们皇亲国戚般的优越生活，但从您爷爷开始改朝换代却让这个家庭跌入了深渊。"文革"初期，您和幼小的兄妹们多次目睹父母被作为"封建残余"批斗和殴打，您的父亲落下了一身病，母亲也被逼成了精神病。在饥饿和贫穷的煎熬下，您硬是坚持着读完了中专。铁道专业在当时炙手可热，很多同学被分配到了北京上海武汉，而家庭成分的限制只能让您别无选择地走上支援祖国大西南的远途。到了贵州，你们被安排在艰苦偏僻的少数民族地区，在饥饿和繁重工作的双重折磨下，同道而来的伙伴居然逃走了三分之一。半年之后，您又被调配到您人生永远的落脚点——昆明。

我曾经多次臆测，您对我的扶掖和偏爱，是因为您从我身上看到了当年的自己吗？岳母的聊叙使我得到了印证。她说，虽然当时您是车辆段那些年轻人中最贫穷的一个，但您很善良，有孝心，乐于助人。她当年相中您，也是遇到了父母和家人的极大阻力。52年栉风沐雨苦乐铭心，岳母虽显憔悴的面目上写满了幸福。您和岳母都是苦命人，至今没有过上一天像样的日子。节衣缩食养大了三个孩子，扶助他们都成家立业后，又逐一张罗着为他们买房买车。二叔去世后，远在东北患精神病的奶奶被您接过来赡养了20年并养老送终。外婆不跟两个儿子和两个女儿过，偏要在您和岳母家颐养天年。你们和两个老人加上长期为我带着的女儿，五口人居然一直居住在没有卫生间且不足50平方米的老式公寓楼里。三个子女都强烈要求你们搬到自己家去住，都被您以不方便为由拒绝。奶奶和外婆相继去世后，您和岳母应该过上好日子了，可您却被病魔拽住了。即便病重，您也心系我父亲去世后母亲的养老问题，多次要求我将母亲从四川接到昆明，在你们的照顾下生活。可是，我不能这样做啊！这个家，包括这个家的孩子和老人，生生耗干了您的精力，掏空了您的身体。

悲由心生，眼泪便泛过思念的阀门。我是一直想为您做些什么的，但是我惧怕您的批评。请您吃饭，菜点得太好，您会说我不会过日子。给您买的衣服太贵，您会说我不会花钱。六年前给您买的那双皮鞋，至今还原封不动地放在我身后您的床下呢。悔不当初啊，我为什么要惧怕您的批评呢？

一张 52 人的大合影悬挂于我身后的中间位置，您抬头就可以看见。这是您和岳母 50 年金婚纪念日时，在我的动议下，我们兄妹三人商议为你们组织的纪念活动。那天天气很好，花儿开得很艳，尽管您已经不能说话了，但您的神志却非常清醒，脸上也始终漾着微笑。那天，您和岳母家的亲戚都来了，我们兄妹的朋友都来了。最后，还是您的女婿我，将您背到了晚宴的主桌主位呢。现在看来，这是我们做得最正确的一件事，因为这张照片会使您既能活在我们心中，更能站在我们面前。

贡 山 行 吟

　　滇西怒江的贡山，有什么总让我魂牵梦萦？在历经独龙江的行走和丙中洛与神共居之后，我才顿悟，除了独特大美的自然风物，还有弥漫于历史烽烟的古风遗韵。在这里，我的灵魂已经洁净单纯到心无旁骛浑然忘我，在豪歌猛饮浅唱低吟的肆意挥洒中，在雪山江水古树绿草的熏染下，我已身心俱醉。

独龙江行走

　　此前冲着神秘的独龙江已去过两次贡山，都因大雪封山或山体滑坡而怅然折返。清晨从保山坝出发，因道路扩建而一路堵车，心绪也一路忐忑，终于在颠簸了13个小时后的深夜顺利抵达独龙江乡。独龙江湍急的波涛似乎放缓了速度，像一曲梵音佛韵，流进我的心扉，纾解着我的疲乏。我想象这是独龙江对我虔诚造访的真诚回应。

　　当天清晨，我怀揣着憧憬和臆想，沿着独龙江顺江而上。从太多的讲述中，我记忆里存留着独龙江史诗般的恢宏和壮观，而眼前的独龙江却让我领略到了一种原始蒙昧以及质朴真实吟诵出的另类史诗，这是独龙江水和独龙族人无形的昭示和无声的讲述。

独龙江满眼是美，山绿得盎然，水净得清澈，花开得素雅。因为太美，我无法确切地说出它到底美在什么地方。在这里，每一个生命都是奇迹，每一座山峦都是神作，每一滴水珠都是翡翠，每一颗沙粒都是世界。面对眼前的景象，我深知自己平庸的语言已无法表述独龙江的大美，我必须平静地舒缓自己的内心，走出欲望的撩拨以及急于揭开神秘面纱的猎奇想法。

独龙江源于西藏林芝察隅县克劳洛河与麻比洛河，经过云南省怒江州贡山县辖区的独龙江乡约 100 公里流程后，进入缅甸恩梅开江后汇入伊洛瓦底江。我并非刻意要弄清独龙族的前世今生，但必要的了解无疑会有助于我与他们更加亲近的融入。汉族已浩瀚了五千年文明史，怒江两岸的独龙族还荒芜在人们的视线外。人们已经记不起经历了多少个时日的找寻，才从一条不为人知的河流的两岸发现了这个形同异类的族群，并将他们拽进了共同生存的范畴。对于独龙族的由来，除元代《一统志》中少有记述外，清代《云南通志》这样记述："俅人，居山岩石者，食木叶，茹毛饮血，宛然太古之民。"俅人，就是今天的独龙族人。在 1923 年约瑟夫·洛克为独龙族人拍摄的照片中，可以清晰地看到独龙族人原始的生活状态。1952 年，在周恩来总理的亲切关怀下正式将"俅人"确定为独龙族，使他们直接从原始社会进入社会主义大家庭，书面上也称为直过民族。如今，居住在独龙江畔的全国人口最少的民族独龙族有 6735 人，享有与全国所有同胞一样的政治经济社会文化资源和需求。

这条江有别于其他江河的七弯八拐虚张声势，它就这样清清澈澈地直流而下，如同独龙族人简单直率真实坦荡的性格。到了独龙江当晚，我不得不去拜见一个人，独龙族人高德荣。他是独龙江的骄傲，曾被中组部授予"全国优秀共产党员"、被中宣部授予"时代楷模"荣誉称号，受到习近平总书记亲切接见并称他为"全国带领群众脱贫致富的一面旗帜"。

夜晚，我俩相约于当地一个民俗客栈，在名为"火塘文化"的火塘边，进行了很长时间的交谈。他说，党和国家领导人非常重视独龙江的建设，两位总书记相继对独龙江的建设作出重要批示，在前总书记胡锦涛的关怀下，国家耗资近10亿元建成了独龙江隧道，结束了独龙江族每年大雪封山长达半年的历史。去年，习近平总书记到云南视察时，还专门接见了他和部分独龙族群众。近年来，各级党委政府在独龙江的建设上也倾注了大量人力物力。他说：自己在州城当个厅官生活是安逸了，但使命却疏远了，依然贫困的独龙江需要我回来。

随着交流的深入，眼前这个干瘦老头在我心里逐渐魁伟高大起来。他已年逾六旬，他的经历就是一部史诗。高德荣是土生土长的独龙江人，从贡山县长调往怒江州当人大常委会副主任，官至厅级，按理说已是人生的重要跨越，可他心里装着仍在贫困线上挣扎的独龙江人，毅然申请离开了领导岗位，回到生养之地独龙江乡带领群众脱贫致富。在他的带领下，独龙江乡短短几年发生了天翻地覆的变化。特别是他倡导的以草果种植和中药材种植为主的产业扶贫，使一直在贫困线上挣扎的群众每年经济收入呈几何级增长，独龙江乡在脱贫攻坚中位列全州前茅。刚开完党的十九大，作为十九大代表，高德荣近期正忙于走村串巷宣传十九大精神。高德荣文化水平不高，但他是独龙江人的主心骨，在他潦草的笔记本上我更多看到的是"听党话、感党恩、跟党走"这样平凡却数次重复的字眼。信任源于感召力，赤诚催生凝聚力，朴实无华、忠诚挚爱让他在独龙江族群中拥有长者般的话语权和头人般的决断权。在这里，所有人都敬重他。

沿独龙江而上的献九当村。人们知道远客要来，已身着鲜艳的民族服装在村委会前的操场上等候，几张桌子上摆放着人们自带的野蜂蜜、荞饼和蒸熟了的鸡蛋、土豆及花生。我们在这个村子主要了解党组织在精准扶贫工作中如何发挥战斗堡垒作用，在分门别类的各种资料中，我看到他们在党员教育、组织活动、挂钩帮扶上都有明晰的台账，见不到丝毫作假的痕迹。这种情况，在如此边远闭塞的地方极为罕见，党的组织建设往往会在这样的地方被忽视和弱化。这里每个人的脸上都挂着微笑，大多数人手上拿着手机，一些做小生意的男子们手上还握着出品不久的高档手机。

在龙元村，我见到了从远古历史中走出来的两个文面女。她们都已年逾八旬，脸上都刻着一只覆盖整个面庞的硕大蝴蝶，我感觉两只静止的蝴蝶在眼前飘飞迷离。沧桑的岁月已在她们的脸上刻下了幽深的纹路，使我联想到身后沟壑纵横的高黎贡山，但她们脸上的蝴蝶却一直清晰地挥动着双翅。日光流年、时光荏苒，岁月带走了的早已消遁无形，带不走的将永远驻留存续，比如我们从轮廓上不难看出她们年少时娇媚的容颜。两位老人依偎着坐在一条长凳上，任凭客人们拍照留影，脸上始终挂着慈祥的微笑。在以往的传言中，文面是独龙族妇女抵制外族抢掠奴役的消极反抗手段，是一种悲怆的毁容行为。置身于这个弱小的民族，面对这两个曾经貌美如花的独龙江老妇，我开始是深信不疑的。在次日离别的午餐上，我从曾担任独龙江乡长的现州政协副主席嘴里揭开了谜底。他说，关于文面女，外界还有一种传说，人们误以为独龙族长久生活于原始社会，物质条件极差，加之宗教信仰的图腾崇拜，便以图刻身体来美化自己。但真相极为简单，就是独龙族姑娘年到十二三岁就需要文面，表示成年而已。针刺绘出的文面，将疼痛丢给了记忆，也在她们白净细腻的脸庞永远地留下了斑驳。我突然顿悟罗曼关于美的自我认知和认可的诠释，其实无所谓被人认可和接纳，这个族群及族人喜欢就是美。从两位老人脸上的蝴蝶闪动着双翼的慈祥底图上，我见证了她们的美，一种没有任何瑕疵的美。

独龙江文面女已经为数不多，目前仅有 20 多名文面女在世。如今的独龙族女孩子们已不再文面，她们已融进了大众的审美观念和方式，这种独龙族女人沿袭了数千年的独特的美，将慢慢随独龙江的涌流而一去不返。正如我们的记忆，终将被后续的若干故事覆盖消隐。眼前的独龙族文面女亦是如此。

到了独龙江乡的最北部，迪政当村就到了，全村 600 余人居住在 600 平方公里的国土上。迪政当北邻西藏察隅县，西邻缅甸克钦邦，遥远闭塞使这里略显冷清和孤单，但人们对此不以为意，自身积蓄加之政府补贴盖建的小楼错落有致，不亚于城里人所谓的别墅。独龙江峡谷山高水急土地稀少，粮食匮乏是横亘在人们心头的最大难题，而迪政当村却不会为此犯难，这里被誉为独龙江的小江南，虽然地形也非常逼仄，但他们的粮食和菜蔬足可以自给。吃饭不是问题，经济似乎也不用犯愁。村官小何说，村里人除种植了重楼、黄精等名贵药材，还利用国土面积辽阔的优势，外出找挖各种名贵中草药，勤劳的人每年因此可以增收五六万元。调研途经的四个村落都设立了政府扶持的"农村电商经营店"，只有迪政当村的电商店关门上锁。小何告诉我，由于比较偏远，物流成了迪政当村最大的难题，不但人们辛辛苦苦种植和外出挖来的药材销路不畅，很多物品还得到四五十公里以外的独龙江乡乡政府所在地的市场购买。

在新近落成的独龙江博物馆，我见证了独龙族从原始到现代不足百年的辉煌跨越。徘徊于馆藏的各种实物与图片之间，回溯终将消隐的文面女，直面已经消失和即将消失的各种非物质文化，以及被所谓的现代文明冲击得支离破碎的民族习俗，一种默默的祈愿涌上心头。

在丙中洛与神共居

香格里拉在哪里？许多人依据奥地利探险家约瑟夫·洛克发表在《国家地理杂志》上的所有文章和图片，以及詹姆士·希尔顿创作的《消失的地平线》，穷其一生也未能找到这个被誉为"人神共居"的精神家园。在印度？在尼泊尔？还是在中国的迪庆和丙中洛？学界一直没有定论。"香格里拉"是不是丙中洛傈僳族常用语中的"夏格里拉"呢？虽然迪庆已经被权威部门冠以香格里拉的域名，但怒江贡山的丙中洛似乎更要靠谱一些。

当我们放弃寻找，充满向往的时候，心中的香格里拉可能已经在前方等着我们。丙中洛总是让我魂牵梦萦，所以，在初次去了丙中洛之后，我就不再认为"与神共居"只是一个理想化的概念和精神层面的追求。在这里，我真切地感受到自己的魂魄与神灵在无声地交谈和无言地互动，是丙中洛的山水、景致以及深厚的人文内蕴让我能够与神共居。

在体制内，我不能随心所欲地想去哪里就去哪里，每次在难得的节假日出行都要思来想去。丙中洛总在撩拨和牵引着我，使我在三年之内决意第三次去丙中洛。第一次去时迫切地想留下，第二次去时想居住得更长久一些，这次去了就不想再离开。当然，不离开是不现实的，所以，我必须在有限的时间里尽可能在这里驻留得更惬意一些。

在平心静气地将灵魂清洗得心无旁骛之后，我马不停蹄地沿着怒江大峡谷向丙中洛行进，先前的两次抵达使我不需要按图索骥就直奔主题。都说怒江第一湾与雅鲁藏布第一湾不相伯仲。在当地旅游部门搭建的观景台对面，怒江第一湾以磅礴的气势挑衅着我的视觉，汹涌的怒江如一条流动的玉带，呈"U"字形环绕着坎桶村，江面的薄雾正冉冉升起，湾中的台地和相连的王期山如同一只在江中遨游的巨大神龟，台地上的树木石头及房屋构成的五官酷似巨人的身形，我心想，眼前的巨人是不是传说中的神仙呢？如果是，他也太会选地方了。夜幕低垂，时间给了我一个与神共居的机会，当夜宿于坎桶村。长期的失眠已使我苦不堪言，不知是出于劳累，还是神仙的眷顾，总之这是我几年来睡得最香最沉的一晚。

深秋晨阳中的桃花岛被浓浓的江雾簇拥着，江水呈半圆形绕岛而过，早起的扎那桶村的人们在田地里侍弄着庄稼，使小岛凸显出勃勃生机。这里的人们尤喜桃花，故在房前屋后遍地栽种，初春时节桃花怒放，小岛被桃花包裹，桃花被房屋点缀，梦幻如世外桃源，桃花岛故此得名。深秋的桃花岛虽已桃花不在，但也美到了极致，江畔的丛林间镶嵌着各种野花，庄稼地里种植的油菜花已经芬芳竞艳，江水与田园组合而成的一个硕大的太极图甚是夺人眼球。陶渊明笔下的桃花源与我眼前的桃花岛没有必然联系，但都透出了我们对美好生活的向往和求索。在每年农历二月初十的桃花盛开时节，桃花岛的怒族群众将举办盛大的桃花节，纪念祖先白玛。人们用当地的炒面制作成一个硕大的白玛雕塑，身旁摆满鲜艳的桃花，以祭祀的方式追思先祖传续孝道。在一座刚落成的房屋前，我看见几个穿着得体的耄耋老人正在秋阳下惬意地晒着太阳，他们相谈甚欢，不时还传来哈哈的笑声。随行的本地工作人员说，这里爱老敬老传承久远蔚然成风，还上过省里的电视节目。桃花岛的名头，除了本身大美的景致，是否还与怒族人的孝道感召有关？我想，有这种可能。

　　"世界上有什么地方能让探险家和摄影家找到心动和无与伦比的壮丽景色？我想不会是别处，只有在至今无人涉足的云南西北部、西藏东南部的察龙横断山脉。"这是约瑟夫·洛克当年的记述。在怒江第一湾和桃花岛前方的嘎娃嘎普雪山下，丙中洛镇被安放在怒江大峡谷最大的坝子上，在这里可以对发源于青藏高原的怒江、澜沧江和金沙江形成三江并流数百里的怒江大峡谷奇观的北大门一览无余。丙中洛坝子周围有十座神山，每座山都有自己的神主，神山将这个怒江大峡谷中的小镇紧紧包裹起来，没有人会怀疑这里让人心潮涌动血流加速的风景一直以来都获得了众神的眷顾。在雄浑与婉约的丙中洛，苍凉已悄然离去，峻险已魁梧地幻化为风景。在这个小小的乡镇，教堂寺院遍布，民族宗教和谐，聚居的藏族、怒族、傈僳族、独龙族等十多个民族和睦相处心手相牵。这里有上百年的天主教堂，历史更加久远的藏传佛教与本地傈僳东巴教，多民族聚居，多宗教并存，被称为"人神合一"的人间仙境、人类文化生态公园。人神共居的香格里拉就在我的眼前。

咆哮的怒江在雾里村前降低了速度，变得温顺起来。时至中午，雾霭早已消去，炊烟已经升起，在这个怒族民居建筑传统和建筑风格保存最为完整的村落，你可以看到更多的久远和现实。对于深居在这里的怒族群众而言显得足够奢侈，土地带来的丰衣足食，让灵魂有了栖息之地。一幢幢木屋匀净地撒落在秋日昏黄的地毯上，散射的阳光像舞台上的追光，将村落肆意涂抹得光怪陆离，凸显出迥然不同的质感。村子的身后，是一条通往历史纵深的古道，也就是横贯古西南丝绸之路上的茶马古道，虽然这样的古道大多数已被现代交通路线所取代，但丙中洛通往藏区的马队今天依然在这条古道穿行。这条路，也是现在雾里村的教徒们背着圣经和吉他，每周去做礼拜的必由之路。如今的马帮已经形只影单，但马蹄踩出的印痕却深刻凝重，一种深深的隐忧突然涌上心头，因为我深知，脚下这条具有人文气质和历史积淀的古道的消失只是时间问题。

深秋陡降的气温演变了秋那桶村山间的树叶，红黄绿相间的色彩涂绘在茂密参天的古树上，众多瀑流飞溅，朵朵彩云低旋，数只苍鹰翱翔，我在惬意的晕眩中喃喃追问，是谁将油画悬挂于此？晨阳驱开薄雾，为神山终年不化的积雪增添了一丝暖色，峰顶的旗云猎猎招展，彰显出众神的威仪，低矮的民居沿山坡星罗棋布，呈匍匐状面向雪山，恰似人们虔诚地跪拜。山间一挂挂飞流直下的瀑布像一条条洁白的哈达，敬献给纷至沓来的远客。

重丁，是镶嵌在怒江上游的一颗宝石，因其地势平坦气候温和谷物丰硕，被誉为丙中洛的小江南。在这个不足 200 人的自然村里，居住着汉族、藏族、怒族、傈僳族、独龙族等多个民族。在这里人们相亲相爱相扶相助亲密无间，如果不是服装的差异，很难区分民族的差别。这块土地似乎拥有一种强大的力量，能融化民族之间的隔阂、宗教之间的博弈和文化之间的差异。为了赶上重丁教堂的礼拜，我提前一天住进了重丁一个藏族家庭。在晚宴上，我们同桌就涵盖了五个民族，人们大块吃肉大碗喝酒，谈笑风生，虽是初见却像故交。藏族兄弟以最高规格接待了我，并与其他民族兄弟一起灌醉了我。当晚所饮之酒名为"侠啦"，是用自酿高度烈酒与家养土鸡长时间熬制而成的，平素只有女人坐月子时才能享用。摄入酒精影响母乳，饮酒为育龄妇女的禁忌，一个荒诞的疑问便冒了出来，生性好酒的重丁人莫非喝酒要从娃娃抓起？

丙中洛这片静谧的土地，养育了众多民族，也形成了多元丰富的宗教文化，这里既有原始的图腾崇拜，也有藏传佛教、天主教、基督教和当地的原始宗教。在我居住的藏家五人中，爷爷信奉天主教，奶奶和儿子信奉藏传佛教，在信仰上互不相干，都有自由的尊崇。眼前的重丁天主教堂由法国传教士安德瑞与任安守历时10年于1935年建成，时任教堂司铎的任安守于1937年在这座教堂离世，将自己的生命虔诚地留在了异国他乡。教堂的钟声驱离了所有杂念，我专注地窥视着教堂里的一切。慢慢地，我也跟着唱赞美诗，跟着祈祷，听唱诗团合唱。做完礼拜后，大多数人秩序井然地离开，还有不少人待在教堂久久不愿离去，有的跪在台前虔诚祈祷或忏悔，有的坐在凳子上静静地想些什么。我隐隐感到上帝在看着他们，也在注视着我。

高黎贡山和碧罗雪山一路夹江而行，到了四季桶村南面，两山就被紧紧挤在了一起，两岸悬崖峭壁高耸，岩石直立入云，形成了一道巨大的石门，这里就是滇藏要隘石门关。怒江从中喷涌而出一泻千里，在这个被当地人称为"纳依强"即神仙也难通过的关口，我停住了脚步。我身后的石门关内，才是我与神共居的寓所。

遥远只是路途，而距离则在心上。令人神往的丙中洛啊，憧憬和膜拜已在我的心里镌刻驻留，下次回来将为期不远。

村庄四季歌

　　一年之内 20 多次去同一景点，感受与别处的不胜其烦不同，腾冲市固东镇江东银杏村总是一次次扰动着我的神经，刺激着我的欲念，让我带着惆怅离开并催促我再次造访。

　　银杏村葱茏婆娑的身影，在我脑海里轮廓分明挥之不去却之不忘。我曾多次将自己想象成一名绘画大师，试图全方位多角度地勾勒出它的容貌。用意念涂抹苍白的画页，表现一个灵动娇媚的村庄，面临的挑战前所未有，我常常在惊悸中粗吸延喘缓不过神，奢望不得不一次次在现实中搁浅。村庄的引力让我欲罢不能，终归受不了欲望的折磨，经不住村庄的撩拨，走不出思维的牵引，我毅然扼杀了随时可能抽身而退的理由，只身走进了这个村庄的内核，案头的钢笔便张开了想象的翅膀。

冬 之 素 描

　　在太多人眼里，北方的冰清玉洁银装素裹让南方的冬天简单到了没有想象的余地，在这个被冷风剥光了叶片的村落，我的心有些晦涩冰凉。从这个村庄的冬天着墨，我并不是刻意要将冬季的萧瑟用来铺垫深秋的浓重。丰硕的果实和繁茂的树叶带走了村庄的繁华，从骨感的质地中品味冬韵，村庄的厚重会使人大为惊叹。

在这里，秋冬只有一墙之隔，秋天占据了整个旅游旺季，将繁华和喧嚣据为己有，却把清冷与萧条抛给了冬天。季节的交接短暂得让人猝不及防，一场阴雨乃至一夜冷风便实现了季节的更替。冬寒的骤降使树叶很快消逝无影，银杏树来不及穿上一条裤衩，便哆嗦着直挺挺地将身子裸露于大庭广众。银杏树的树冠和枝干泾渭分明，张扬地袒露出它的筋骨，树冠暴突的轮廓如同雄性的腹肌，树枝交叉环绕恰似俊男少女勾肩搭背、意乱情迷。

枝节织就的天网笼罩着整个村落，木质结构的民居被冉冉升起的炊烟哄抬着，在静态中动感地摇摆。旅游旺季已过，村里人迹日渐稀少，农家乐和小商品店已经关门歇业，穿街过巷的石板路也随淡季进入休眠状态，整个村庄空灵寂静得有些过头。偶有鸡鸣犬吠和孩童嬉闹，昭示村庄的生机。

木门前的台阶上，聚集着一些耄耋老人，额头的纹路黝黑深邃，他们已然将岁月的沧桑抛向了身后的光影。老人们正惬意地享受着冬日暖阳，一应将双手插进衣袖，用日光吸纳热量。平淡的家常已经激不起彼此的兴致，他们很少有语言交流，有人用水烟筒咂巴着自卷的烟叶，咕噜咕噜的声响扰动着味蕾，往昔在吞云吐雾中若隐若现。他们枯坐着迷茫地遥望着天空，浑浊的眼神有些暗淡。也有老人枕着房柱瞌睡，睡眠中保持着微笑的姿态，嘴角淌出的涎水依稀可见。

村庄的冬季并非一成不变，遇到婚丧嫁娶是最为热闹的日子。老人去世为喜丧，尽孝的形式与内地有着天壤之别，子孙们会隆重到连续几天敲锣打鼓唱大戏，以欢快的鼓乐和歌唱送别老人进入天界。嫁娶一般都选在农闲的冬天，这样的日子为忙碌了一年的人们走亲访友聚会聊天提供了平台。这是村里最幸福的时段，谁家的喜事都会倾尽全力毫不吝啬，全村男女老少连续几天饭菜管饱酒肉管够。这种场合，不时会传来酒桌上猜拳行令的吆喝声或小赌怡情的麻将声。

人们把冬季的日子过得简单明了，大多数人会蛰伏在家养精蓄锐，守候着房前屋后的银杏古树。这种树是他们重要的经济来源和生活的依赖，每年的果实旱涝保收，当地很少有人外出务工，古树白果的价格已攀升至外地同类品种的三倍以上，售卖白果收入万元以上的农户占了多数。他们不会对冬天的干涸视而不见，更不会对"圣树"的饥渴不管不顾，殷勤地为这些发财树浇水施肥精心呵护，成为人们冬天的必修功课。

领悟这个村庄冬季的真相可以拓展太多的想象空间，简单和直白凸显了这里的质感，浓墨重彩地粉饰这个村庄的冬季，会掩盖太多的真实和底蕴，采用素描便成为必然。

春 之 版 画

气候逐渐转暖，春雷叫醒了越冬的倦鸟，春雨将天空刷洗得湛蓝湛蓝，初潮的三叠水瀑布磅礴欢快地顺村而下。在这样一个古树环抱的村落，绿色是春天的基调。相邻的村庄早已绿草茵茵鲜花铺地，而这里还是残枝败叶毫无动静。犹疑中多次诘问，这是一个怎样的村庄？不但冷漠到毫不理会人们焦急漫长的等待，竟然对邻村盎然绿意投来的蔑笑也忍气吞声、熟视无睹。

春天的故事在这里酝酿和潜伏的时间太长，很难让人们在煎熬中保持足够的定力和耐心。停落在枯枝的鸟类，此起彼伏的叫声宣泄不满。各色虫类成群结队蜂拥而出，从冬天的洞穴爬向春天的餐坊。

银杏村的春天何以脆弱到这般境地？改弦更张便成为可能。在初春时节放弃造访这个村庄，无疑是明智之举，我们去了村庄后山的石门屯兵遗址，在一个名叫"鬼磨针"的半山腰上，收获了意外之喜，纠结和不快很快消失殆尽。从高处俯瞰这个村庄，体悟了"可远观而不可亵玩"的真意，这里的风水很好，兵家必争的玄机在于地势险要眼界开阔，目及之处足以对江东坝子一览无余。银杏村就在眼前，壮观得让所有人屏住呼吸。村前的河流波光粼粼，静静流淌，村后蓄水的稻田散射出银白色的光晕，为村庄注入了水乡元素。放眼村内，初春的晨雾还未散去，遒劲挺拔的银杏古树高耸入云，枝枝蔓蔓张开怀抱覆盖了村庄庇佑着生灵，光鲜精致的农家木楼星星点点镶嵌其间，牧童们牵引的牛羊正缓缓走过……身后的石门关已然成了村庄的屏障和靠山，而邻近村落引以为傲的花草和绿树此刻却成了陪衬。村庄因朴素淡雅而熠熠生辉，我展开了意念的画板，将这幅绝佳的版画刻在了心里。

在人们的耐性即将枯竭的边缘，在别处的春天已进入中段的某一时刻，银杏村的春天漫不经心姗姗而来。古树的枝头会在一夜之间突然绽出嫩芽，用惊喜叩开了春天的大门。在这之后，枝叶生长的速度开始迅猛疾进。我不由得从心底生出慨叹，厚重与辉煌的前奏原来要经历如此艰难的孕育和隐忍。将锋芒拒之门外，把锐气纳入内心，厚积薄发的要义也许就在于此。

夏 之 水 墨

　　南方的夏天很是难熬，炎热会让人心烦意乱寝食难安。而在江东银杏村，这种惯性思维很快就会被颠覆。即便在数百米开外的地方还是汗流浃背，跨入这个村庄的领地，马上会领略到凉爽的惬意。这样的季节，村里数十家民俗客栈通常会人满为患。

　　夏日的忙碌使村庄的一切都充满了动感。通过长达两个季节的积蓄和酝酿，古银杏树能量陡增，枝叶扩张的速度超乎想象，我甚至听见了它们生长的声音。薄薄的银杏叶一天天增厚，晨露在叶片上发出炫目的光。雌雄异株的银杏树在这个节气进入了热恋节奏，即便娇羞和掩饰也能听见它们亲热的声响，感受到它们勾肩搭背心手相牵肢体相融。上千棵古老抑或幼小的树有步骤地铺排交织，合力织就了一张满绿的网，从空间罩住了整个村庄。

　　毛茸茸的银杏幼果水珠滴面清靓诱人，漫长雨季的浇淋无法阻止它们疯狂的生长。这些第四纪冰川时期遗存下来的树木，地位如同动物界的大熊猫。本属有花植物，却罕见其芳颜，羞答答的花儿静悄悄地开，学术界释为二更开花，随即谢落。缩短花期，专注于结果，少了炫耀多了勤勉，内敛和实诚道出了这一高贵树种的质朴品性。

　　空间与地表相映生辉，房前屋后的各种花草竞相生长，绿草已经铺地，玫瑰正在吐蕊，桃李开始挂果。

　　空旷的水田成了翠绿村庄一条滑稽的边界，犹如华丽衣衫上碍眼的补丁和白皙面颊上长出的粉刺。蒸腾的水汽乱了阵脚，不规则地四处飘散，阳光将村庄的形象投射进浑浊的水田，面目的光影狰狞可怖。人们不会对这样的景况视而不见，农事便开始繁忙起来。

人们深知脚下的土地对于生存的意义，对夏日的炙烤，蝉鸣的烦扰，乃至水虫的叮咬并不在意。此时，村里村外的稻田成为大家最为忙碌的场所。男重女轻的分工已成为铁律，劳作使他们成为游走在田野的快乐舞者。男人们挑着秧苗穿梭于田埂，肢体和扁担带动竹筐晃晃荡荡，水中的影像恰似本村老艺人们闲暇之余义务表演的皮影。女人们循着既定的线条绣花一样插栽着秧苗，如纤纤玉手拨动琴弦。

当田间的空白成为村庄的瑕疵，人们便约定俗成地用秧苗进行修补和填充，整个村庄便绿了起来。夕阳西下，劳作的人们正拖着疲乏的身子走在回家的路上，往往会传来男人的笑声、女人的歌声乃至相互间打情骂俏的嬉闹声。微风徐来，银杏树在频频向他们点头致意。这样的场景，非水墨画无以表述。

秋 之 油 彩

三个季节的隐忍和铺垫成就了这个村庄秋天的辉煌。一场秋雨，清晨的村庄慢慢苏醒，小木屋上炊烟缭绕，空气清香淡甜。碧空如洗，阳光透过枝叶缝隙形成的光斑，使地表更加活泛。秋天的深入势不可当，树冠已凸显出明晰的轮廓，枝干也健硕蓬勃起来，沉甸甸的果实缀满枝头。

银杏果的采摘时节会适时嵌入深秋漫长的雨季。雨雾交织的是村庄深沉的愁绪，笼罩的是村庄灰色的记忆，阴雨如同上苍的眼泪，送别果实与枝干的剥离，见证叶子一天天由绿变黄。收获的季节，村庄的阴柔和凄美撼人魂魄。收完苞谷、水稻和银杏果，村庄最美的时段便开始登场。

雨季刚过，气候骤然转凉，银杏叶就紧锣密鼓地黄了起来，村庄便换上了黄色的衣衫。"满村尽戴黄金甲"，层林尽染满眼金黄，整个村子都如皇宫般金碧辉煌。

晨雾很晚才会散去，阳光穿透黄叶，洒在铺满落叶的泥土上，行走在金色的晨辉里，人们的衣装被光线涂成了金黄。缓缓地走在村间小路上，吸纳泥土的气息和黄叶的暗香，任黄叶飘落，让眼前风景肆意撞击感官。

村庄滋养并惠泽着村民。旅游开发使当地的民俗酒店、农家乐餐馆和特产小店相继开业，村民们乐此不疲，在殷勤中恭迎和接纳远道而来的客人。

微风拂过，黄叶如雪片般飘飞，农家小院的房前屋后铺垫了一层厚厚的黄叶。院落里，情侣们依偎着席地而坐忘情地拍着照片，一对老夫妻穿着礼服让摄影师见证他们的金婚或者钻石婚，男童女孩们在古树间的纤绳上荡着秋千。人们在金辉中惬意挥洒，我心底的油画也应运而生。

节孝巷里听女声

　　女声，通常是温婉柔美的，母性的轻抚和怜爱都在这纤细的声音里。而在昆明市节孝巷 39 号的一间古旧老屋里，我却听见了一个女性透过久远时空传来的慷慨激越的声音，那声音高亢得振聋发聩，震慑力足以让之前还喧嚣着的人们很快静默并沉重起来。这是吴澄的声音，一个具有钢铁般意志的女共产党员金属般铿锵的声音。

　　镜框里，经过无数次翻拍已然模糊泛黄的吴澄的照片已定格在她 30 岁的生命里，但我仍然能够看出这个柔弱女子眼神中投射出的坚毅和刚强。从简介中知晓，眼前这个娇小的女人，既是云南共产主义运动、青年运动和妇女运动的先驱，还是云南共青团组织和妇女联合会的创始人和领导者。

　　春城昆明，这个在现代化浪潮中蒸蒸日上的西南名城，因其四季如春的气候和不可替代的区位优势，越发受到世界的瞩目。但这座美丽的城市，却有着挥之不去的悲壮历史，尤其在中共党史上，发生了许多可歌可泣的故事。而眼前的吴澄，更是女性革命者中的杰出代表。1900 年出生于云南省昆明市一个教师家庭的吴澄，在 1908 年底进入云南第一所女子师范学校，成为全省第一批走进女子学堂的女生。在革命思潮影响下，吴澄在同学中倡议成立了读书会，探讨妇女的出路问题。1924年，吴澄从女师毕业，参加了昆明市教育局举办的小学教师考试，以第一名的成绩被录取，分配到昆明市立第五小学任教。其间，吴澄认识了李国柱，他们成为革命战友，又发展为亲密爱人。这年冬天，李国柱发展吴澄加入"云南青年努力会"，吴澄又介绍女师和女中同学赵琴仙、杨静珊等入会，并在女中成立了分会。1925年，吴澄与赵琴仙、杨静珊等一同创建了云南第一个妇女组织"青年妇女励进会"，组织青年妇女阅读进步书刊，积极探索妇女解放之路。特别是她通过传播马克思主义和进步思想，学习和教唱的大量进步歌曲，影响了一大批青年妇女和学生。初夏的微风掠过窗棂，吴澄的歌声仿如进行曲一般在凝重的空气里传来。

革命伴侣，是对吴澄和李国柱夫妇坚贞不渝爱情的最好诠释。他们在共同的革命理想中相互影响一起成长，一同献出了自己的生命。作为云南巧家人的李国柱，1906年出生于一个手工业家庭。年小吴澄6岁的李国柱，在生活中是吴澄的弟弟，在革命事业上却是吴澄的先导。1920年，李国柱以优异的成绩考入省立一中。此时，五四运动的反帝爱国民主科学精神，已在昆明产生强烈影响，《共产党宣言》《新青年》《向导》《滇潮》等一批革命书刊在青年学生中流传，李国柱逐步学习到一些马克思列宁主义的革命道理。1922年，李国柱毕业留校任图书管理员。1924年，李国柱发起创建了以"唤醒云南青年，改造云南社会"为宗旨的云南省第一个进步团体"云南青年努力会"，作为云南早期的革命摇篮，昆明各中学的一大批革命青年成为该会骨干，他们当中后来大多成长为云南早期共产党员。1926 年 1 月,李国柱发起成立"云南书报合作社",并与吴澄一起创办进步刊物《云南学生》,为团结和引导青年投身革命积极奔走呼号。李国柱培养发展艾思奇加入了团组织,并共同编辑《心火》和《大世界》两份进步刊物。1926 年 2 月,李国柱加入中国共产党,成为云南省内第一个共产党员。同年,李国柱离开昆明到苏联学习,吴澄便担起了共青团云南特别支部和"云南青年努力会"这副担子。

革命的号角声动云岭。星星之火正酝酿燎原之势。1926 年 8 月,经李鑫介绍,吴澄加入了中国共产党,成为省内的第一个女共产党员。1927 年 3 月 1 日,在中共云南特别支部基础上成立中共云南特别委员会。王德三任书记,吴澄任委员兼任妇女运动委员会主任。吴澄以极大的热忱投入妇女运动,她和赵琴仙、杨静珊一同创办了云南第一份女性杂志《女声》,并以笔名"剑侠"在《女声》上发表《云南各界妇女联合会与云南前途》等文章,号召妇女同胞联合起来共同奋斗。虽然,我的视觉已经无法辨识作为遗迹封存在橱窗里的《女声》杂志的内容,但我能够依稀听见那些字里行间传来的无声呐喊。

节孝巷前空旷的场坪已被诸多的商铺挤占,但吴澄充满激情的演讲和鼓动还在耳畔回响。我想,吴澄当时的声音绝不是温婉轻柔的,只有那具有穿透力的雄浑的声音才能使听众趋之若鹜勇往直前。1927 年"三八"妇女节,吴澄组织云南各界妇女和群众 4000 余人,宣布成立云南各界妇女联合会,广泛开展妇女解放运动和革命实践活动。

1927 年 11 月 7 日,李鑫、吴澄、周霄、杨静珊在昆明圆通街对面的节孝巷周霄家，召开党的秘密会议，宣布中国共产党云南特别支部成立，会议推举吴澄为特支书记。1928年10月13日，中国共产党云南第一次代表大会在蒙自查尼皮举行，由吴澄主持。这次全省党员代表大会，是中共云南地方组织在新民主主义革命时期召开的唯一一次代表大会。1928年底，结束苏联学习的李国柱受党中央指派回云南工作，任中共云南临时省委委员、共青团云南省委书记。省临委根据中央指示，要把工作重点从城市转移到农村和工矿。1929年春，吴澄和李国柱在高亢嘹亮的国际歌声中结为夫妻，铿锵的进行曲伴随他们进入了崭新的革命历程。婚后，吴澄与李国柱多次化装成挑炭工人和农妇，深入昆明郊区领导农民运动，发动和组织群众。1930年1月28日，经党中央批准，中共云南临时省委扩大会议在昆明召开，正式选举产生中共云南省委，王德三任书记，李国柱、吴澄夫妇同时担任省委委员。

"死去何所道，托体同山阿。"信仰始于初心，为自己的信仰献出生命又何足道哉！我想，吴澄、李国柱，以及众多为了实现共产主义理想的革命者都是抱着必死的信念的。1930年4月至5月，由于叛徒出卖，在昆明的省委机关遭到严重破坏，大批共产党员相继被捕。11月，中共云南省委负责人王德三、张经辰、李国柱、吴澄等先后被捕。李国柱、吴澄被分别关在不同的监所，入狱时吴澄已有身孕，面对敌人的严刑拷打毫无惧色，并鼓励战友不要消极坐牢，要积极斗争。她说："一个共产党员的生活就是战斗的生活，不坐牢时搞革命，坐了牢还是要搞革命！"1930年12月31日，吴澄和李国柱被残酷杀害，夫妻俩挽臂共赴刑场的场景让人潸然泪下。同时遇难的还有中共云南省委书记王德三、省委宣传部部长张经辰。时年王德三 32 岁，吴澄 30 岁，李国柱 24 岁。

娇小柔弱的吴澄伟岸在我的视线里。与纪念馆寂寥无声相比，一墙之隔的节孝巷照样游人如织，各种商铺和店面依然喧闹繁华。

东坡故里的仰望

　　岷江从古眉州眉山城蜿蜒而过，江面晨雾缭绕，仲冬城区的绿地上绽放着晶莹的霜花。冷风摩挲着我的面颊，寒意渐渐被心里的热望驱离，惬意便舒缓地从心里慢慢升起。朋友说要聘请一个导游，被我婉拒，20多年前拜读过林语堂先生的《苏东坡传》已经深深根植于我的记忆，我深信林老先生会在冥冥中牵引我抵达一墙之隔的遥远时空。

　　置身于新建的三苏纪念馆，在配有画图的众多橱窗前我才发现，那些文字描述与我的记忆并无二致。历史的原貌已经深嵌于逝去的光阴里，即便是林语堂这样的国学泰斗，他渊博的学识和飞扬的文字也无法摆脱笼统的记录属性。但那些馆藏的数千种三苏父子的珍贵典籍，还是让我浮想联翩。眼前这些辉耀古今琳琅满目的诗词文献，让人首先联想到开启三苏时代的苏洵。"苏老泉，二十七。始发愤，读书籍。"《三字经》所言的苏洵，满腹经纶却屡屡科举不第，但他却乐观豁达潜心治学，用满腹诗书和满屋藏书，潜心铸造出了苏轼、苏辙两个与他并驾齐驱的儿子，成为旷古三苏。

　　时光无法倒流，我们只能循着先人的文字从书页中回溯历史。1057 年，史称"千年科考第一榜"的科考让人惊叹不已。在这一年，苏轼带着弟弟苏辙进京赶考，主考官是大文豪欧阳修，副主考官则是宋诗的开山祖师梅尧臣，参加考试的学生更是让人咋舌，除了苏轼和苏辙，还有张载、程颢、程颐、曾巩、曾布、吕惠卿、章惇、王韶，这十人后来都对中华文明产生了深远影响。阅卷后的梅尧臣手舞足蹈，欧阳修看了试卷更是啧啧称奇，欲将此卷评为第一。但他以为是其弟子曾巩所写，为了避嫌便笔锋一转将其阅定为第二。哪知作者竟是苏轼，看了苏轼的旧文后，欧阳修感叹："读轼书，不觉汗出，快哉快哉，老夫当避路，放他出一头地也。"觉得自己这个文坛领袖该让贤了。在四年后仁宗皇帝直选特优人才的制科考试中，苏轼考得第三等，弟弟苏辙紧随其后考得第四等。苏轼如此年少便成为北宋建国 100 多年来第二位考取此等功名之人。宋仁宗大喜过望，称自己为子孙后代得了两位清平宰相。

从纪念馆来到一街之隔的三苏祠，紊乱的脚步始终伴着冗杂的思绪，我想为这块神奇之地找到可以说服自己的理由，关于玄学中天相、地脉等词汇在我脑子里挥之不去。雕梁画栋的宽大楼宇风铃阵阵，一群群飞鸟不知疲倦地穿梭飞驰，如果能知晓真实的三苏父子，恐怕也只有眼前这株遮天蔽日、黄叶飘飞的千年古银杏树了。真相都深藏于无尽的费解中，所以历史才会那么诱人。"一门父子三词客，千古文章四大家。"在中华五千年文明史上，文学之繁荣莫过于唐宋，而苏氏父子都能跻身于"唐宋八大家"之列，旷世仅有。就在我脚下的这片弹丸之地上，怎么就诞出了横贯古今的苏洵、苏轼、苏辙父子？我试图在清新恬淡的空气里嗅出不一样的味道，感受肥沃地脉里衍生的别样能量。冥思苦想地执着挖掘似乎没有让我的努力成为徒劳，凭栏远望，我眼前汹涌奔流的岷江数万年冲积而成的眉山坝子沃野千里，终于在古眉州这块依山傍水的风水宝地积淀出地灵人杰，滋养了旷古绝今的三苏父子。

　　洗砚池并非后人祭奠先贤臆想出来的杰作。这是苏轼青少年时习字作画后洗涤笔砚的地方，后人为了纪念而将其辟为洗砚池，清末眉州拔贡彭耀章模仿苏轼字体题写的"洗砚池"三字镌刻于池壁之上。在这里，我开始将思绪和联想专注于仰慕一生的苏轼。我渴望邂逅苏轼熬夜苦读奋笔疾书后清洗笔砚的身影，但清澈见底波澜不惊的池水残酷地搁浅了我的念想，在惆怅中我也深切地感受了苏轼的艰难求学历程和严谨的治学态度。苏轼天资聪明却也勤勉苦读，晚年时他曾对弟子王古说："我每读一部经典，都是从头抄到尾。"东坡被贬黄州时，好友朱载上前去拜见，见其在抄写《汉书》，很是不解。东坡说自己已经第三次抄写《汉书》，朱载上随机抽出一页，苏轼竟能全部背出无一差错。朱载上对儿子朱新仲说："比我们优秀的人还比我们更努力，我们有什么资格不勤奋呢？"今人已经不怎么崇尚读书，国民的阅读量已急剧萎缩，像苏东坡这样还三番五次地誊抄诸多名著佳作的人更是罕见。好记性不如烂笔头，抄写有助于记忆和更深层次的理解，手书则更多地体现了中国汉字的独特魅力。笔墨书写的时代已慢慢被电脑打字所取代，将来还有多少人会写出中国汉字呢？

　　千年前的古眉州已经演变为今天的东坡区，在这个生于斯长于斯的地块上诞生了一个以自己的影响力命名的现代化城市，这是东坡先生无法预见的。城中心的东坡湖碧波荡漾静静流淌，这是当地打造三苏旅游的形象工程，如织的人流彰显出大众对这项工程的认可和对苏东坡的景仰。湖边全木结构的栈道是在当年的古道上建立起来的，行走中伴随着轻快的嘎吱声。宦海无涯，行者无疆，流离颠沛一生的苏轼是否从脚下这条古道去往京都，我们不得而知。此去茫茫无归期，关山漫漫无尽头，他带着弟弟苏辙于1069年再次离开眉州后就再也没有回到故土。

金榜题名少年得志。人们料想着北宋政坛将升起一颗璀璨的新星，但不卑不亢的个性和不偏不倚的风格却注定了苏轼在仕途上的水土不服，一筹莫展。为官40年，便有33年被贬谪流放，官职最高时为正三品，最低时为八品，官是越做越小，生活也越来越窘迫。北宋最大的政治事件——党争，从一开始就决定了苏轼的命运。当时，以王安石为首的新党要改革变法，以司马光为首的旧党要保守持旧，两党互不相让你死我活，苏轼对双方激进和保守的做法都不认同，而且提出了许多尖锐意见，左右不受待见，为他急转直下的政治生涯埋下了伏笔。苏东坡上任湖州知州时给皇帝写了一封感谢信《湖州谢表》，提出"愚不适时，难以追陪新近"，"老不生事或能牧养小民"，更使新党恼羞成怒。新党到处收集苏轼隐含讥讽的诗句，并上书神宗皇帝，理由是诽谤皇帝，抨击新法。随后，新党们纷纷上书，要求处死苏轼。这就是史上著名的"乌台诗案"，受牵连的官员文友多达数百人。神宗皇帝也是苏轼诗文的仰慕者，史载："神宗尤爱其文，宫中读之，膳进忘食，称为天下奇才。"风雨飘摇的北宋晚期，在赵氏天下与笔吏的取舍上，皇帝选择了前者，动了"杀一儆百"的念头。但苏轼影响之大超乎想象，上至朝廷文武百官，下到万千黎民百姓，都吁请留下这个旷世奇才。后来，还是皇帝的母亲曹太后出面力主保全了苏东坡的性命。苏轼的重挫突然间引发了我对其为文与为官大相径庭的不解。为文谋篇钩深致远凝练方圆，为官何至于"一根筋"似的倔强固执不合时宜呢？当代国学大师王国维曾说："东坡学之天才，其人格也自足千古。"不为进而流于逸乐，不因退而短其气节。古往今来，超然独立的人格舍他其谁？

磨难和挫折在苏轼眼里总是那么风轻云淡。大难不死的苏轼被断崖式降级，下放到湖北黄州担任团练副使，相当于如今的正部级直接降到了副处级。没有从此开启的贬谪流放生涯，也就没有之后的人生盛宴。从此，政坛上的苏轼开始谢幕，文坛上的苏东坡已经冉冉升起。微薄的薪酬无法保证20多口家眷的衣食住行，朋友便将其位于苏轼东门土坡的50亩荒地赠予垦荒种粮。生活依然清苦，但苏轼一如既往地豁达乐观，从此自名为东坡居士。即便在1094年流放到瘴气横行的惠州，面对友人的来信安慰，他却回信说："日啖荔枝三百颗，不辞长作岭南人。"在62岁的生命后期，苏东坡被贬谪到蛮荒之地的海南儋州，面对比满门抄斩罪轻一等的处罚，他不但苦中作乐广交朋友，还办起学堂教起了书，培养出了海南第一位举人姜唐佐、第一位进士符确。

官场宦海深不可测险象环生，苏东坡的遭际让我的心情有些黯淡和低沉。陪同我的当地战友为我讲了许多有关苏东坡的奇闻逸事，他对苏东坡的熟络让我这个熟读过《苏东坡传》、拜读了苏东坡大量诗书的人出乎意料。特别是他讲的苏东坡与章惇的故事让人感慨万千。了解宋史的人应该知道章惇其人，当年的苏轼与章惇同年及第，为官之初可谓不分彼此情同手足，后来章惇站队新党而远离了苏轼，旧党得势后章惇被流放数年。你方唱罢我登场，世事如万花筒般的轮回总是让人猝不及防，新党再次得势后章惇便官拜相位。昔日的老友苏东坡也成了他的报复对象，他亲手将苏东坡发配到了惠州。豁达开朗的苏东坡却在岭南的艰苦中活出了逍遥滋味，当苏东坡诗作"日啖荔枝三百颗，不辞长作岭南人"传到京都时，章惇更是怒不可遏，立即将苏东坡流放到了生存条件更加艰苦的海南儋州。宋钦宗继位后废黜了章惇，并让苏东坡回京，朝野上下也都认为苏东坡将官拜宰相。返京路上，苏东坡便收到章惇之子送来的书信："恳请东坡老为相之后放过我父子俩。"苏东坡却在回信中说："轼与丞相定交四十年，虽中间出处稍异，交情故无所增损也。"章惇对他的两次流放，伤害之深非常人可以承受，但苏东坡理解别人的欲望和局限，甚至对章惇附加于他的迫害都一笑而过。纠结和计较充盈着我们的现实生活，人们常常会因一些利益引发攻讦、械斗甚至杀伐。章惇于苏东坡的迫害罪恶般深重，对常人而言何等仇恨。"眼前见天下无一个不好人。"是他留给后人的至理名言，散发出深远的人性光芒，宽厚宽容宽恕之心前无古人。

流连于东坡湖的湖光山色之中，苏东坡的影像清晰地浮现在我的脑海里。通过仕途施展抱负，我相信他从古眉州跨越千山万壑奔赴京都的第一天起就有这样的欲念。纵有才高八斗，命运也没能眷顾他，虽然没能成为一个优秀的政治家，但他却是一个万众称颂的好官。位卑未敢忘忧民，他心里始终系着黎民苍生。苏东坡刚上任徐州知州就遇上百年不遇的黄河泛滥，百姓人心惶惶，四散逃亡，他却在城墙上搭建了一个草棚坐镇指挥抗洪抢险。知州尚能无惧，百姓也就安定了下来。带领百姓抢修月余，洪水还是未退，苏东坡便向城内禁军求援。禁军服从皇帝号令，地方官员无权调动。看到浑身泥浆战斗在抗洪一线的苏东坡时，禁军头领满含热泪："文官尚且如此，我这个武官岂能苟全性命。"徐州城就这样保住了。当然，此类事例不胜枚举。在流放杭州时疏浚西湖，修建了西湖十景之一的"苏堤春晓"。流放惠州时设计修建了自来水供水系统。流放黄州时大兴慈善，创办了中国第一所孤儿院。我曾经多次漫步于杭州苏堤，在苏东坡率万千之众筑就的防洪堤上，感受过微风拂面的温情。

纪念馆里丰富的资料和介绍较之深邃高远的苏东坡也只是沧海一粟，苏东坡的一生广博到无法想象没有边际。一次次贬谪流放，成就了苏东坡的苦难辉煌。政治上的建树远逊于他文学艺术上的造诣，这是不争的事实。具体有多少诗词已无从知晓，仅留存至今的就有3000多首，这些诗词奠定了苏东坡在中国古今文学史上登峰造极的地位。他一生坎坷沉浮却乐观畅达，诗文中无不流露出浪漫主义情怀。被贬黄州时已经贫困到食不果腹的境地，但他写下了著名的《赤壁赋》和千古绝唱《念奴娇》。在黄州时的《临江仙》和《定风波》，把苏东坡的超凡脱俗也表现得淋漓尽致。无论是"一蓑烟雨任平生"，还是"小舟从此逝，江海寄余生"，都潇洒缥缈得栩栩如生。在这里，他还写出了震撼千古的书法作品《寒食帖》，这可是与王羲之的《兰亭序》、颜真卿的《祭侄文稿》齐名，被誉为天下前三行书的惊天之作，位列"宋四家"之首也就不足为怪了。极致的豁达让巨大的苦痛荡然无存消隐无形，艰难中始终充盈着澎湃的激情和炽烈的热望。"他乡谁作舆地志，海南万里真吾乡。"被贬之地岭南瘴疠丛生，湿毒难耐，他却对这里一往情深视为家乡。苏东坡的快乐、可爱与可敬，更多地体现于他爱人而为人所爱。对兄弟，他有"但愿人长久，千里共婵娟"的美好祝愿；悼友人时先想到"失笑喷饭满案"的故事，又"废卷而哭失声"。高山仰止，诗文人生魅力高远。

三苏故里读东坡，心结未了也抒怀。苏东坡的深邃和高远遥不可及，根本触摸不到，如同临别时战友饯行的东坡肉和东坡鱼，绵长的回味会时刻撩拨着我的味蕾和心弦。

那 年 春 节

大年三十，过年了。每年这个时段，时空的丝线就会把我拽回 25 年前在部队时度过的那个非同寻常的春节。

为捶打我们这帮整日闷在办公室闭门造车的新闻报道员，政治部领导在大年三十前一天的节前教育动员会上宣布了一个让我们意想不到的决定：宣传科所属的五名报道员必须打好背包，以体验生活的方式到基层边远连队过春节。大伙一听便傻眼了，一个刚从连队调进报道组的新战士甚至哭了起来。出人意料的是，我却主动要求到一个偏远的夫妻哨所过年，这种选择包含着很大程度的不满情绪。

大年三十，旅部所在的县城很是热闹，熙熙攘攘的人们提着大包小袋的年货，从四面八方汇聚而来，匆匆忙忙赶往回家的路。虽然春寒料峭，但回家的热望驱散了人们的寒意，每个人的脸上都漾开了笑容。这个春节似乎与我无关，孤独和落寞与这样的氛围格格不入。下午 2 点，我乘上了去哨所乡镇的客车，一辆定员 20 人的中巴车，竟然足足塞进了 30 多人，拥挤得几近窒息，颠簸得如同坐过山车。几个青壮年农民脱了鞋扑面而来的臭脚味，加之一个孕妇的呕吐，使我如临地狱。转了两次车，爬行了三个多小时到达乡镇后，十来公里的山路就只能步行了。沉重的背包使我弱小的身躯不堪重负，加之口干舌燥、饥肠辘辘，心情更加沮丧。

其实，哨长毛以明已经早早地等候在路口。在那条凹凸不平却笔直宽阔的土路上，我远远地看见了他，在荒无人烟的大山里，能够身着军装的除了毛以明还有谁呢？中等身材的毛以明龟缩在没有佩戴军衔的宽大作训服里，脸上被紫外线灼成了无异于当地彝族人的古铜色，一个地地道道的农民形象映入我的眼里。毛以明说，你是李班长吧？我点点头说是。你这一路辛苦了，肚子饿了吧？毛以明边说边接过了我的背包。他告诉我，按照行程，两个多小时前就能到达，意思是说，他已经在这里等候了很长时间。

夜雾已经覆盖山林，在哨长毛以明手电筒微弱光亮的牵引下，我们沿着泥泞的山路步行了一个小时才到达哨所。哨所的灯光很亮，可以清晰地看见三间低矮房屋的梁柱、红砖以及洁净窗帘上的纹路。毛以明指着30岁上下、同样身着部队作训服的妻子说，这个是嫂子。毛嫂怀里不满周岁的孩子咿咿呀呀地朝我挥舞着双手，狼狗巴特尔也撒着欢儿地摇着尾巴，房柱上的春联泛着红光，使我落寞的心境很快感到了一丝暖意。毛以明指着悬挂在树上的鞭炮说："请大机关来的班长点燃哨所辞旧迎新的爆竹吧。"我没有推辞，便接过了他手中的烟头。刹那间炸响的鞭炮，响彻了哨所周边的山林，也缓释着我的心结。

腊肉和土鸡的香味飘散在哨所的小院里。毛以明说，我们吃年夜饭吧。尽管饥肠早已被食欲扩张着，但我仍感到了年夜的落寞和萧条。席间，架不住毛以明的再三劝说，我也就端起了酒杯。一来二去的推杯换盏，话也便多了起来，郁闷随酒精的不断摄入慢慢舒张开来。我谈了自己工作成绩突出却引来诸多嫉妒，发表了大量稿件不但未能破格提干，立功受奖也与我无缘，满肚子都是自己吃亏。毛以明对我的倾诉未置可否，只讲了他当兵以来的经历。他说，家里实在太穷了，兄弟姐妹五个，食不果腹，根本无钱交学费，兄弟姐妹中就他一个人读到了初中，不当兵就只能在农村窝一辈子了。由于文化程度低，自己从来就没有萌生过提干当官的想法，能够在部队踏踏实实工作，转个志愿兵不再回家务农就是祖辈烧了"高香"。入伍后，他在建制连队待了三年，每年都被评为优秀士兵。后来，这个哨所的哨长退伍，得知很多战士都不愿到这里工作，他便主动请缨到了哨所，一干就是八年。哨所承担着部队的通信线路保障任务，线路出现故障时，通常是连续巡线维修四五十个小时不能休息，但哨所只有一个编制。回老家刚举行完婚礼，他就将妻子接到了部队，妻子从此便成为哨所不拿津贴的编外士兵。毛以明还向我提到了他来哨所后的两次危险经历。有一年春节前夕，在巡线回哨所途中，他发现三个不法分子正在偷窃部队的电线，在喝令无果的情况下，自己便和他们搏斗起来，自己的左手虽被对方打伤，三个不法分子也被他打得头破血流落荒而逃。为此，他不但荣立了三等功，还如愿留队转为了士官。还有一次，在巡线途中突遇山洪暴发，他被大水冲出了一公里多远，满嘴都是泥沙，抱住一棵大树才侥幸逃生。大难不死的经历在他的聊叙中轻描淡写波澜不惊，却如一缕清风迎面向我拂来。

夜里 12 点，毛以明要向部队总值班室报告哨所的安全情况，我们的聊叙才不得不结束。一夜无梦。与临行前的彻夜失眠相反，当晚我睡得很香很沉。

雄鸡的高唱迎来了大年初一。天将破晓，哨所的小院便响起了收音机播放的国歌声。隔窗相望，我看见毛以明正和着音乐的节奏，虔诚地在一根竹竿上升着国旗。我的心，也随视线的上移升华。早饭后，架不住我的再三请求，毛以明同意了我跟他去野外巡线。我和他肩扛电线，腰别工具，迎着新年的第一缕春阳上路了。20公里的山路走了不到一半，我便大汗淋漓，不断地喘气。毛以明接过我的行头，让我徒步随行。他玩笑着对我说，你不是干这行的料，正如我不是拿"笔杆子"的料一个道理。下午3点左右，我们完成了巡线任务。返程的下行陡坡行步艰难，我的双腿不停地打战。在一个湿滑地段，我的左脚磕到了岩石上，磕了一条三寸长的伤口，顿时血流如注。我至今还清晰地记得，那个伤口像一张滑稽的笑口，蕴含着嘲笑和讥讽的意味。毛以明毫不犹豫地脱下身上的迷彩服，并撕下一只衣袖，迅速为我进行了包扎，并将我扶回了哨所……

　　哨所没有周末，更没有年节，大年初二要照常执行巡线任务。虽然脚部的伤口还在隐隐作痛，但我还是执意要跟随毛以明去执行巡线任务。行程中，我们无所不聊，他的朴实无华和默默奉献深深地触动了我。他说，自己已经13年兵龄了，还有半年就将离开部队，说真的有点舍不得。营长已经安排了接替毛以明的人选，让他春节前就回到营部，一直休养到从部队转业，可他硬是坚持留了下来，并承诺坚守到转业的那一天。

　　大年初三，结束了短暂哨所之行，我谢绝了毛以明夫妇要将我送到车站的想法。告别后，我没有回过头去，澎湃的各种滋味挤压着我的胸腔，眼睛涩涩的，似乎有眼泪流了出来……

建筑工写意

当黄昏将最后的夕阳挂在天边时，建筑机械的轰鸣已渐渐停止了叫嚣。这些来自天南地北四面八方的建筑工人们，扔下身后已经初具规模的高大建筑，拖着暗淡的身影，摇摇晃晃走出都市的霓虹，向城郊接合部远近不同的廉租房赶去，都市的繁华不经意间慢慢拉开了他们的距离。

这些建筑工人们大多来自省内外一些贫困山区，年纪在 20 岁到 40 岁之间，他们或数十人成队或三五成群或独来独往，但一般都出现在都市的上班高峰期之前和下班高峰期之后。早出晚归使他们很难被在意，都市的一切似乎都与他们无关。这些来自大山里的人们并不会被一些荒诞狂乱的生活所迷乱，他们深知自己生活的本来面目，不会忘掉手中的工具和度过漫长岁月所必需的货币和开销。

尽管住着他们用汗水浇铸的高楼，但在通常情况下，都市人不会记住这些来自乡下的建筑工。在高贵儒雅的都市人眼里，这些人看上去像一堆破破烂烂的棉絮，每个人都戴着歪歪斜斜颜色各异而且涂满污迹的施工头盔，他们像庄稼地里的秸秆随风摇摆行迹无定，步伐永远是松松垮垮拖泥带水。教育的匮乏使他们欠缺礼数，随地吐痰、横穿公路甚至当街吵架时有发生，这也招致了一些城里人的漠视和鄙夷。但他们对这些都视而不见，不会产生任何念头和想法，因为这些骨子里的东西与生俱来、根深蒂固。

这些建筑工们都显得弱小而精瘦，但破旧衣服里包藏的都是铁一样的肌肉，这使得平静的外表根本无法掩盖他们身体的活力。他们青春的激情无处宣泄，只能在超强度的劳动中得到平息，这是生活的渴望带给他们的唯一安慰。在劳动中，他们的姿势像一种原始的、野性的舞蹈，集中了悲壮的韵味。他们的手臂像曲轴那样充满力量，每一个动作都整齐而干脆，每一个周期都能切中特定的时刻。工地上常常会出现这样的场面：在传砖过程中，相互间有4米左右的空中距离，楼上的人却能准确无误地接住楼下同时抛来重叠在一起的3块重约10公斤的墙砖，然后看也不看地随手一丢，身后便自动形成了规则有序、错落有致的一个个砖垛，这些墙砖的集合体上下左右的数量竟然非常巧合地一致。挑混凝土被认为是建筑工最苦的差事，他们的双肩承载着两只大桶约80公斤的重量，即便体力不支，他们也能在几根钢管临时搭建的简易悬空过道上翩翩起舞，疾走如飞……繁重的劳动使他们寡言少语，几乎不说一句话，只有喘息声从不断扬起的头颅里发出，仿佛是火花的散射，把全部肌肉里的力度从一股股气流里释放出来。一整天的劳动几乎耗尽了他们的能量，所有的力量和激情都被融入了都市高楼的钢筋骨架之中。

夜幕会将他们引向归宿。晚上，建筑工人们将要回到位于城乡接合部的住处。在工地食堂或快餐店填充一些简易的饭食后，便用休眠的方式为第二天的劳动积蓄能量。由于租价较低，他们的住处低矮而简陋，通常七八个人住一个打着地铺的房间。领取工钱后，他们都会在第一时间寄回老家。由于没什么值钱的东西，住处的房门通常不上锁。破旧的木门甫一打开，一股杂和着霉味、汗味、脚臭味和劣质香烟的味道便会扑面而来。零乱的被褥和散放在床头的衣物，使人很容易想起农家腌制的咸菜。屋里没什么家什，一只缺胳膊少腿的方桌上摆放着几只罐头瓶状的玻璃杯，劣质茶叶沉于杯底，杯体内壁涂满的茶垢如同他们昏黄的日子。

岁月无恙，日光流年，每天的日子都被规范，他们无暇在意这样的生活状态。激烈的劳动过去后，他们甚至无法回忆当天究竟做了些什么。有时，他们也会买来一斤散酒和一些卤菜，邀集几位工友过过酒瘾。更多时候，则是三五人枯坐在能见度很低的电灯下谈论着发生于很远时光里的事情。他们偶尔也坐下来打几圈扑克，但没有输赢的刺激也会让他们感到索然无味而早早散场。更多的人在聆听手机里循环播放的几首老歌，也有些人在哼着一些土得掉渣的荤曲黄调，走上春晚的"旭日阳刚"或许就来自他们中间。女性打工者们简单地洗漱之后，会约定俗成地与远在家乡的孩子视频连线。劳累总是挥之不去，困倦的侵袭会使他们突然间对一切失去兴致。在他们眼里，也许只有睡眠才能消解当天的倦意并燃起来日的希冀。

一梦现实谒乡土

故乡的意义，不但在于生命从那里生长，更因为她是精神的原乡。我 20 岁时便背井离乡，此前的青涩年华，便以记忆的形式铭留在无尽的思绪里！

在匀净的呼噜中沉入睡梦，我将甘甜含在嘴里，吮吸着山野清新潮润的空气，鸟鸣虫嚣拨动的弦音与我的鼾声浑然一体。

我在谁的怀抱里酣然入梦？是故乡村庄母爱般的酥怀。

在乡土的河滩上和田野里，我可以找到最初的向往和萌动的热望。我渴望驻留于记忆的村庄，在物质的匮乏中吮吸真实和简洁，随意而散漫地自由呼吸自在行走。可是，回不去了，我已被遗落在现代文明的荒野中。我无法从记忆的汪洋抽身而退，我固有的执拗难以让自己接受长青的记忆被现实荒芜得枯草萋萋杂物丛生，尽管我已在残酷的现实中弱不禁风，但我的周身涌动着温润的乡土气息。走进现实的村庄，一种异样的情绪蔓延开来。

无论多远也无关贫富，回家过年都是时光的基调。每年隆冬，春节回家的欲念总是驱动我匆匆的脚步，慈母望眼欲穿，我也归心如箭。而一些时候，特别是近年回到家乡，我愈发感到自己已经难以专注地沉湎于团聚的温馨，那些悖逆于村庄美好记忆的现实景象总在眼前挥之不去，影响我的心情。前些年回到老家，我总会迫不及待地在村子里长时间地行走逗留，那些房屋和树木总会与我亲切的目光无声交谈。随着年月累加，我的欲望已渐渐寡淡，陌生已让记忆渐行渐远，亲近已不可避免地蒙上浮尘。

这是我记忆中的村庄吗？我骨子里村庄的精神、温馨和甘甜呢？村子里的农民、树木、耕牛和鸡羊呢？是什么让所谓的文明和进步使看来光鲜但却刺眼的村庄背离了她原有的朴素？我的眼前，嘉陵江东河岸边清一色的吊脚楼已被一幢幢高楼踩在脚下，近年来修建的楼房，丝毫不掩饰自己的杂乱。源于对喧闹的追逐和乐意吸纳更多的汽车尾气，大多数人家的房柱高悬于岸边，绞尽脑汁也要将房舍置于公路的同一高度，房柱与房屋头重脚轻比例失调，滑稽得让人联想到女人短裙下秀出的美腿。房屋的外饰和粉刷参差不齐，荒诞地侵扰着视觉。这些宽敞的楼房被悠闲地摆放着，大多数人常年在外打工或者求学，平常也只有年迈体弱的老人们在看护着这些建筑，静谧的村庄难有炊烟，鲜闻鸡鸣犬吠。村前嘉陵江上游富有凄美传说的东河，当年宽阔的河流已近干涸，汹涌的河滩涛声不再，浑浊的细流犹如耄耋之人的老泪，隐约中传来闷声的饮泣。整个河床已被开挖砂石的各种机械损毁得千疮百孔，记忆中的母亲河啊，居然无法安放我一双纤纤之脚。在河谷淤泥环绕的一块巨石上，我成了一只搁浅的小船，进退两难。

我们无法预知世界的瞬息万变，更无法知晓明天将要发生什么，但老家村庄里的太多变化，还是让我猝不及防。较之传统建筑和传统文化的消失，村庄之殇的深重在于所谓的乡村文明被注入了太多的物欲成分，记忆中的童叟无欺夜不闭户等传统美德已离我而去，欲望和浮躁在各种陋习的推波助澜中甚嚣尘上，惊愕和恐慌让我针刺般难受。多种名目的酒席在春节前的冬季粉墨登场，婚宴酒、满月酒、生日酒、出殡酒、乔迁酒、开业酒应接不暇，有请柬必须捧场，入酒席必须随礼，少于 200 元又羞于出手。置办酒席的意义在于庆典或者纪念，川北故乡对于酒席操办攀比的程度却让人惊诧不已，80 到 100 桌的规模已为常态，酒菜也很上档次。同村初中同学一脸愁苦地给我算了一笔账，他一年打工收入四五万元，用于应对各种酒席就得支出 3 万元左右，一个孩子结婚等着用钱，一个孩子读大学需要花钱，收支因各种层出不穷的酒席而入不敷出。

过年凝结着儿时太多的期盼和憧憬，幸福简单到可以开开心心地玩耍，可以穿上新衣、吃上猪肉、燃放炮仗，可以不写作业、不用放牛、不用打柴。而大人们，则可以从一年的劳碌中停下来闲上几天，喝喝酒聊聊天，为接下来的艰辛时日蓄积一些能量。而现在，那些过年中的美好记忆，已被撕扯得体无完肤、支离破碎。回家时正逢邻家的发小宰杀年猪，一次就要宰杀两头，心想这日子过得也足够殷实丰裕。他对我说，那头黑猪是粮食喂养，宰了自家吃，别看小，养了整整一年；那头大白猪为饲料喂养，催肥只用了四个月，准备卖给城里人。他随意得见怪不怪，毫不顾忌，使我的心情有些黯淡。宰杀那头精瘦的黑猪使五个壮年男人耗尽了体力，而那头经过激素催肥的硕大白猪，面对屠刀和死神从始至终浑浑噩噩没做过多挣扎，从它半睁半闭的眼神里，我看到了不屑与蔑视。

我渴望回到幼时的年味里，希望找到那些存留的欣悦和萌动的青春，但现实却使我一次次徒劳无获，扫兴而归，因为年已无味，节已乏味。"宁穷一年，不穷一顿。"辞旧迎新的年夜饭是农村一年里最为丰盛奢华的一顿饭，即便在日子紧巴的年景，人们也会倾其所有地张罗好这顿饭。大年三十的年夜饭里包含着太多的元素，亲情被这顿饭无限放大，无论多远都会在这顿团圆饭前赶回家园，所有过往都会被抛之脑后，一切希冀和期待都将在这顿饭里诞生。在记忆里，母亲在春节前三五天就会着手张罗年夜饭，石磨酸水豆腐、铁锅搅凉粉、柴灰米豆腐、油炸酥肉、粉蒸肉、肉包及各种凉菜，每一道菜都由她亲手烹制。生活将我们兄妹五人撒落在方圆 4000 公里的三个省份，是眼前这顿年夜饭将我们齐刷刷地召回到母亲的膝前，是过年聚合了我们游离于家门之外的亲情。眼前的年夜饭不可谓不丰盛，作为东道主的胞兄肯定为此费尽了心思，除了自产的少许菜蔬，琳琅满目地摆满了数千里之外快递来的冰冻海鲜、从城里购买的各种卤菜以及高档酒水，我的食欲瞬间降至冰点。老家传统意义上的菜肴都是石磨推出来的，年迈的母亲已是有心无力，无法再为我们烹制出馋人的酸水豆腐、铁锅搅凉粉和柴灰米豆腐了，年味已不可避免地被残酷的现实驱离，食欲也遗落在久远的记忆里。

年味清晰地浮现在绵长的回味里。乡村年节的温馨更多地表现于一家人围坐在柴火燃旺的火塘边深更半夜地守岁。久别后的会聚使心与心在年夜的亲情里契合交融，围炉夜话意犹不尽，柴火炖煮的腊肉飘香扑鼻，没有人会因为熬夜而困倦，一年来的酸甜苦辣都在彼此的谈吐后消隐无形。眼前的火塘早已被砖石和水泥抹平，经过装修的堂屋已经没有火塘安身的地方，谈资已通过人手一部的手机在闲暇时光中消化殆尽，简短的问候之后大人们便无话可说早早散去。懵懂的孩子们蹲在墙角或倚靠在床上，边打游戏边抢红包，间或会发出运气欠佳的叹息声和捞到大鱼的欢叫声。客厅正中硕大的电视正在直播央视的春节联欢晚会，人们对明星大腕的精彩表演似乎并不买账，当年对晚会的专注入神和津津乐道与眼前电视的自娱自乐背道而驰，使编导和演员们的心血变为徒劳。回溯当年温暖的春节，感觉嗖嗖凉意袭来。

我知道年夜饭后大家的去向，妇孺们理所当然地要收拾饕餮盛宴后留下的残羹剩汁，男人们已经不甘于留在家里枯坐和瞎聊，他们大多会利用难得的春节聚在一起打麻将、斗地主。在现在的乡村，特别是在我老家川北贫瘠偏僻的一些村庄，赌博已如瘟疫般侵蚀了每个男人，不会赌博在这里成了异类。无论婚丧嫁娶还是农闲时光，以各种方式聚赌的情况比比皆是，平素节衣缩食的人们在牌桌上都异常慷慨，他们忘记了苦累奔忙换来的微薄薪酬，已经不在意数百上千的输赢。一些人家徒四壁，借贷也要赌博，我惊异于赌博如此强大的吸引力。

春晚随时间的流淌进入了尾声，一成不变的歌曲《难忘今宵》在老面孔的演唱中乏有新意，电视中传来了迎接狗年的沉闷钟声，而窗外已没有当年辞旧迎新燃放烟花爆竹的震耳欲聋和霞光满天，邻家星星点点的灯光里，隐约传来麻将滑落地面的声响。这声响余音渺渺挥之不去，我在艰难的守望和挣扎之后沉入现实。

犹是晨风清新

　　《五十岁，人生飘雪》。看完这篇美文，我在衣橱的镜子前站了很久，呆呆地看着鬓角冒出的白发，目光迷茫而沉重。是啊，自己已经在不经意间到了人生飘雪的季节。人生总要与年轻作别，这是绕不过去的坎，心理上的年轻不代表生理上永远充溢着活力。岁月无痕，但记忆永在，记得和不记得的，都在看不见的时空里存在并永恒。

　　爱女二十，花一样在我心里盛开。她的无忧无虑、没心没肺总牵引我循着怀旧的思绪走进记忆。在女儿 20 岁当日，我在她毫不知情的情况下坐飞机赶到了她就读于成都的大学校园。惊喜之后，她居然在众目睽睽之下不管不顾地跳到我背上，嗲声嗲气地让我背着她走一圈。我虽然在同学们的笑声中领受了尴尬，但心里却美不可言。是啊，20 岁，犹是晨风清新。

　　生日晚宴就我和爱女。点菜随她，点酒随我。我向吧台要了一瓶江小白，并自作主张地为从不喝酒的她点了一瓶啤酒。话以酒为媒，想不到我眼里的小屁孩竟然是一个话痨，唠唠叨叨地没完没了。我们聊人生聊读书聊普世价值，也聊我们彼此的 20 岁。在聊叙中，我不时夹带一些身为父亲说教性质的私货，使她很不耐烦。她特别感兴趣的居然是我 20 岁前有些什么发小,跟哪些同学关系最好,经历过什么奇闻逸事。在回溯中,我回到了 30 年前的青涩时光,尽可能让那些蒙昧甚至不可理喻的故事满足她的好奇。

一

我老家在川北一个叫鹿渡坝的地方,嘉陵江上游的东河水奔腾不息蜿蜒流淌。在这个所谓坝子而成规模的平整地块不足十亩的河岸和山腰,零零星星安放着我们村子两个生产队的 50 多家住户。我家住在河谷,而孬狗子住在我家背后的山腰,因为他小时是我的偶像,拿当今时髦的话说,我是他的粉丝,尽管两家距离较远,也阻挡不了我主动与他亲近。

孬狗子的"孬",拆开为"不好",其意不言自明,这个字在老家被读作"撇"。我家五个兄妹,孬狗子家四个兄妹,两家的共同点是由于众多子女的拖累日子都过得极为艰难。他的父亲是生产队的会计,是极少能够识文断字的人,但为什么会给他取这个不伦不类的奶名呢?这个疑问让我一直费解了整个童年。后来据长者讲,名字取得越丑越难听,孩子的生命力就越强。像孬狗子这种生下来体重仅三斤多而且病恹恹的孩子,取这么奇怪的名字也就不足为怪了。他的大名叫唐发进。

孬狗子是我认为最聪明的孩子,这是我在整个童年一直追随他的根本原因。在我眼里他很仗义,在我被欺负的时候他总会为我出头。即便我自己饥肠辘辘,从家里偷出来的少量食物,我也会与他分而食之。家境贫寒时期的父母脾性大多是暴戾的。我俩都很淘气,经常会给家里闯祸,我回家总免不了挨顿暴揍,而作为主谋的孬狗子却每每幸免于难化险为夷。孬狗子能言善辩，多大的过失也会被他撇得一干二净。干瘦的孬狗子具有天生的猴性，长相活似六小龄童，灵活如同孙悟空，当年《大闹天宫》在村里循环放映，剧情已深入人心。面对父母即将到来的暴风骤雨，他会从容不迫，模仿孙猴子的各种动作，做着各种鬼脸，挑逗得父母进退两难，举棍难下，很快会将父母的怒火浇灭。相同的过错，不同的待遇，使我常常耿耿于怀。

孬狗子的智慧让我在与他对赌中保持大败。现在的孩子唯一的任务就是读书，而我们的童年读书只是副业，大多数时间要为家里分担劳务，放学、周末乃至暑寒假，我们的时间都会被放牛、砍柴、打猪草等事务挤占得满满当当。在干完活计临回家前，我俩也会以被而今称为赌博的方式玩纸牌、下石子棋，很多时候我都输得背篓空空，他却是满载而归。回家后，等待我的便是父母的责罚。

我们无法决定自己走什么路，更无法决定要去向何方。父母健在使我顺利读完高中后参军入伍，而孬狗子却因为父亲车祸去世而过早地挑起了家庭的重担。所幸的是他依靠智慧和勤劳，从一个小木工开始打拼，成立了自己的家具厂，日子也过得红红火火。孬狗子生性好赌，小时候打柴、割猪草、放牛都要以玩纸牌的方式与伙伴们分出输赢，多数情况下是将别人的劳动成果赌归己有。开厂做生意后他也常常小赌怡情打打麻将，据说也是胜多负少。我突然萌生出一个愿望，就是在今年春节回老家期间痛痛快快地与孬狗子打一场小麻将。不知能否如愿？

时过境迁，我们都从山乡的童年走出来近 30 年，如今几年也难得见上一面，陌生感虽然已不可避免地随时光的流逝潜滋暗长，但路的距离断然不会拉长我们心的距离。我自信地认为，童年的记忆肯定将流淌在我们的心里，彼此的默念和遥祝时刻在温润着对方。

二

远在甘肃打工的表哥三牤子有一次在深夜给我打来电话，说他从网上看到了我的文章，并表扬我的散文写到"形散而神聚的地步了"，听后我差点笑出声来，为他非常外行的褒扬。从他看到我的文章极为亢奋的声腔里，我又觉得对他近乎嘲笑的情绪是极不礼貌的。接到这个电话后，我久久难以入眠，时空的丝线不可避免地将我拽回童年。

牤，在川语中是蠢或笨的意思。三牤子并不牤，虽然文化不高，但在我眼里，他却是个地地道道的读书人。三牤子是我大姑的儿子，是我的正宗表哥。虽年长我四岁，可我很少叫他哥，可能是把他当朋友的缘故吧。

三牤子叫唐发平，是大姑的第三个儿子。三牤子小学到初中的成绩不温不火，没拔过尖也不会落在后面，可他的语文成绩却出奇的好，尤其是作文无人能出其右，绝对是全班翘楚。他读初一时我读三年级，我读了他的不少作文，在现在看来无异于流水账的一篇篇作文，当时却真切地让我感受到了文字的美好，同时也给我带来了文科见长而理科极差的致命性后果。我现在被人称为所谓的作家，但以三牤子当年的天赋和基础，如果不是因为家境所致，从发展的眼光来看，我无法望其项背。应该说，他是我喜好写作的启蒙老师。

三牤子擅长作文与他尤喜读书密不可分。他对当时极为时髦的言情小说不屑一顾，只钟情于古典小说，在那个书籍非常匮乏的年代，小学期间他就看完了《三国演义》《水浒传》《岳飞传》等名著。他是我迄今为止见到的对读书最为痴迷的人之一，常常因为看书着迷忘了吃饭或者误了大人派发的活计而挨揍。三牤子是我数十个发小中挨打最多的人，我经常听到他鬼哭狼嚎的声音，但他似乎并不在意，次日便跟什么也没发生过一样，照例会捧起书本，走进精彩历史的字里行间。与一群发小们分享刚刚看完的书中的故事，是他最幸福的时段，讲到精彩处，他会眉飞色舞、手舞足蹈。

大姑家四儿一女，家庭负担很重，三牤子读完初中就无奈地回家务农，这个在我眼中当地最有作家天赋的人就这样被埋没了。孬狗子和三牤子是一个院落里长大的堂兄弟，瘦小单薄的孬狗子鬼精灵透，上苍注定会让他干上一份轻松的手艺活；而嗜书如命的三牤子体格如门板一样高大健壮，终归没能以书为媒走出乡村，被土地绑架也似乎顺理成章。三牤子以侍弄庄稼为主，农闲时段开了铁匠铺锻造农具，为节约成本，便让其老婆抡大锤，自己则一边拉风箱掌握火候，一边持小锤在老婆大锤砸下的凹陷处修补定型。一男一女抡动着大小铁锤此起彼伏挥汗如雨的场景煞是好看，当年围观三牤子夫妻打铁在鹿渡坝也是一道风景。

三牤子是个赌性很大的人，只要有人邀约，他可以让铁匠铺的生意立马关张。因为豪爽，大家都愿意跟他赌，除了从不拖欠，更重要的原因是他逢赌必输。我是他最早的赌友，我俩开初玩纸牌，后来打台球，他为我的零花钱做出了不少贡献。

后来，外出打工的人多了，大多数田地也就荒芜了，铁匠铺不得不关门歇业。当过五年铁匠后，三牤子常年辗转于各省打工挣钱养家糊口。而今的老表三忾子已年届五旬三世同堂，酒量小了，麻将也打得少了，唯一没有改变的是他对读书的痴迷，不同的是阅读书籍的种类和内容比以往更宽泛了一些。微薄的薪资里有买书的支出，劳作的缝隙里有读书的时间，我感受到了他痴迷于读书的幸福与快乐。

三

鹿渡坝狭小的空间里被生生塞进了 70 户近 400 人，邻居间家长里短鸡鸣犬吠在这里通透无遗。世代繁衍的久居，使每家每户都沾亲带故，居住的拥挤难免会引发各种纠纷，在童年的困难年月里，我见证了生产队邻居间太多的吵架和打架，我惊异于这些并没有什么文化的村人们疗伤和平复的功能，不需要道歉和忏悔，次日便相逢一笑相安无事。如遇婚丧嫁娶，对手马上会演变为助手，主动去对方家里帮忙。在故土鹿渡，我领略了什么是真正的和谐，这里的和谐并不是水波不兴，而是由多种成分聚合而成的。

我和土生家住在一条相距约 200 米的平行线上，同年龄段的男孩子中我俩最近，所以在一起玩的时间最多。我和土生有三代人的亲戚关系，我奶奶是他爷爷的堂妹，他妈是我父亲的亲外甥女。即便有这样的关联，两家间也是吵过架的，因为在鹿渡坝这个地方，邻居间没有吵过架的几乎没有。当然，吵架丝毫不会影响两家间亲情的延续，包括我和土生以及他弟弟金生。

土生长我一岁，我长金生一岁。土生名叫燕孝文，弟弟金生名叫燕孝武，土生的成绩居全班末尾，而金生一直居全班第一，相比之下土生要愚钝一些，金生则要聪明得多，土生初中肄业便回家务农，金生则考上了中专吃上了商品粮。土生的父亲是公办教师，所以家境要明显好于我和孬狗子及三忙子，家里能吃上白面馍和肉包子，他和金生经常会从橱柜里偷偷摸摸拿出几个与我们分享。而我，却常常对土生搞些恶作剧。土生很老实，孬狗子不在时，他就成了我算计的对象，在一次次玩纸牌游戏中，他背篓里的柴火或猪草一般会顺利地过渡到我的背篓里。他的心态很好，愿赌服输，不像我偶尔输了还骂骂咧咧。在一些无聊的时候，我们也会无事生非地挑起事端，离间土生和金生的关系，旁观两兄弟打架。

当年的发小们，要么在外工作，要么走南闯北在外打工，只有土生扎在了鹿渡坝，真正土生土长在生养他的地方了。土生家的房屋处于鹿渡坝的黄金地段，他较好地运用了这一优势，开了一家百货超市。每年回到老家，我都会去他的超市小坐，并且每次都有不同的感受。为什么旁边的超市与货摊门前冷落，大多数已经倒闭，而土生的超市却历经20多年长盛不衰？土生不但盖起了楼房，买起了轿车，还积累了不菲的资本。记忆中老实讷言的土生，让我不得不重新审视。

去年春节前的一个午后，在土生的超市小聚时我看出了端倪，也看到了一个不一样的土生。可以说，土生的热情颠覆了我的所有记忆。生产队七八个老太太围坐在他的超市前，中间有一盆燃旺的木炭，老婆被他支来唤去，不停地端茶倒水，老远就听见土生嘴巴抹了蜂蜜一样在招呼表叔表婶哥哥姐姐过来喝茶的声音，面对这样的热情谁会熟视无睹，不走进他的超市？面对顾客，他会这个划算那个不错地不停推介。对于没有购买意愿到超市前吹牛聊天冲壳子的人们，他也会坐下来唠唠叨叨说个不停。

人们愿意光临他的超市，主要源于他的热情和明显低于本地超市和商店的价格。

土生，土长，这根扎得深啊！

四

本就晚婚的明生离婚了，可他不久前还从微信上给我发来一组秀恩爱的照片啊！

贫穷不但限制人们的想象，更直接左右了人们的生存。明生命苦，父亲去世时他还在襁褓之中，目不识丁的母亲拉扯六个兄弟姐妹挣扎着生活。在发小中他成绩最好，成为村里为数不多考上区重点中学的人，因为家里穷，读了两年就回家放牛。同龄人都已结婚生子，他却成了剩男。后来，40 岁的明生终于结婚了，老婆很漂亮，却是一个带着已经上了小学的孩子的后婚。三年前，挂职副市长的我到西安参加一个旅游推介会，时逢明生在西安一个建筑工地打工。我们相约喝了一场酒，晚上我在下榻的五星级酒店给他安排了一间房，意在让这个一生清苦的兄弟开个洋荤，他却执意要跟我挤在一张大床上。我们聊了一个通宵，打了数十个电话，当年陈芝麻烂谷子一起偷鸡摸狗的事都被我们翻了出来，生活的重负已经使他很久没有这样开心了。他说，他对当下的生活还是很满意的，老婆很漂亮也很勤劳，为他生了一个儿子已经读初中，而且成绩很好。他还说，家里近几年修了两栋楼房，还在县城买了商品房，还为非亲生的儿子买了小轿车。隆冬的古都大雪纷飞，来不及在酒店吃早餐的明生便踏着积雪向 20 公里之外的建筑工地赶去。

家人和邻居在微信里给我讲了明生离婚的事，众口一词都说他傻。离婚的原因是老婆有了外遇，道理全在明生一方，可在财产分割上，他却吃了大亏。对方不但开走了小轿车，还带走了所有存款和县城的房产，明生得到的除了老家没有什么商业价值的楼房，便是亲生儿子的抚养权。明生因离婚而一贫如洗，90多岁高龄的母亲也在他离婚不久突然撒手人寰。按兄弟三人的协定，丧事理应由明生置办，可他哪还拿得出钱？本就贫困的大哥迫不得已替他承办了丧事。村子里的人们为此对明生颇有非议，说他可以为一桩已经死去的婚姻倾其所有，却无力为母亲的入土为安尽孝。

昨天我给远在陕西榆林打工的明生去了一个电话，邀约着一起回川北老家过年。电话中的明生一如既往地大大咧咧，手机听筒里传来的爽朗笑声震动着我的耳膜，他对自己离婚的事只字不提，我深知这是他从小历尽艰辛独自咀嚼苦难的自尊使然，他不会将痛苦分担给我这样的发小和朋友。明生不提，可我不能不问。终于在一番绕山绕水之后，他说出了事情的来龙去脉。他说，人家心里有了别人，强扭的瓜不甜，拖着也不是事，离就离吧。至于离婚的财产分割问题，是对方提出来的，一日夫妻百日恩，我全部答应了她。他还告诉我，其实离婚已经好几个月了，对方发现以离婚为代价所追随的男人并不能成为自己的归宿，已经非常后悔，并托人说情希望能够复婚，但他过不去那道坎。母亲的丧葬问题让明生很是狼狈，他说确实是自己在离婚时本着快刀斩乱麻的想法而头脑发热，分割存款时没有留余地，他以为母亲是可以熬过半年后的春节的。

明生在工头催他上工的话音后不得不挂了电话，我在忙音的这端一片茫然。为明生今后的路。

五

谈及发小乜女子，女儿发出的笑声引来了很多人诧异的目光。是啊，她尚在襁褓之中，我们就为她起好了乳名和学名，而我和乜女子的学名还是上学报名时我起的。

川北称家里最小的闺女叫乜女子，"乜"字在汉字中少为人识，但称谓却渗透出长辈对幼女的爱抚和亲昵。乜女子是比我小三个月的堂妹，我们从小在一个院落里长大，是真正意义上的发小。那时家里很穷，忙碌于生计的父母忽略了我们已经到了上学的年龄，眼巴巴看着生产队同龄的孩子们背上了书包，我便约上乜女子到学校报名。由于没有大人带着，注册的两个老师好说歹说就是不给我俩登记上册，恰巧一个到我家喝过酒的老师经过，指着我说这是长春老师的公子嘛。当时，父亲在家对面的山上的村小当民办教师。死活不肯注册的老师才和颜悦色地拿起了笔。老师问我："你叫什么名字？"我除了在家里排行第三，知道自己叫三娃子以外确实没有别的名字，因为父母压根儿就没有给我起过。不能因为没有自己的学名而让报名泡汤，我灵机一动，根据自己的辈分很快为自己起了一个名字——李正德。"学费一块二。"我不知道上学还要交钱，就说没有带。旁边后来成为我班主任的何老师说，改天找长春老师要吧。我就这样率先注上了册。旁边的乜女子可是急坏了，近乎绝望地看着我，泪水在她的眼眶里打转。因为她既不知道自己的名字，还没有带学费。老师问她叫什么名字，之前我已有为自己起名的经验，便抢过话来说，李正柏。山后村子里有个姐姐就叫这个名字，比我俩差不多大 20 岁，我不假思索就把她的名字借过来了。待老师郑重地写上了当时我们还无法认识的名字时，乜女子近乎绝望的表情才松弛开来。"学费带了吗？"老师问。"我爸回来一起交。"我又抢过话来说。

我和乜女子搭上了当年上学的末班车。我为我们俩起的名字，并没能长久地运用。我的姓名只用了一学期，便被父亲改了。乜女子的名字用了两年，也被她爹改成了李菊。如果没有当年注册时我的灵机一动，恐怕我俩的上学就要推迟到来年了。每次过年相聚时谈及此事，乜女子的脸上都会漾开笑容。

乜女子的成绩很不错，有幸成为全班一半人考上初中的一员，她多次跟我说过，她渴望通过读书改变命运。但是现实不可逾越，窘迫的家境已经不允许她走进校园。父母目不识丁，爷爷奶奶年事已高，加之七个兄弟姊妹嗷嗷待哺，上学之路便被生生掐断。乜女子的父亲是我的堂家大爹，这个倔强的老头是中国封建农民重男轻女的典型代表，育有五女二男，两个男娃一个读完高中一个读完初中，而五个女儿除乜女子侥幸地读完了小学，其他四个没有上过一天学。在 20 世纪六七十年代甚至 80 年代，这非常说不过去。后来，这个糟糕的大爹硬是将乜女子许配给了因条件艰苦难以说上对象的亲妹妹的儿子，愚昧至认识不到近亲结婚可能带来的宗亲贻害。当年我已游走外乡，我不知乜女子是否经过了寻死觅活的抗争，但归根结底是顺从了。探家见到乜女子时，她已是两个孩子的母亲。

命运逆科学而行，很多时候也是好事。如今的乜女子也将奔五，可谓夫贤子孝，日子过得红红火火，不但从大山里搬到乡镇盖建了五六百平方米的楼房，两个孩子也健康苗壮，一个已经大学毕业，一个刚刚考上大学。

给自己起名，我有幸成为个案中的个案，更为幸运的是，堂妹乜女子居然搭了我的顺风车。

六

前年 8 月，在结束挂职回省城的空当期，我约上了北京和云南的五个朋友去银川看幺娃子。27 年未见，对于幺娃子的情况只能依赖非常有限的道听途说。总之，听说他干得不错。

在银川机场出口，我在接机的人群中左顾右盼，极目幺娃子的身影，他却吊儿郎当地杵在我的身旁，傻傻地看着我笑。没错，还是那副骨架，只不过更加高大帅气了。我毫不客气地上去就是一拳，抡在他坚实的前胸上，我俩喷薄而出的开怀大笑顷刻间弥合了 27 年的间距。他驾驶着自己的豪车路虎，一路上介绍着银川的风土人情，之后又逐一问询了那些熟识的发小、朋友以及健在的老人。

中午简洁的便餐之后，幺娃子带我们去了知名景点水洞沟。尽管我历来钟情于这样富有文化内涵和历史传承的名胜，但还是有些心不在焉，记忆中的幺娃子和眼前的李总，特别是当年竹竿一样弱不禁风的高挑少年，怎么也与如今周身充盈着精气神的壮实男人捏合不到一起。记忆，桎梏了我的思维，让我难以与现实契合。

晚餐极为丰盛，幺娃子邀来了银川企业界的一些朋友，甚至拿出了珍藏了 20 多年的五粮液。酒精对我而言是很好的催眠剂，而当晚却成了失眠的兴奋剂。关于幺娃子的记忆便明晰地在脑海里浮现出来。

幺娃子家住我家对面的大山上，从我家的河谷地带攀爬山间小路需要三个小时可以抵达。我家这面的阳山叫鹿渡村，他家那边的阴山叫枣树村。在他们村那些高耸冷凉的大山间，我从未看见过一株枣树，地名显得名不副实。幺娃子家准确的地名叫麻柳沟，地势稍宽的地方被几户同宗的李姓人家修建了房屋，呈梯级的庄稼地窄窄地排列在房前屋后。一些地块，甚至无法容下耕牛和拉犁，只能耗费人力艰难开挖。除了在瘠薄土壤中艰难生长的苦荞、燕麦、小豆、洋芋等五谷杂粮外，只能生长比山下个头还要小上一半的苞谷和杂草一样瘦弱的小麦。一生与土地做伴的父母拉扯着大大小小七个孩子，生活极为艰辛。

堪称铁杆一样的感情源于父辈。我们两家从宗族上讲，多少有一些亲缘关系，不过得追溯到 500 年以前。从辈分上讲，我父亲比他父亲高一辈，我自然也就比他高一辈。尽管我俩从小都很顽皮，但却绝对尊崇辈分的辖制，在这方面有着严格的层级界限。早年，两家也只停留于四平八稳的辈分关系，除见面点头打个招呼之外并无太多往来，自从作为民办教师的父亲在幺娃子家不远处的村小教书开始，两个爽直刚烈的男人便投缘地交往起来。当然，促成他俩交往的媒介应该是父亲的两个学生，即幺娃子的两个哥哥。在村小孤灯暗夜的房屋里，父亲并不寂寞，因为常常有幺娃子的父亲带来的腊肉和烈酒的抚慰。

幺娃子的父亲高大健壮，是十里八乡体力最好的人，也是农业生产的好把式。生性的刚烈和倔强，也使他的父亲得罪了生产队很多人，在那个各种运动大行其道的年月，一些人常常找碴抓小辫上纲上线，几次要对他进行批斗。当时，我父亲已到县革委会工作，每次都将他保了下来。幺娃子的父亲名叫李章甫，一生侠肝义胆，好打抱不平，见不得不公平，倔强的脾气秉性也让他吃尽了苦头。顾名思义便对号入座，被我父亲誉为"大丈夫"。患难见真情，两位老人为后辈在情感上的接续夯实了基础。只可惜，两人都已与世长辞。

幺娃子小我两岁，也在奔五的路上马不停蹄。老称呼其乳名总是不妥，再说，当年的幺娃子如今已是很有建树的李总了。所谓皇帝爱长子，百姓爱幺儿，幺娃子因排名四个儿子的最后而得名，也因其乖巧听话一直被父母视为掌上明珠。他在小学时一度叫李明勇，后来按辈分又改名为李焕刚。他从小木讷少言，很少与人交往，读书时一直比我低两级，成绩不怎么样。特别是他初中毕业那两年，我已经到乡政府工作。他经常从家里走几个小时山路下来，我们一起在乡完小的泥地篮球场上打篮球。我清楚地记得，他每次都将那双回力牌运动鞋放在篮球架的后侧，光着脚丫与我们打比赛。我猜想，他舍不得穿的唯一原因便是当时只有这么一双鞋，要尽可能延长这双鞋的寿命。打完球，焕刚还得饥肠辘辘地步行回家。

当兵，是大山里孩子们的重要出路。特别是焕刚这样的家境，不走出去讨上媳妇都难，村子里可是光棍一大把。可这条路却非常逼仄，不但名额少之又少，条件也极为严苛，而且多少还要有一点关系。焕刚在1990年底当兵了，入伍之地居然是伟大的首都北京。据一起报名参军的同乡讲，这小子精干帅气，接兵连长偏偏就带走了他。临行前，他到我家住了一夜，我只给了他一句嘱咐：到了部队一定要好好整！而他叫康婆的我的母亲，却絮絮叨叨地给他讲了半夜。

1990年至今，我们多次有机会见面，但都阴差阳错地错过了。关于他的情况，除了总体上知道他在外边干得不错，别的

知之甚少。在银川他公司的会所里，我对他刨根问底地进行了
了解。他说，他当兵去了北京的武警部队，一干十年，吃过不
少苦受过不少累，打扫过猪圈掏过厕所，站过岗值过勤参加过
演习，颇受同事和上级待见，转业时破例解决了北京户口，并
被安排到国企的中汽总公司工作。山里娃一晃成了皇城根的人。
后来公司改制，合并到央企的中房集团，焕刚趁机抽身而退，摆
脱体制内的工作开始单干。其间，辗转于北京和宁夏两地，涉
足建筑和高科技产业。我不便问及他企业的经营现状，但从他
邀来喝酒的同行嘴里可以判断出大概，应该不错。他自己也说，
还行！

　　四十老几的焕刚居然没有成家，使我很费解。论为人、条件
和长相，不应该啊。他父母在世时多次向我的父母谈及此事，幺
娃的成家问题已经成为两个老人的心病。不孝有三，无后为大，
不能一人吃饱，全家不饿，传宗接代才是人生的头等大事。我去
银川的主要目的，也是奉了母命，要说道说道他。从他的谈吐中
得知，他也处过三两个对象，总是高不成低不就，加之生意太忙
太累无暇顾及，婚姻问题也就耽误至今了。凡事都有它盘根错节
的内因外因和不断变化的主观客观，作为同龄人的长辈，我除了
晓以利害，不能说得太多。很多东西，需要设身处地。不过，离
开银川我就开始秘而不宣地做着一件事，那就是四处托人为焕刚
介绍对象。还好，介绍的第一个就成了，并且很快进行了婚姻登
记。据他讲，妻子很漂亮也很贤惠，现在已身怀六甲，明年春夏
之交就将当爹。

　　焕刚还有一个愿望，就是过几年就回老家的宅子养老。可
是，村子里的数十家人除了搬迁至交通便捷的河谷地带，很多还

在城郊买了房子。村里的房屋大多已经破败垮塌，通向村里的路也早已被疯长的草木封闭了。不过，从他隔三岔五回去修缮老屋和打理菜地的举动看，此事十有八九。

七

那可怕的叛逆整整伴了我 20 年。小时候我挨过父母无数次打，是一个非常淘气的孩子，公认的聪明，都被用于猜测和揣摩大人的心思。记得女儿在中考前曾问及同时期的我学习怎么样，我不假思索地说，好得很！而今天，面对 20 岁女儿清澈的目光，我无法再对她提出的同样问题藏着掖着，揭短亮丑已势在必行。

小学成绩不是一般的好，不然怎么可能考上了区里的重点初中？而我的考分，居然可以在全区五个乡的数百考生中排进前五。

初中，却是在懵懵懂懂中稀里糊涂地度过。开学时，班主任按照升学成绩让我当上了副班长，但由于不遵守课堂纪律且成绩直线下降至 20 名开外，一个月之后便将我降为组长。班主任老师说，只要把成绩提起来，可以让我官复原职，甚至当班长。期末考试我居然考到了前三名。第二学期开学如愿官复原职，但成绩却下降得更加厉害，班主任又将我降为组长。第三学期，我开始逃学、打架，成绩一落千丈，班主任一气之下把我的组长也撸了。学校领导和老师大多是父亲的朋友，我让他颜面扫地，一顿暴打之后被终止学业。

在休学一年的时光里，我是自己的主人，没有任何人打扰。我的任务单纯到只需要每天牧放一头病恹恹的老牛，它专注于吃草，我静静地读书，父亲数十本古典小说被我一字不落通读无遗。作为教师的父亲不会让我不上学，一年后便将我送到邻乡的学校继续读初二。可是，我再也回不到学习的轨道上来了，尤其是对自己的强项数理化外的四科已经彻底失去了兴趣，偏科的弊病一直延续至今。初中的后两年，我的考试成绩稳定地居于班里不上不下的中间位置，理科和英语的平均分从未突破过30分，而文科除了英语，平均成绩则没有低于过90分，语文中的作文成绩甚至接近满分。

很多人说都是那些小说害的，我却不以为然。没有那些小说，我会专注于文科？后来会写出几百万字的文章？会拥有他们这些粉丝？当然，这也是玩笑和自嘲。

八

人生的花季属于那些衣食无忧，享用着美好生活资源的城里人。乡村和城市被太多的现实意义栅栏一样地隔离着。同样的上学，乡下的孩子要经历怎样的跋山涉水，而城里同龄的孩子只需要漫不经心地在家吃顿饱饭，然后坐一班公交或者过一条街道。初中时都要住校，那是两所都需要步行很长时间才能到达的学校，周末放假一天半，往返学校就要耗去一天时间，还有半天必须力所能及地干些砍柴打猪草放牛之类的农活。离家时必须带上一周饭食所需的粗粝的食粮和简易的咸菜。成绩不好，似乎情有可原。但是比我条件更差的一些同学，却考上了重点高中。我勉强上了农业专业的职业高中，考分上的短缺被父亲的人际关系弥补。

相比于小学和初中，高中三年很有意义，甚至对我之后的人生影响深远。学校在县城，离家有 30 多里地。山高皇帝远，严厉的父亲已经鞭长莫及，喜欢和不喜欢的课，想怎么玩，我有了绝对的选择权。农业职业的专业课，我基本就没有上过，书籍至今崭新如初。当然，也丝毫没有念及父母含辛茹苦节衣缩食积攒下来供我读书的一应钱物。

当读书已成为副业，成绩便一泻而下，唯一撑得起门面的只剩下全级第一的语文成绩。我和同学多次逃避晚自习，涉过冬日冰冷的河流，到城里追电视剧，半夜又从下水管道攀爬回四楼的宿舍。学校一墙之隔县农场果园的暗夜里，也少不了我的光顾，现在想来非常后怕的是，夜晚都有人端着火枪值守。在这里，我得让在高中三年没起什么好作用，至今仍感情深厚的两个同学粉墨登场。

上个高中不易，起初我打算是要好好学习的，可宿舍的同学钢瓶不让。他家的条件比我家更差，在距离学校百余里地的大山里。他是带我逃学的罪魁祸首，白天带我打台球，晚上带我去追电视剧。共同的爱好之外，便是相去甚远的学习成绩，他一直名列前茅，我却在倒数中徘徊不前。即便深夜回到宿舍，他也会在手电筒的微光中将当天落下的课程悉数补习回来，而我的瞌睡却会如约而至。在毕业会考中，钢瓶居然成为全班 50 人中仅有 4 人通过预选进入正式高考的人。虽然照样没有考上大学，但在我眼里，既没有落下玩，又没有影响学习的钢瓶是个奇迹。

对于至今深交的继敏，得从入学不久的初冬早晨说起。和钢瓶一样，我和他也是同一宿舍。天还不亮，我迷迷糊糊地被他叫到学校外的小河边，说要与另外四个同学结拜兄弟。他们不知从哪里搞来了一碗酒，并从身上捞出一把尖刀，分别将自己的左手中指扎开一条口子，将殷红的鲜血滴进酒碗。见我缩手缩脚，继敏说，别人想结拜我们还看不上呢。说完拉过我的手，硬生生地用刀在我左手中指上扎开一条血口。喝下血酒，六个兄弟就算结拜了，按年龄我是老五，继敏是老六。年少的激情属于青涩年岁，之后包括哥们义气之类的聚会都没有过，当初结拜的六个兄弟毕业后都散布在省内外不同的地方，大多数失去了联系。只有后来成为建筑老板的继敏留在了老家。一直以来，我与继敏亲如兄弟。他住在学校附近，家庭条件要远优于我，尤其在生活上给了我极大的支持。在我背井离乡近30年来，继敏逢年过节都要去看望我的老人。我和继敏关系上的铁，建立在有难同当之上，每次偷水果打架以及违纪，绝不会有我没他，往往我是主谋，他打头阵。我的成绩靠后，他大多数时候垫底。岁月磨平了我的棱角，他依旧那么身强力壮风风火火，铁人一般的存在，一顿一斤肉两碗大米饭不在话下，特别是几次从川北独自驾车1200公里到滇中看我，都是当天抵达。关键是每次来看我都是突然袭击，理由是怕我邀约一帮狐朋狗友将他灌醉。这兄弟，还把我想得和当年那么坏啊！

当然，高中三年我也不是一直在浑浑噩噩地玩和稀里哗啦地混，我惧怕毕业后回家与土地和庄稼打交道。在读书无法成为出路的情况下，我试图从旁门左道突围。我曾经拜县里的乒乓球冠军为师，渴望打出名堂被企事业单位特招。在学校拿了冠军却在县里的比赛中首轮出局后，我立马改弦易辙，开始跟风地写起了朦胧诗，并在学校成立了文学社，之后在县里的小报上发表了13行147字的处女作，再后来又在市里的报纸上发表了一篇小散文。在当时这是一件不得了的事，我在学校成了名人，屁股后跟了一大帮文学青年。文学让人美好，这样的爱好使我脱胎换骨，那些惹是生非在我 18 岁那年消隐无踪，待之而来的是拼命读书。毕业后，我并没有回家务农，而是被招聘到乡政府工作。20 岁那年，我开始背井离乡，走进了北国的军营。

疫被情驱离

　　庚子年的时间走得真慢，新冠疫情让全球在恐慌中煎熬着跨进了辛丑年。这一年，值得沉淀和回味的东西实在太多，悲情抑或温情，我们的经历都值得铭留。

　　蓝天白云，春阳普照，庚子年的冬樱花开得正旺。这个春天没有诗意，那个号称"冠状病毒"的瘟疫在上一年的寒冬便向这个年份猝不及防地蔓延开来，并以迅疾的速度鬼使神差地潜入人们的躯体，而且直达很多人的呼吸系统。漫长的冬季让春节黯然失色，团聚的温馨被忐忑、焦虑和惶恐挤压，每个人的天空都笼罩着厚厚的阴霾。

　　尽管武汉的疫情在网络上已被炒得沸沸扬扬，但看到官方对几名所谓造谣者的处理结果，我还是坚信权威机构给出的"不会人传人，可防可控"的结论。除夕前两天，我从云南回到了川北老家。

　　难得的暖冬，为年节注入了喜庆，空旷寂寥的村子因为外出打工者的大量返乡变得喧嚣起来。每家每户都置办了年货，宰杀了年猪，贴上了大红春联，母亲和哥嫂也早已为我们备好了过年所需。喜庆，很快被除夕当日的一条消息击碎，江城武汉在上午

10 时许发布了因为"冠状病毒"的大量蔓延而封城的消息，官网上也陆续公布多省已经确诊病毒感染。年夜饭硕大的饭桌上挤坐着全家 20 多个老老少少，与历年除夕团聚的闹热不同，一餐饭下来没有任何人言声，丰盛的菜肴少有人动筷。小妹一直吧嗒着眼泪，艰难地扒拉着碗里被泪水浸泡着的米饭，心里牵念着当天刚去湖北男朋友家过年的女儿。家人们的轻声劝慰，根本无法遏制她涌流的泪水。高大上的央视春节联欢晚会已无法聚合一家人的心，大家早早就睡下了。

冬日川北的秦巴山区艳阳高照，人们的心情却与这难得的天气格格不入。沉默驱离了年味，即便是家人，也没有了久别重逢的亲昵。走亲访友的人没有了，聚在一起打牌喝酒的人没有了，村子回到了节前的空空荡荡。我的焦虑也随着与日俱增的疫情通报数据陡升，一方面担心疫情的蔓延，一方面牵挂着家住湖北的战友和朋友的安危。几个新兵连的战友已经失去联系 20 多年，但我还是千方百计通过各种渠道找到了他们的电话号码。大年初一当天，我就与 30 多个战友进行了电话联系。战友说，武汉的疫情已经超乎想象，所有人都被隔离在家，如牢笼一般桎梏着自己的肉身和精神。虽然对他们应对疫情没有实质性的帮助，但我也希望通过自己的问候向友人们传递一些温情。一座城市的沦陷始于人们精神的坍塌，祈愿英雄的江城武汉能够蹚过这个关口。

一同回老家过年的女儿回到家就开始感冒发烧，而乡下连医治头疼脑热的常用药都买不到。无法确定女儿在大学期间以及坐火车回家时接触的群体，这使我自然联想到了与疫情的关联。恐慌使我寝食难安度日如年。大年初三，我们父女俩便改签了机票，逃也似的返回了云南。雨雾笼罩下的春城朦朦胧胧万人空巷，契合了我们的心情。出乎意料的是，女儿回到昆明感冒便奇迹般地好转。

半个月的居家隔离随之开启，这是实现自我保护和不给社会添乱的唯一办法。我像一只慵懒的狗，思维和灵魂被松散地蜷缩在客厅的沙发上，除了吃饭睡觉看电视，还有一些时候会枯坐在窗前，麻木地看飞鸟翱翔，听虫鸣唧唧，数寥寥行人。有一天，我浏览了战友从武汉发的朋友圈，身穿的防护服表明，她已从部队医院驰援武汉。待她下班后，我们在微信上进行了短暂的聊叙。她说，整个武汉的医院已是人满为患，诊断室外还排着数百米长队就诊的感染者，已有不少人倒在了就诊之前。作为护士长，她承担着危险性最大的工作，要与患者最近距离地接触，而且每天都要工作十六七个小时，面部和手脚都已被防护服里的高温灼伤，她说一日三餐的方便面已经吃到反胃，她最大的愿望就是能够饱饱地睡上一觉。严峻的形势，使我对她的处境非常担心，除了言语上的叮嘱，我却无能为力。我也对她讲了自己在家隔离的孤独寂寞和诸多不便。她却说我身在福中不知福，嘱我要多干干家务做做饭看看书，枯燥的日子自然就会变得充实而有意义。与战斗在一线的白衣天使相比，我这样安全的隔离无疑是一种福泽，愧疚感促使我必须做出改变。之后的 20 多天，我尽可能地让妻子和女儿利用难得的闲暇时光去追电视剧玩网络游戏，做她们喜欢做的事情。而我，则承包了所有家务，包括家里的一日三餐，并尝试着变着花样为她们做一些可口的饭菜。从她们饕餮朵颐的开心表情上，我感受着长情陪伴带来的温情。

近些年已懒散得疏于读书，书房已被尘封于视线之外。眼前那些节衣缩食购买回家的书籍，整齐地陈列于书柜中，大多数还未曾翻动过，覆于书表的灰尘冷冷地注视着我。我已经对知识贫乏带来的折磨无动于衷，总会让没有时间的借口在应该读书学习时按下了暂停键。足不出户地在家隔离，迷乱的心境被眼前的书籍拽回现实，使我重拾起当年购书时的渴望和激情。枯燥的时间不再难熬，书页中那些跳动的文字温暖着我的魂魄，激扬着我的情绪，感受着挑灯夜读的快乐以及典籍给予我的温暖。卡夫卡的《变形记》、阿尔贝·加缪的《鼠疫》、加西亚·马尔克斯的《百年孤独》，让我欣喜，也让我哀伤。《鼠疫》一书意在通过灾难唤醒更多人的悲伤和灵魂，提醒人们要勇于从黑暗中走出来，在灾难中记住什么，学到什么。一气读完从网络上下载的毕淑敏的《花冠病毒》，更是使我感慨万千，难以释怀，特别是对此次瘟疫发生和发展的生态原因和人文环境有了更为客观的认识。

读书之外，我也看博客写博文。每天晚上我都要守候湖北乃至武汉一些著名作家推出的博文，关注他们身陷疫区的处境，了解疫情的发展情况，领略他们对社会生活的客观分析和独到见解，感受作家们的悲悯情怀。当然，我也会关注公众号里推荐的其他博文，在疫情之初常常会为一些负面的消息而愤懑，点赞之余会推波助澜地写上力挺或者声讨之类的一些评论。后来发现，这些负能量的东西，根本无助于一些深层次问题的解决，如果都揪住一些过失不放，都去声讨那些负能量的东西，就会偏离应对疫情的方向。纠结太多，责难太重，反而会扩大心头的创面和深度。在现实生活中，我们无法逃避思维被束缚，行为被规划，但社会发展和治理能力的进步带来的正能量还是占据主导地位的。国家领导人亲自指挥和亲自部署，全国上下的众志成城，以及果断撤换重灾区省份的党政主官，都彰显了这个伟大民族夺取抗击疫情胜利的信心和决心。这个冬天需要温暖，我能够做的，就是通过笔端的文字，以正能量的方式传递一些温情和力量。我撰写的《自我防护的社会责任》《不能聚会就打个电话吧》《静待春暖花开时》等博文推出后都有很高的点击率。

浩浩苍生，是为一体。国之谐和，关乎众生。在我看来，对于这样的灾难，除了做好自我防护之外，还应该力所能及地尽些社会责任，哪怕微薄之力杯水车薪，也是众人拾柴集腋成裘。在口罩紧俏之际，我通过朋友从广州购置了一些口罩，分发给了邻居和单位同事。在单位党组织倡议捐款之前，我们一家三口已经通过红十字会进行了捐款。希望这些微不足道的温情，能为这个漫长的冬天增添一丝暖意……

又是一年暖春，但疫情似乎并没有减缓蔓延的意思，全球确诊患者早已过亿，那些发达还是欠发达的国家也是哀鸿遍野，民不聊生。而我国，在短暂的阵痛后便迎来了转机，除了偶有少许的国外输入性患者，疫情已经得到全面控制，呈现给民众的是社会稳定，经济复苏，举国和谐。这是举国体制下的全民防护彰显出来的制度优势，更是众志成城绵延不息的中华伟力。华夏浩荡五千年，沧桑砥砺挫而刚。我们有理由相信，在自强不息、团结一心的中国人民面前，这样的疫情又何足道哉！

我 的 河 床

在老家上游的东河岸堤，我头枕在满是鹅卵石的河床上，惬意地咀嚼着从石间缝隙的沙土中信手拔起的竹叶菜根，任凉凉的河风舒爽肌肤。河水湍急翻滚，白云悬浮蓝天，河风带起的一些沙尘和枯叶，飘落在我的面颊上。

往昔已被时光割裂，那些河床上的记忆莫非已被这些沙尘和枯叶带走？

每一条河流都以生命的形式活着，并以流动的方式生长。从巍峨大山咆哮而下的这条河流野性而湍急，流经莽莽群山脚下一文不名的我的贫瘠家乡，一直以来在我心里诗意般地存活。悬挂于岩崖的家屋后是一面陡峭的荒坡，宽阔的河滩自然成了我们年少时的栖息之地。从家门前东河清澈见底的水体中，我看见了一条河流通透澄明的灵魂，我们对视无言却心灵契合。我常常盘坐于河岸硕大的卵石上，倾听它轻拍岸堤的絮语，见证它的野性与温柔。河畔是一片宽阔的河床，自有了懵懂的思维开始，河床的地位和作用便在我的视界里一天天放大。少不更事之时，那排硕大的麻柳树上的鸟巢，让我们在竞相攀爬中掏走了不少鸟蛋和幼鸟。而树前滩涂上的一大片银白的芦苇丛，更是盈满了儿时嬉戏的欢笑。河岸上长大的孩子，无论男女都是天生的游泳高手，家人丝毫不用为孩子的安危担心，在夏秋之季总能见到他们在碧波深潭中浮游翻滚。蓝天为被，卵石为褥，我常静静地躺在这里仰望天空。一些时候，也会在胡思乱想之后，美美地睡上一觉，然后朝着汹涌的波涛吼上几嗓。我在河床的摇篮里，有时是一只受伤的鸟，有时是一只乖顺的兔，有时心如止水，有时若有所思。在一些无所适从的时日，我也会一丝不挂地纵身跳进险滩拐角处的一段深河，在洁净幽深的水体中拼命游行，让肢体和思想在柔软的水体中肆意放逐，直到呼吸响亮沉重，精力行将竭尽。清澈的河流终将激活我内心的心灵诉求，而岸堤上的河床也会让我回到现实，消停下来后疑窦就会消解，骚动就会平息，困惑就会释然，心霾就会散去。

眼前的河流逼仄而汹涌，河水用力将一个个鹅卵石推向岸边，年深日久便堆砌成了这片宽阔的河床。这条从大山通向远方的通衢，当年未通公路时全部依赖船运的浩荡东河，已经没有了波澜壮阔的浩瀚景象，流量的萎缩已经超乎想象。历经千百年水流的荡涤和打磨，这些大小不一的鹅卵石一应的光滑细腻，如元宝般铺排并镶嵌在河滩上。卵石间的河沙中，一些沙金点缀其间，在阳光下发出耀眼的光。白云蓝天，水流潺潺，心境一片晴朗。身下的河床分明还存留着我的余温，我的肌体一如当年，瓷实地熨帖在地表上，我居然静静地睡着了。过往在梦境中复苏并复活过来，河床四围茫茫的山峦，渐次显出了它的轮廓，苍白的朦胧之后便是黛色的清晰和逼真的通透。

翠绿的群山掠过，涌流的河水延伸了记忆，过往很快从思绪中走了出来。人生的每一步都是时光的积淀，40 年前第一次躺在河床上的经历犹在眼前。在小学三年级时的某一天，我摊上了大事。当时，我与同生产队的三叔同班，而且学习成绩都很好，他是班长，我也是班上的干部。作为发小，虽然关系很好，却为一件小事打了起来，我情急之下拿起一支圆珠笔刺向了他的眼睛。看着三叔血流如注的脸，我的第一反应是搞瞎了对方的眼睛。老师吓傻了，同学们吓傻了，我也吓傻了。待老师和同学将三叔送到诊所后，我便溜之大吉。此事很快波及了两个家庭，三叔的父母吵到了我家，并提出了苛刻条件。我躲在猪圈的顶棚静观事态发展，小时候非常淘气，挨揍已是家常便饭，父亲那令人惊悚的五官常常让我瑟瑟发抖，心想一顿毒打已经在所难免。与其傻傻地回家等待一顿暴揍，还不如一逃了之。我蹑手蹑脚地穿过房前茂密的黄金树林，躲在了河滩上。在这里，我熬了整整一夜，开始了人生中的第一次思考，为自己的莽撞深深自责，心想如果三叔的眼睛真瞎了，我将如何面对，而三叔又将怎样走好今后的人生之路？因为第一次思考，童年从此与我作别，困惑与体悟也从此与我相伴。炼狱般的漫漫长夜，每一秒都何其漫长。被蚊虫叮咬得浑身肿痛不说，20多个小时粒米未进，头脑恍惚身体站立不稳。饥饿的折磨在我幼小的心灵上投下了暗影，我深切地感受了对生存的渴望。饥肠辘辘就俯下身子豪饮东河之水，大山的汁液寡淡冷凉，这些清泉似乎在一夜之间洗去了我的所有能量，榨干了我的所有血液。只有那些穿越物质匮乏年代的粗粝食物，才能使儿时的记忆保持天然的完整性。我清楚地记得，对饭食的渴求使我像极了一个死士。一定要回家，哪怕被父亲打死，也要先吃顿饱饭。出乎意料的是，回到家后父亲并没有打我，原因是三叔的眼睛并没有被刺瞎，除了赔付了必要的医药费用，三叔家也没有找更多的麻烦。我狼吞虎咽地一口气吃了三碗苞米饭，喝下了一碗南瓜汤，母亲在旁边一直不停地抹眼泪。不幸中的万幸，刺入的圆珠笔擦伤了三叔的眼膜，距离眼体已不足毫米。40 年光阴已然逝去，三叔眼角的疤痕却清晰可见。

刺眼事件以后，我将河床视作自己栖息的母体，常常安然地躺一躺，心情就会愈加开阔和亮堂。大多数清闲的时候，我会枕着卵石伴着涛声美美地睡上一觉。坚硬之石的冰爽抚摸和清流碧涛的无言叮嘱，总会让我在通透的睡眠后，进入另外一种状态。

作为老家那样的穷乡僻壤，当年改变命运的唯一途径就是读书及第，而这样的通道何其艰难，高校大门虽然只有一步之遥，却是山长水阔，这样的愿景岂是脚步能够丈量和跨越？贫瘠的土地难以长成苗壮的大树，贫困的环境同样会限制人的想象。20 世纪 80 年代的老家依然贫穷，很多孩子读完小学便辍学回家。我们家兄弟姊妹众多，父母更是不堪重负，虽然他们铁了心要供我们读书，但在砍柴放牛打猪草等繁重的农活挤压之下，我们根本无法静下心来读书学习。家里狭窄的房屋，根本容不下五个兄弟姊妹读书写作业，家门口宽阔的河床便成了我读背课文的场所，一块硕大的方形石头便成了我写作业的天然课桌。我当时的成绩在班里中等偏下，而小升初的招生率不到 40%，重点初中更是不到 20%，家人和老师没有人认为我能考上初中。但到了张榜公布时却出乎所有人的意料，我竟然考了全班第三名，而且考上了区里的重点中学。能超水平发挥考上初中，是河床的关爱和福佑吗？8 月的老家酷热难耐，拿到录取通知书的当夜，我只身来到河床上，头枕着滚烫的卵石，仰望满天星斗，在心无旁骛中酣然入睡。

没有回去的路，如同没有逆时针下走动的光阴。酷热灼痛了记忆，现实让我回过神来，一个趔趄使我的身体有些失重，河床的变化让我猝不及防。岁月的河床终究无法抵御河水的冲积和现代文明的损毁，河床上的大量沙石已成为现代建筑的奠基，那些好看的石头也已被趋利者寻走，陪我走过童年时光的方形石桌已经不知所踪。

没有什么像改革开放那样深远地影响了一个时代，其变化直接体现为人们生存状态的改变，我们幸运地成了这个时代的亲历者和获得者。高中毕业后，很多同学都去了经济发达地区打工，我也与人相约去沿海某省闯荡，可父亲却希望我能留在当地找一份工作。在乡完小当教师的父亲得知乡政府要招考一名工作人员后，疏通了县招考部门的关系，经过象征性笔试后，我稀里糊涂地成了一名乡干部。对工作谈不上热爱，却也算端上了铁饭碗，工资虽然微薄，但终归不再向父母乞要。

一场场农事更迭，一季季麦熟谷黄。山山岭岭村村巷巷在脚下循环往复，农村那些鸡零狗碎的事儿满满当当地填满了工作日程，在乡政府工作三年的日子倒也随波逐流波澜不惊。但是，撤乡并镇的机构改革还是给我带来了忐忑和恐慌，邻近的三个乡将合并为一个镇，单位的裁撤会使很多人面临工作调整或失去工作岗位。机构改革的进程冗长难熬，使人无所适从去留彷徨，单位已经无人用心工作，松散程度无异于河滩上随风飞舞的河沙。在这些闲暇的时光里，我更多时候会选择到河床上静静地读书。80年代是中国现代文学特别是小说繁盛的时代，文学成了改革开放最坚定的随从，其间也诞生了大量无愧于这个时代的优秀文学作品，能读到一部好的小说是当时最大的时髦和最好的娱乐。生活单调而迷茫，我选择了读书，渴望在那些脍炙人口的小说阅读中排解心中的郁闷，获得生活的力量。涛声哗哗，蝉鸣阵阵，绿意盎然的景象总是透着葱茏的诗意，这是对耕读者的惠泽。在河床上硕大的麻柳树下，我啃读了《悲惨世界》《钢铁是怎样炼成的》《平凡的世界》《男人的一半是女人》等大量书籍。亦真亦幻亦悲亦欢，无论作为阅读的旁观者，还是幻化为故事中的亲历者，我都能感觉到自己体悟于作家精妙的文字中，幸福地生活在书中的情节里。这些正能量的小说字句深邃，语意绵长，将我裹进了作家的意象，与读过的作品产生共鸣，感受到自己在现实中自由的存在。当然，最关键的还是通过如饥似渴的阅读使我焦灼无依的心得到些许安顿。

很多念头都产生于不切实际的想法，这些想法会让人在可能与不可能之间倾尽全力，努力也就变得更有意义。阅读的深入慢慢使我对文学的需求变为冲动，作家们精美的文字和美妙的故事常常撩拨着我年轻的心，虽然不敢有当作家的梦想，但也希望自己能像作家们一样让经历及精神有迹可循，能够以文字的形态将自己的情感记录下来，把自己的处境描摹出来，以文学的方式将自己的心事和联想存留下来。痴望让我热血沸腾笔耕不辍，在短短一年多的时间里，我熬更守夜苦思冥想奋笔疾书，写下了上百页打油诗和哼哼唧唧的小散文，工整誊抄后贴上八分钱邮票，满怀期待地撒向了诸多报刊。当时的书写遵从于内心，却无法契合于现实，纵有文学的冲动，却不具备写作的能力，我的认识、理解乃至表达还没有达到可以发表作品的高度。尽管所寄稿件无一刊用，但我仍旧兴致盎然，因为这些青涩的文字使我的情感和情绪得到了释放和挥洒。

透迤而行，走走停停，虽然一直没有停止寻找和突围，但在更多时候我会屈从于现实和苟且于稳妥，因为我不知道那些呈散状延伸的路将把自己引向何方。机构改革迟迟未见分晓，我终于在漫长的等待中有了新的想法，在即将超龄之际，我踏上了从军之路。为什么会在从军时的行囊中背负着那么沉重的书本？渴望在书页中得到什么？我已经不记得当时的具体想法和愿景，但绝不仅仅是通过阅读打发时日那么简单了。

在塞北宣化洋河南的河床上，无论冰寒暑日，但凡训练之余，总有一个列兵在心无旁骛地捧读着书籍，那些绵密的文字，魔力般让他目不暇接醉然其间。这个列兵就是我。在不一样的河床上读书，虽然没有故乡那条河流中的涛声侍读，却也有营区传来的军歌军号和军乐相伴，书页中传导出了同样的愉悦和能量。嗜读和勤写的情状引起了一些人的好奇和关注，部队领导看到我那些未能发表的文稿后，新训尚未结束便将我安排到部队宣传部门从事新闻报道工作。没想到，这一行当竟然覆盖了我的整个军旅生涯，部队很多人和事也常常在我的笔下浮现于报刊的字里行间。这是个改变了我命运的差事，我不再需要回到故乡的河床上苦思冥想谋划出路。

岸边桐子树的叶片都被秋风刮走了，伸向空中的枝丫像千手观音，似乎想抓住上空飘忽的云彩，但只能在徒劳中目送云卷云舒浮游而过。时间在流动中将所有的岁月变成了记忆。而这些记忆，则以物证的方式无声无息定格了所有的生活和经历。军旅14年，足迹遍及北国南疆，之后就地转业。世事纷繁变迁，唯有读书写作不辍，虽无甚建树，却还一直在笃定中坚持和前行。我常常想，在至今看来仍然难言成就的我的那些文字，是悠悠绵延的东河之水的润泽和岸堤上宽阔河床的启示吗？

我清醒地站在故乡的河床上。轻柔洁净的河流怕惊扰了我的思绪，在眼前放慢了速度。眼前宽阔的河床上，尽管我依然孤独而单薄，但此刻我的心里却漾开柔波，流俗于内心的肤浅正随着河谷升腾的雾气缓缓消散。家乡的河床，我的河床，它总在提醒我，让灵魂待在足够艰苦和清寂的地方，就能走向高处和远处。

在城市的繁华与享乐中，我也多次警告自己的思维不要陷入乡间田园牧歌的矫情套路，当每每面对城市喧嚣烦扰的各种噪声及罪恶排放，我又深切地感到自己的脚步早已印在乡村的土地上无法抹去。当年沉重的行囊中根本无法盛下襁褓一样福佑我的乡村和故乡，它们即便被出行的人们扩散到了更远的地方，却又以物理意义、精神层面乃至生理属性般的存在一直没有离开。坚实的河床一如既往地铺垫在我的脚下，光滑细腻的各色卵石静卧在我的身旁，莽莽群山伟岸在我的视野里。

絮 语 之 暖

　　与老年时的絮絮叨叨相比，年轻时的母亲更多时候沉默寡言，我为此曾费解过很长时间。当我感受到为人父亲时的劳累和疾苦时，我才明白性格外向能言善辩的母亲为何会经常保持沉默。父亲长年在异乡教书，五个儿女嗷嗷待哺，生活的负累使她不得不持守隐忍，敏于行讷于言，她的精力要更多地通过劳作换取养育子女的食粮。除了大声武气呼儿唤女回家吃饭，通常情况下她都是轻言细语谨言慎行。

　　语言的变化是人生的段落和年轮的标刻。这种判断在母亲身上体现得尤为明显，言语的多寡一直在随年龄的变化而变化。每逢兄妹中有人因成绩好被学校奖励，母亲总会柔声软语地表扬几句，尽管言语寥寥，也是一种奢侈和荣光。表彰的方式是专门做顿好饭改善一下大家的伙食，意在鼓励和鞭策。

　　"让路别人也是宽敞自己。"这是母亲的座右铭，她始终在用自己的言行引领和规范我们的行为。心系别人的事多，考虑自己的事少。因为公道善良，近邻的家庭纠纷都会请母亲去明断是非。解开思想疙瘩需要苦口婆心，尽管母亲在家里话语不多，但我从不认为她语乏词穷。

年轻时的母亲也有话多的时候。在我们背不下课文犯愁的时候，母亲会在我们面前秀一秀她惊人的记忆力，她不但能够一口气背下数十条"主席语录"，还可以一字不漏地背完"老三篇"。即便如今年近八旬，家里三五十年前经历的一些细枝末节她还能记忆犹新娓娓道来。母亲告诉我们，强化记忆力没有任何捷径可走，只有一而再，再而三，反反复复地背诵和读写，才能温故知新。母亲只读过两年书，却当过生产队的记分员，不得不叹服她的悟性。

母亲是外婆的掌上明珠，外婆是母亲流向话语的海洋。饥荒年代的外婆，相继生下了七男六女 13 个孩子，活下来 6 人，分别是 5 个舅舅和我的母亲，存活率不到五成，母亲成为唯一活下来的女儿。母亲回娘家或者外婆来我们家，都会让很少言声的母亲打开话匣子。无论炎炎夏晚还是戚戚冬夜，娘儿俩都会家长里短、陈芝麻烂谷子地说上大半夜。

母亲毫无保留地继承了外婆在外公封建夫权下的忍辱负重。父母吵架时，母亲稍作辩解便忍气吞声。打架时，她未作抵抗便缴械承受。那时我们不懂得孩子多、家里穷，就会滋生烦心事的道理，无法体会父母在养家糊口食不果腹日子里的煎熬。在母亲的泪水里，生长着我们对父亲的怒火和仇恨。当然，随着兄妹们的长大成才和家里日子的一天天好过，那些愤懑都被漫流的岁月一点点啃噬殆尽。

"每个娃娃都是我的心头肉。"母亲常说。我头上是两个哥哥，之后是一个姐姐，这个姐姐因感冒发烧没有及时救治，在两岁时夭折，这是母亲一生的痛。时光已经逝去 53 年，每每谈及，母亲都会泪如雨下。缺医少药的年代，谁也束手无策徒呼奈何，我们常常这样安慰母亲。母亲总怕我们冷着、渴着、饿着，受不到好的教育。没粮下锅，她要利用生产队下工后的晚上借助月光推磨。怕我们吃不饱，她总是最后端碗，稀粥里甚至能映照出她瘦削的脸。作为民办教师的父亲根本无法支撑五个孩子的学费和生活费，是母亲天不亮上山背回柴火卖给公社伙食团，解了燃眉之急。尽管经常面临吃了上顿没下顿的窘境，我们似乎对父母的辛劳及柴米的金贵并不关心，只关心每周住校的钱粮能否按时到位。母亲对此从不吱声毫无怨言。

母亲注重将自己沉淀的标准传导给我们，让我们的瞳孔只能看见两种颜色，非黑即白，非对即错。于是，在我们幼小的心灵里就根植了这样的评判：好人的主意叫智慧，坏人的主意叫阴谋。要多向好人学习，少跟坏人交往。"你们看看人家张三多懂事"，"李四这样做就要不得嘛。"这是母亲简洁的惯用语言，她经常用别人的经验和教训告诫我们。

我们做错事惹母亲生气时，也会招致责骂，但她都是点到为止。非常生气时，母亲也会体罚我们，多数情况下都是高高举起轻轻放下，恐吓威慑到了即可，拿她的话说，就是让我们"长长记性"。不过，我倒是对母亲一次比较狠的责打记忆深刻。10岁左右，我承担着家里的放牛任务，由于与伙伴们"捉迷藏"玩过了头，牛吃了邻村一户人的庄稼。当时粮食极其紧缺，家里随时有断炊的可能。赔偿了30斤苞谷之后，母亲用荆条狠狠地抽打了我。透过自己号哭的泪线，我看见母亲也哭了。母亲从来赏罚分明法不责众，而父亲却是一人生病大家吃药。五兄妹谁有过失，父亲都会让我们一应跪下一起受罚。在大山里教书回家时间少，父亲采取集体教育的方式，会一并将我们修理了。这是父亲难得教育我们的机会，每次下手都很重，母亲对父亲这种方式很反对，但却无力，与父亲的吵打都与父亲体罚我们有关。虽然我们同样敬仰和膜拜父亲，但对他始终津津乐道自己这种教育方式深感遗憾。

能一句话说清楚的事情，母亲绝不会啰唆半句。年轻时的母亲保守着言简意赅的话语体系。"胶多不粘，话多不甜。男子汉说话不能拖泥带水。"母亲常常这样对我们说。20 世纪 80 年代初，云桂边境的战事正如火如荼，高中毕业的长兄瞒着家人报名参军。体检合格后，接兵部队人员家访，奶奶对前线不断传来战士牺牲的消息非常恐慌，死活不同意被她视为心肝宝贝的长孙参军。当时父亲不在家，最终的决断就落在了母亲身上。奶奶确信历来持守孝道的母亲是她天然的帮手，只要母亲反对，长兄参军的事就注定会搁浅。大家齐刷刷地将目光投向母亲，渴望走出大山报效国家的长兄眼巴巴地乞望着母亲，紧张的空气令人窒息。"我同意养娃（长兄的乳名）当兵。"稍作片刻，母亲就一锤定音，给出了答案。气得奶奶直跺脚，骂骂咧咧摔门而出，几个月没理母亲。没有多少话语，但这样的大事她绝对经过了深思熟虑和反复斟酌。不敢说母亲的思想境界有多崇高，但她尊重了长子的选择，顺遂了孩子的意愿。后来，虽然我参军入伍是父亲定夺，但我相信他不敢忽视母亲的意见。

说起母亲，哪能绕得过去父亲呢？子女成家立业，父亲也由民办教师转为公办教师，按理说日子该红火起来了。但是，这样的好日子被父亲延误了五六年。作为一个普通的乡村教师，父亲却很长时间生活在成为一名企业家的幻想里。其间，父亲相继三次开办煤厂和采石厂，但他都是愈挫愈勇屡败屡战，欠下了不少债务。奇怪的是，母亲居然毫无怨言，一直坚定地支持着父亲，一起含辛茹苦地还清了所有欠账。面对兄妹们的埋怨，作为殃及者的母亲却一直在打着圆场。孩子大了，日子好过了，纠纷就少了。家里来人，都是父亲畅所欲言，母亲却很少说话，笑眯眯地洗耳恭听。

母亲与远亲近邻的关系都很融洽，即便伤害过她的人，侵占了我们家田地的人，偷过我们家粮食的人，她都从不计较。烦躁衍生于生存环境的逼仄，夫妻俩、邻里间为一些鸡毛蒜皮吵架打架的情况在当年的农村司空见惯，成为一道风景。让今人费解的是，大家并不觉得羞耻，在老人孩子面前也没有什么顾忌。每逢邻居吵架打架，母亲总会跑去劝架。有一次，父母不知因什么吵了起来，继而发展为打架。隔壁前几天打架刚被母亲劝和的叔婶明明在家，却从始至终没有出面拉架。屏息静听的叔婶居心何在？难道父母打斗的时间越长会给他们带来足够多的快感？我在恐惧中将愤恨砸向隔壁。现在看来，无人拉架也好，没有说理的人在场，父母继续吵打下去的欲望就会减退，一场闹剧就会草草收场，还会败了叔婶幸灾乐祸者的兴。余怒未消的父亲扬长而去之后，我哭着对母亲说，以后隔壁打架，就是牛打死马，马打死牛，你都别管。母亲苦笑着摸摸我的头说，人家是人家，我是我。母亲教育我们要与时间共存，与许多不喜欢的人、很多纠结的事和解。衣食无忧时，母亲也从来不会缺席亲朋好友的困难，经常授人以渔、施人以财、助人以物，她觉得被别人需要也是一件幸福的事。母亲不知道什么叫境界、格局、胸怀，但她生活中的细枝末节无不投射出素朴的良善。

改革开放造就了中华民族历史上最庞大的人类迁徙，我们兄妹五人被撒落在祖国不同版图的四个省市繁衍生息。相比之下，步入仕途的长兄和成为省城市民的我生活条件相对要优越一些。长兄将家安在了北京，我将家安在了云南，父母亲的身体状况都不太好，我们会隔年度将父母亲接到各自安家的地方居住一些日子。父亲对城市生活倒是非常习惯，母亲却怎么也适应不了，每次说好的住上三两个月，可住了不到 20 天她就吵着要回去。母亲背着妻子对我说："没有田地种庄稼，没有园子务蔬菜就浑身不舒服，每天吃了睡，睡了吃，跟圈里的猪有啥区别？"可在这拥挤不堪的城市里，我去哪里给她弄一亩三分地？更恼火的是，她对我们精心安排的生活还挑三拣四，说城里的菜没菜味、肉没肉味。每次她都拖着很不情愿的父亲匆匆踏上归途。我曾多次检视自己，是不是礼数不到安排不周，但长兄也说，父母每次去北京也是来去匆匆。回到乡下，面对青山绿水，她就会由衷欣悦，心情就会得到滋养和焕发，生活的诗意就会洋溢起来。尤其是常年侍弄稼禾亲近泥土，对土地蕴含着饱满的情感，健康的劳动能使她获得强大的精神支撑。"人老了，有个头疼脑热可能就过去了，到时候端个骨灰盒回去，后悔的机会都没有！"母亲这番话，也道出了农村老人叶落归根的普遍心理。

母亲一生命运多舛，但她目光透耀绿色，始终逆着温暖迎着阳光，表现出穿越块垒后的宁静和开阔，用跋涉的岁月纵深生命的厚度。母亲娘家和婆家都是兄妹六个，12 人中已有 6 人故去，更让她痛心不已的是，外公和父亲的幺妹都是上吊自杀。幺姑自杀是因家庭纠纷，而 82 岁高龄的外公却是在没有征兆的情况下，将自己挂在了自家门前的一棵歪脖子树上。在撕心裂肺的短暂伤悲之后，她会很快归于平静，让劳动消磨伤痛。拿她的话说，死了归阴间管，活着的人还得吃饭。我经常发现母亲在暗夜里垂泪，她的节制，是不让汩汩流淌的泪水迷离生活的方向。母亲的独到之处在于，用生活中滤出的欢乐和甘甜，补偿和抵消了同样多的辛酸和困苦。

兄妹们生日当天，母亲会在我们出生的时辰准时打去电话。先祝我们生日快乐，然后问问我们在忙啥，天气怎么样。如果是大晴天，她就说："大晴天，旺相，你今年运气好得很！"如果是下雨天，她会顺势说："风调雨顺，你今年顺得很！"无论阴晴，她都会给我们一个好的祝福。我出生那天，朝霞把深秋早晨的天空烧得通红，母亲准备拖着身孕出工，刚提上农具，腹部的剧痛便一阵阵袭来，紧接着我就出生了。不需要设置日历，更不需要闹钟提醒，没有什么比母亲每年在这个时段给我打电话更准点的了。农村的生辰八字通常都按照阴历，很多时候我们甚至忘记了自己的生日。自己的生日就是母亲的难日，作为儿女更应该铭记，这些年，我每年生日早晨都会主动给母亲打电话请安。

我曾疑心母亲言语稀少是被父亲抑制的结果。父亲去世后，母亲的话开始多了起来，这是父亲去世十多年来带给她与日俱增的寂寞和悲凉。我们一直想给母亲找个保姆，被她断然拒绝，她说，我又不是没有后代，跟外人住在一起多别扭。为了方便联系，我们给她买了台手机。除了我们给她打，她也给我们打。有段时间我明显感到，她打电话的次数越来越多，通话时间也越来越长。很多时候正在开会或者正忙着工作，不接吧，怕真有什么要紧事；接吧，又没有什么正事。一天晚上，我在家里正在赶一个次日就要上报的领导讲话材料，母亲的电话来了。一开始她就把我一家三口乃至岳父岳母都问候了一个遍，然后问我工作顺不顺利、晚上吃的什么、孩子成绩怎么样，与前几天通话的内容基本上没有区别。十多分钟过去了，但我又不能挂了她的电话。妻子从厨房出来问我，谁打来的电话这么长时间。我捂住话筒说："老太太打来的，太啰唆了。"忙中出错，我捂住的是听筒而非话筒，母亲将我说给妻子的话听得真真切切。母亲沉默片刻说，那我就挂了。母亲此刻肯定非常难过，在挂断电话的忙音中，我惊慌失措六神无主，在杂乱荒谬的分析中踉踉跄跄。之后，母亲打来的电话少了，通话时间也短了。因为自己的过失，少了母亲的电话，我吃不香，睡不好，工作状态也非常差，为此内疚了很长时间。想想热恋时常常数十分钟煲过的电话粥，这又算得了什么？即使把肠子悔青了，过去了的事也无法推倒重来。我突然发现，母亲的絮叨里充满各种友好的歪理、善意的辩解，洋溢着书页中没有的家常、朴实、琐碎，她为我们制造了多少轻松和谐啊！庆幸的是，我可以通过主动给她打电话来弥补。母亲哪会和自己的孩子计较呢？

我们无数次见证了父母亲的吵架和打架，这是我们幼年挥之不去的阴霾和愁绪。父亲去世后，我曾在与母亲的一次闲聊中开玩笑说，像你们当年那样动不动吵架打架，如果换作我，早离婚了。母亲却很正经地说，离婚了又能怎么样？你们几个龟儿子怎么办？遭殃的永远是自己的孩子。"千选万选，选个漏油的灯盏！始终还是原配好。"她一口气列举了当地好几个离婚事例，确实没有谁过上了好日子。每个人的家庭都不可能波澜不惊，我们兄妹五个都经历过离婚抉择的考验，但都被母亲摁住了。她说："离婚可以，但从此不要回这个家，永远也不要认我这个妈！"滋生离婚的念头大都源于对更高生活层次的追逐，而对方并无实质性过错。因见异思迁而被母亲逐出门庭，孰重孰轻？离婚现象已司空见惯，但我们兄妹五个却没有一个离婚。母亲为此引以为豪。

　　无论我们年龄多大，母亲都将我们视作孩子，总会一次次用言语敲打和警示。有一年，母亲被我接到部队过年。当时我在部队机关任职，我将老家一个战士从边防部队调到了我所在部队，为了表示感谢，这名战士给我送了两条香烟。母亲看见后，脸色非常难看，午饭一口没吃。晚上对我说："赶紧把烟退给人家，不能养成这种臭毛病！"我当时认为，母亲有点小题大做，但还是在她严厉的注视下退回了别人的好意。2015年，母亲在妻子的陪伴下，来到我在一个县级市政府挂职的地方。我为母亲安排了丰盛的接风晚宴，席间相谈甚欢，母亲也很高兴地喝了好几杯白酒。刚离席，母亲的脸上就挂满疑虑，幽深的皱纹里阴云密布，脸色变得非常难看。我百思不得其解，反思自己哪里做得不到位。回到住处母亲就对我说："早知道你用公款请我吃饭，打死我都不会吃。"我瞬间明白，我让随行的工作人员去结账被母亲误解了。我极力解释，并让她看了我的微信转账记录，她才释然。母亲常对我们说，你们可以不成才，但一定要成人，她常常拿生活中的事例和电视剧里的故事来敲打我们，让我们必须在诱惑中警惕欲望的腐蚀。在她眼里，没有什么能买来平安。

　　年近八旬的母亲越来越言少语稀了，她的人生似乎又进入了另一个段落。站在往昔回望现在，我会常常发出中年男人的悠长慨叹。报答，使我不得不翻检自己的记忆，清理自己的债务。当自己也跨进了50岁的门槛，才更加真切地感受到母亲那些絮语轻言的珍贵。透过岁月的眼眸凝视母亲，她丰饶的内心竟隐匿着如此深刻的灵魂。

稻绿谷黄

　　八月中下旬的滇南绿春县哈尼族山乡巴东，谷穗已黄得随心所欲。饱满的谷粒在秋风中铃铛般摇响，这是谷穗生长的声音。在这个山高谷深梯田密布的哈尼村寨，我与水稻已经亲密接触了四个月之久，见证了它们从分蘖、拔节、扬花、乳熟、腊熟、完熟的过程。水稻，这种平常的粮食作物，在我眼里已然不再普通，它不需外物照耀的素朴诗性和可靠持立萦怀动人。

一

　　在边远山区驻村两年，注定要与孤寂为伴，而我却非常享受这样的日子。我们来自不同单位的三个乡村振兴工作队员居住在村委会之外一个闲置的养老互助中心。这个福利彩票事业捐建的养老场所，有两层楼十个房间，连同设施设备，得耗资数十万元。世俗的老人们显然不会到这里养老，跟风应景的建筑自然也就造成了浪费。但是，这里却成了两年一换的驻村工作队员们的理想居所。不然，办公条件非常紧张的村委会还不知道怎么安排我们的住宿。如此宽敞的住处，省城哪有这样的好事？当然，最使我心动的还是窗外那尽收眼底的层层密密、绿意盎然的梯田。

每天，我都会长久地注目窗外的梯田，让眼前的状物满足视觉和感官。"水满田畴稻叶齐，日光穿树晓烟低。"宋人徐玑《山凉》一诗的前两句，就是对眼前景物最贴切的描述。一览无余的梯田里，水波微漾，整齐的稻子如刀削一般。清晨的阳光穿过树叶，投影在地上，晨雾在梯田间缭绕。依山就势，因势赋形，这是大自然的鬼斧神工，更是哈尼人的智慧结晶。元阳、绿春、红河三县的梯田资源，成就了红河哈尼梯田进入世界文化遗产名录的殿堂。历史在久远的记忆里，梯田却在当下的日常里。这些老祖宗留下的宝贵财富，已经绵延了1300多年，正因为世世代代哈尼人遵循自然法则的持续创造和耕耘，才使梯田保有回响不绝的余音遗迹，才使人们跨越了一次次饥荒。

清晨的蝉鸣会指引我按时起床。每天早上沿着梯田间的机耕道散步一个小时成了我的惯例。眼光向下，心就会贴近土地。其间，我会俯下身子与稻禾互动，倾听它们的自主言说，跟它们进行无声的对话，尽可能地将那些凌空的想象隔离在现实和陌生之外，让智性情感和理性感受保持双重纯粹。保持匍匐的姿态，还能听到抽穗授粉的稻禾，正从泥土里咕咚汲取生命的乳汁，发出亲密的私语。即便面对那些瘦弱的稻禾，我也会专注到心无旁骛，尽管它们不像城市里的树和公园里的花那样绿得浓烈，艳得高冷，但却彰凸了真实的光谱和鲜活的色调。稻禾每天都在潜滋暗长，我每天都能感受到它们拔节的声音。这声音如歌入耳，令我如醉如痴。

二

6 月上旬的一天下午，结束第一次轮休后，我从省城返回村里。在绿春县城转车时，乡村客运司机听我说要去巴东，便招呼我上车。行至途中，我愈发觉得不对，那些山形中不一样的梯田告诉我，这不是我要去的地方。结果，这是一个乌龙，司机客运的线路是平河镇的巴东，而我要去的却是三猛乡的巴东。司机说，以后坐车一定要讲清楚要去哪里的巴东，如果坐上了去牛孔镇的巴东的车，就偏得更多了。尽管暴雨如注，我也不得不下车，因为车上的其他乘客必须往平河镇的方向去。情急之下，我提着行李躲进了公路下面梯田间的一座田房。所谓田房，是哈尼族群众方便自家劳累小憩或为遮风避雨搭建的窝棚。微信定位显示，我在村委会对面的山道上已经南辕北辙了七公里。

衣服已经湿透。在低矮狭小的田房里瑟瑟发抖，我有理由沮丧。可是，我的不快迅即被脚下一览无余、重重叠叠的梯田的气势所吞噬。深谷对面同样阵势的梯田之上，就是我要抵达的巴东村委会所在地格马村民小组。暴雨没有停歇下来的意思，虽已舟车劳顿七个多小时，但眼前磅礴梯田催生的感慨还是化解了我周身的劳累和疲乏。田房外，正在扬花的稻禾翠绿葱茏，击落在叶面的暴雨降下了速率，落在田里的雨滴发出金属般的叮叮声。这是来自大自然的神秘声响，这声音如轻音乐一样让我心平气和。深谷两边的梯田，不会偏离内容制约，不需要折射、隐喻、蕴含的铺垫，就会从抽象空间进入直观视野，彰显出简洁清澈的本来样貌。追求饱满的自我，一切喧哗和骚动都在田埂之外。

雨停了，天也晚了。我得通过步行在天黑之前赶回巴东。

梯田岑寂，旷野芬芳。雨后的雾气在山道上像鱼一样漂行，滑过梯田以及周边山林的枝叶。道路两旁的梯田如镶嵌在鸟羽上的斑点一样夺目，目不暇接的梯田纷纷滑过身后，目送我在两个半小时后回到巴东。

三

水稻就是巴东人的命。同样作为主粮，水稻用以主食，玉米只能用来养猪养鸡。一个更重要的原因是巴东人嗜酒，而且只喝本地白米和红米酿制的白酒。他们对梯田的极度敬畏和对稻谷的过多依赖也就不足为怪了。村委会所在的格马村民小组不足500人，居然有3家酒厂。这些纯粮酿造的米酒，酒质和口味出奇的一致，无论高度还是低度，统一定价为每市斤10元，符合当地人的消费标准。

早些年，因为有草果产业，巴东是整个三猛乡日子最好过的地方。据村委委员李斗保讲，十多年前，巴东每户每年都要采收2000斤以上的香料草果，户户都是万元户。为什么在短短十多年间就蜕变为远近闻名的贫困村，最直接的原因是草果苗木的病变和退化。其间，虽然引种了上万亩香料八角进行替代，但这种树木在巴东这样阴冷潮湿的地方却水土不服，只开花不结果。依靠劳务输出的打工经济，难以支撑农村的富裕和繁荣。在巴东，因病致贫、因学致贫的情况不在少数。巴东村不足4000人，而残疾人就占了120多人，更特别的是有精神障碍的患者就有24人。我惊讶于一个行政村居然有这么多的精神病患者。总支书白让格提出要去普修村民小组慰问刚从精神病院出院不久的低保户陈毛德，我毫不犹豫地主动报名参加，想去会一会这个据说当年一天三顿喝酒，每天能喝两斤的酒神。在路上，白总支书说，这些精神病人，基本上都与过度饮酒有关。随行的副总支书王黑保接着说，哈尼族人都喜欢喝酒，这是世世代代的习俗，再说喝酒也不违法，村干部们经常入户进行引导和规劝，但都无济于事。门开着，陈毛德却并不在家，房前屋后找了个遍，也不见踪迹。路过的邻居指着房前的梯田说，你们去他家的包产田找找，每次住院回来，他除了睡觉吃饭，都在田埂上坐着。

陈毛德坐在田埂上，58岁的年纪看上去足有70岁，牙齿和头发都掉光了，体重已不足80斤。皮包骨一样的身形上眼窝深陷，嘴唇乌紫，核桃大的喉结不停地滚动。这个当年的酒神，让人唏嘘。陈毛德对我们视而不见，眼睛专注地看着水稻叶片上两只嬉戏的蜻蜓，脸上因微笑而松弛，神情凝视而禅定，全然不像一个病情较重的精神病患者。陈毛德的老婆生下孩子就跟人跑了，儿子游手好闲、行迹无定，他整日借酒浇愁，导致精神错乱，身体每况愈下，才50多岁就连基本的生活都无法自理了。其实，每个人都有自己的命运，唏嘘也好，同情也罢，除了表达微不足道的爱心，给予一些生活上的帮助，我们还能为陈毛德做些什么？真的无能为力。陈毛德在谷禾面前的淡定从容和专注虔诚，在我心里挥之不去。

43岁的郭伯娘正值壮年，身体硬朗，可事实上他却吃着低保。谈及他，绕不过去的话题还是酒。此人生性喜酒，喝多了就会动手打人，不但经常与邻居发生纠纷，还家暴老婆孩子，终于有一天打跑了妻子。独自带着嗷嗷待哺的孩子，郭伯娘举步维艰。活得无所适从，便以烈酒给岁月泡澡，即便酒精中毒也无法使其放下酒杯，直至精神错乱住进医院。前些年，郭伯年还能出去打打工，现在却成了精神病院的常客。近几天，我见到了从医院赶回家收割水稻的郭伯娘，他正干着摔打稻谷的重活，不时与旁人有说有笑，丝毫看不出是一个刚出院的精神病人。毫无疑问，郭伯娘对粮食收获投入了太多的牵挂，是赖以生存的稻米使他回归了常态，是丰收的喜悦才使他满血复活。这样的场景让我欣喜，短暂的欣喜之后，一丝忧虑便袭上心头。在晚上的新米饭节上，他会端起酒杯吗？

在哈尼人眼里，酒是天神莫咪赐给的，享受到了酒之甘美就感受到了"天之美禄"。所以哈尼人过节要喝酒，婚丧喜事要喝酒，祭祀要喝酒，劳动要喝酒，亲戚朋友相聚要喝酒，心里高兴要喝酒，心里不高兴也要喝酒，有美食要喝酒，没有美食也要喝酒。酒这东西太神奇了，也太深邃了。芸芸众生，戒酒的承诺此起彼伏，但大多数人会贬损理性，继续觥筹交错、推杯换盏。酒为人所酿，亦为人所用，而事实上，这种辛辣古怪的液体早已驯服了人类，而从未被人类所驯服。就我而言，当面对束缚和限制的时候，不一样会借助于酒，来伸展一下自己精神的四肢吗？在酒后的恍惚状态中，我会感到非常自在，被日常覆盖的隐秘灵魂就会得到释放，压抑和禁锢就会顿时减弱。何况在巴东这样的地方，喝酒既代表了品行，又体现了好客，还满足了身体和精神的需求。我无法想象哈尼人没有酒的日子将会是什么样子。酒，既然为哈尼人的饮食之首，我就只能奉上自己的祈愿了。愿他们健康、幸福！

四

节日，是为幸福的人准备的。日子好过的人天天过节。

哈尼族人欲念少，幸福指数高，终年被各种节日拥抱。村民陈黑九说，加上同样要过的汉族的各种节日，巴东人每年要过63个节。而我，驻村3个月，就过了13个节。以合适甚至高出市场的价位，购买群众的农产品，是消费扶贫的最佳途径。见家家户户都养了数十只鸡，我便萌生了去农户家中购买土鸡蛋的想法，意欲带回省城赠予亲朋好友分而食之。意想不到的是，我走村串户十几家，居然没能买到一个鸡蛋。心想，莫非他们养的都是公鸡？驻村第一书记陈荔为我揭开了谜底，按照哈尼族习俗，每个节日都要杀鸡敬神和食用，只有不断孵化小鸡才能满足过节和平时所需，哪有鸡蛋会卖给别人。63个节日，保底也需要63只鸡，巴东人的小日子不可谓不好。

耕作，一定会踏着农事时节的步伐而来，这是中华农耕文明从未断裂并与大地共存的生存宿命。巴东人也是一样，他们深知粮食对于家庭的现实意义。农时不等人，疯长的秧苗必须及时栽插到水田，3月中旬的栽秧节就成了巴东人过得最潦草的一个节日。这也是这里唯一白天不喝酒，饮酒不劝酒的节日。

第一次到村民家过的是苦扎扎节，这个也叫六月年的节日，重要性仅次于哈尼人眼中的春节十月年。我被村监委主任白咀斗邀请到了他家，除了这个帅气的小伙子，饭桌上的其他人都不会说汉话，这就使相互间的交流成了障碍。之前，我特意了解了一下哈尼族的习俗和禁忌。如果将筷子插进饭碗里，说明这家有丧事；如果将筷子放在碗上，就是对同桌人的不尊敬。一句话，筷子只能整齐地放在饭碗前的桌子上。哈尼人喝酒最在乎的是平等，如果有人走到你跟前说"资八都"，你就得双手端上酒杯站起来，他喝多少，你就得喝多少；如果说"多撒"，他干杯，你也得干杯。他们最在意的，是能得到敬酒者的回敬。两个多小时的饭局，我都在"资八都"和"多撒"之间来回切换。尽管我回到宿舍后翻江倒海，似乎连胆汁都吐了出来，但我却非常欣慰，是哈尼人的热情和真诚感染了我。

所谓的新米节，实际上就是抽穗节。这个在水稻扬花抽穗时的节日，体现了哈尼人对稻米丰收的祈愿。同样的新米节，即便只隔了一条沟或一座山，巴东13个村民小组的新米节都不在同一天，这就意味着巴东的新米节要过成13个。村民小组长和村民们邀请村干部去家里过节，一定不能拒绝。去了这家不去那家，就显得厚此薄彼。没有一定的酒量，很难服众，更压不住村里的一些"刺头"，过硬的村干部都必须经过"酒精"考验。哈尼人过节很讲究排场，谁家来的人多，谁就有面子。这个节日，我是在习毕东居民小组组长罗文兴家里过的，第一拨人是邻村的一些亲戚，我们驻村队员和村委会干部是第二拨，在两拨人不停的敬酒与回敬之后，罗文兴已经醉眼迷离，踉踉跄跄。在我们行将离开他家时，县教体局、文旅局、商务局的一帮同学和朋友也来了。当晚的罗文兴注定会喝醉，这样的人气使罗文兴很有面子，他一定会觉得醉得其所。当然，在巴东人气最好的还是要数"小伙子"李羊嘎，他的人气源于酒量大，人豪爽，而且还有女儿和儿子在县城教书、女婿在本乡当党委书记的人脉加持。我们去李羊嘎家时，他已经陪喝了六拨客人。"小伙子"虽然很能喝，但毕竟也是60岁的年纪了，感觉他的舌头和腿脚已经不听使唤。屋外已经下了很长时间的大雨，李羊嘎一个激灵，拍着大腿说："坏了，我的稻田养鱼。"说罢，穿上雨衣迅疾冲进雨中。"小伙子"李羊嘎绝非浪得虚名，堵住稻田的豁口后，他回来后跟没事人似的接着陪客人喝酒。

8月中下旬的巴东，秋天有光。天空的深邃之光、山川的墨绿之光、河水的潋滟之光、梯田的金色之光，全都来到了巴东的身前和背后。新米饭节随收割稻子的季节如期而至。金黄稻谷鼓动着所有人的热望，人们在忙碌中如穿梭的蝼蚁，连孩子们也放下了手中的作业和乐此不疲的手机游戏。在广东拿着高薪的李来处，不顾企业的顶格罚款也要帮父母收割完稻谷再走。即将退休的白黑咀，骑了三个小时摩托才从乡政府赶回家，来不及洗把脸，就抡开膀子打起了稻谷。30多岁的卢强回到巴东完婚，了却了父母的心病。看见他在稻田里挥汗如雨，我自然而然地就把这个男人联想成了一棵晚熟但却饱满的稻谷。

新米饭节是全年粮食耕作的收官，将稻谷扛回家后，人们自然要喝个酣畅淋漓。与大家有说有笑不同的是，平时高谈阔论、风趣幽默的白黑咀的脸上始终挂着笑，却默不作声，他是真的累了。孟秋的山下还在接受秋老虎的炙烤，高山上的巴东却已秋凉袭人。来者不拒的白黑咀连干几杯后，嘴里咝咝地冒着热气，好像吞吐着火焰，正驱赶周身的疲乏。酒后，他一定会睡个好觉。

好好"打酱油"（后记）

　　没有天赋、没有题材、没有时间，这些都是我为自己一直没能写出好作品找的借口。漂浮于散漫的写作状态，我似乎已经习惯了"打酱油"这么一个角色。

　　14年军旅生涯，虽然我写的那些文字还算不上真正意义上的文学作品，但它却改变了我的命运，萌发了我的文学热望。转业后，这个梦就中断了。10年没有写出一个字，这是一个怀揣文学梦想者的悲剧。面对文友们的惋惜和追问，我都选择了沉默。是生活压力大，还是工作任务重？或许是，又或许不是，但这些都不是理由。写作需要感觉，更需要激情。在那种境地，让我这个几近颓废的人写作，确实很难。没有逆时针下流动的光阴，更无法找到治愈后悔的良药。在虚度十年的懈怠中，我为什么就不知道握一握拳头，为自己鼓一鼓劲，给自己加一加油？

　　一定要找准自己的位置，明白自己的斤两。在文贤大儒们纵论文学高谈写作的时候，我不得不保持沉默。高人，是本事决定的，站在他们的视线之外，可以悄然汲取很多方法和经验。作家，始终要拿作品说话，谈资始终要建立在丰富的知识储备和必要的作品积累上。面对徐剑老师在序言中的褒扬和鼓励，我感到脸红心跳，如芒刺在背。

我对腾冲充满感激，是她丰厚的人文底蕴和火热的边地生活激活了我的写作欲望，我无法对那里的所见所闻所感所悟充耳不闻、视而不见。虽然突破胶囊之后的药力之苦，也曾多次使我差点放弃，但我还是跟跟跄跄地坚持了下来。2015 年至 2017 年在腾冲市人民政府挂职的两年间，我创作并刊发了腾冲题材的散文作品近 20 万字。所幸，这一势头在之后的日子里得到了很好的延续，较好地完成了每年刊发 8 万至 10 万字的既定目标。

我是一个经不起怂恿的人，尤其是在虚荣和诱惑面前，我无法理智地作出抉择。很多文友都出书了，他们也建议我再出一本，趁着我的热望还没有降温，就决定再出一本。书名为什么叫"云崖暖"？徐剑老师已经在序言中作了诠释，他的分析与我的想法大体一致。日久他乡成故乡，不能忘记艰难中拔出泥脚的过去，更要珍爱眼前休养生息的当下，这是祖辈骨血里留传给我的隐秘教导！写作中我始终谨记，情感是散文的底色，温度凸显散文的质地，文章的烈焰必须用发乎灵魂的生命之火点燃，被深掘和创造的眼光穿透。我希望自己的文字，也能散发出精神的微光。

我渴望带着文字天马行空，但我的能力和恒心却不允许我自视过高。对于今后的写作，不停下来就行，好好"打酱油"就好。一路走来，我需要感谢的人很多，他们都铭留在我的骨子里。特别要感谢既是首长又是兄长的中国报告文学学会会长徐剑多年来的鼓励和扶掖，他不但主动为我联系了出版社，还亲自为本书写了序。感谢对本书给予充分肯定并题写荐语的邱华栋、徐剑、关仁山、潘灵等师友和中国文史出版社美女老师李晓薇为推出本书的默默付出。还要感谢在我准备放弃出这个集子时，黄运明、李焕刚、赵道顺等好友给予的精神和物资上的慷慨驰援。

学无止境，路犹远分！既然决意要走在这条"打酱油"的路上，那就好好打。

2023 年 8 月

于昆明圣华花园居所